《诗探索》编辑委员会在工作中始终坚持：

  发现和推出诗歌写作和理论研究的新人。

  培养创作和研究兼备的复合型诗歌人才。

  坚持高品位和探索性。

  不断扩展《诗探索》的有效读者群。

  办好理论研究和创作研究的诗歌研讨会和有特色的诗歌奖项。

  为中国新诗的发展做出贡献。

POETRY EXPLORATION

理论卷

主编 / 吴思敬

2019年 第4辑

作家出版社

主　　管：中国当代文学研究会

主　　办：首都师范大学中国诗歌研究中心
　　　　　北京大学中国诗歌研究院

《诗探索》编辑委员会

主　　任：谢　冕　杨匡汉　吴思敬

委　　员：王光明　刘士杰　刘福春　吴思敬　张桃洲　苏历铭
　　　　　杨匡汉　陈旭光　邹　进　林　莽　谢　冕

《诗探索》出品人：北京人天书店有限公司

社　　长：邹　进

执行社长：苏历铭

《诗探索·理论卷》主编：吴思敬

通信地址：北京市西三环北路 83 号首都师范大学
　　　　　中国诗歌研究中心《诗探索·理论卷》编辑部

邮政编码：100089

电子信箱：poetry_cn@ 163. com

特约编辑：王士强

《诗探索·作品卷》主编：林　莽

通信地址：北京市丰台区晓月中路 15 号
　　　　　《诗探索·作品卷》编辑部

邮政编码：100165

电子信箱：18561874818 @ 163. com

编　　辑：陈　亮　谈雅丽

目　录

百年新诗学案

灯灯诗歌创作研讨会论文选辑

结识一位诗人

姿态与尺度

诗论家研究

外国诗论译丛

【编者的话】

"百年新诗学案"是由首都师范大学中国诗歌研究中心吴思敬教授主持，经教育部批准立项的"教育部人文社会科学重点研究基地重大项目"。"学案"这一名目，借鉴了古代思想史著作如"明儒学案""宋元学案"等，又根据百年新诗的发展及研究现状，赋予其新的内涵。它不同于以诗人诗作为中心的诗歌史写作，而是以百年新诗发展过程中的"事"为中心，针对有较大影响的人物、事件、社团、刊物、流派、会议、学术争鸣等，以"学案"的形式予以考察和描述，凸显问题意识，既包括丰富的原生态的诗歌史料，又有编者对相关内容的疏理、综述、考辨与论断。这是一种全新的对百年新诗发展的叙述，从内容上说，它更侧重在新诗与社会的关系、新诗对不同人的心理所产生的影响；从叙述形式上说，它以"事"为核心来安排结构；从方法上说，它强调史料的发掘与整理，让事实说话，寓褒贬于叙述。它的意义不只是在诗歌美学上的，而且也是在诗歌社会学、诗歌伦理学、诗歌文化学上的。为此，本刊特辟"百年新诗学案"专栏，陆续选发部分学案，以飨读者，并希望以此为契机引发读者对百年新诗发展中涉及的重大理论话题，做出进一步的思考。

艾青长诗《吴满有》的生产及其文学史问题

袁洪权

在对20世纪中国新诗历史脉络进行学术清理的过程中，借助"明儒学案"的学术思路，对中国新诗发展中典型的诗案进行有效审视[1]，

---

[1] 吴思敬：《"百年新诗学案"简要说明》，教育部高等人文社会科学重点项目说明书。

诗探索16 理论卷 2019年 第4辑

并以具体诗歌文本的方式切入到个案性诗歌文本的生产与文学史评价中，必然使新诗的学术研究转向专题性的诗歌话题。这种学术思路具有重要的现实意义，或许能拓展目前诗歌史研究中薄弱的文献史料问题，真正看到问题的"来龙去脉"。而在 20 世纪 40 年代的中国新诗历史脉络的观察中，艾青的长篇叙事诗《吴满有》，正带有"典型诗案"的特点，它不仅在 20 世纪 40 年代的文学创作（生产）中有特殊的价值，更在于由于"吴满有被俘"带来的政治敏感性，导致这首长篇叙事诗在人民共和国的现代文学史描述中变得异常黯淡。本文以艾青长篇叙事诗《吴满有》创作（生产）前后的文学语境入手，试图勾连出它在人民共和国时期的中国现代文学史叙述中的尴尬地位。

一、政治转型激发下的新闻生产：莫艾报道的"示范意义"

从文学写作发生学的角度来看，艾青的长篇叙事诗《吴满有》的创作（生产）缘起，显然得益于新闻报道文字的"熏染"，我们的话题就从这些新闻报道文字的写作开始。关于吴满有的新闻报道，这里不得不提及一个人，他名叫莫艾（1917-2003），原名戴厚明，新中国成立后曾担任过新华社国内部第一副主任，做过《光明日报》负责人，在新闻界享有很高的声誉。

写关于吴满有（1893-1959）的新闻报道文字，是莫艾进入延安《解放日报》，作为报社采访通讯部记者身份时发生的事情。经过一个多月的走访与调查，莫艾形成了关于吴满有的首篇新闻报道文字，寻找到真正的典型人物——农民劳动英雄。此前，莫艾还有延安农民刘雨云的文字报道，刘雨云的生产业绩似乎并不亚于后来的劳动英雄吴满有①。1942 年 4 月 30 日，莫艾的两篇有关吴满有的新闻报道文章，一篇为《模范农村劳动英雄吴满有：连年开荒收粮特多，英雄群众积极春耕》，另一篇为《不但是种庄稼模范，还是一个模范公民》，被同时刊载于延安党报《解放日报》上，还配合着社论文章《边区农民向吴满有看齐！》②，正式开启"劳动英雄"吴满有的媒介世界之旅，而刘雨云则迅速变成历

---

① 莫艾的报道中说刘雨云种地每垧打粮一石（当时的平均数为五斗到六斗），显然高于后来的劳动英雄吴满有取得的产量成绩。但历史的选择最终让劳动英雄刘雨云淹没在这一政治运动之中。莫艾：《把酒话春耕》，《解放日报》1942 年 2 月 23 日。

② 据透露，这篇社论文章仍旧为莫艾撰写，被冠以《解放日报》社论的名义刊载，现收录在《记者莫艾》一书中。

史的陈迹(当然也有零星的呈现,但与吴满有相比已经逐渐被"边缘化")。

吴满有从一个普普通通的底层劳动农民,一夜之间变成了家喻户晓的政治人物。他的政治影响力,传闻仅次于时为边区政治领袖的毛泽东和军事领袖的朱德[①]。吴满有很快成为延安边区大生产运动耀眼的"政治明星",成为毛泽东的"座上宾"。毛泽东甚至在1946年让其儿子毛岸英跟着吴满有学习,让他"了解农村、了解农民,要向农民学习"[②]。吴满有还与中国共产党高层中的朱德、谢觉哉、王震、贺龙、林伯渠等人有着密切的交往,得以在1942至1948年的中共中央有关文件中频繁出现其名字。这一切政治资本获得的基础,显然与《解放日报》有关"吴满有"的新闻报道有密切的关系。《解放日报》"突出、集中、持续报道吴满有15个月之久",分为两个阶段进行:

> 第一阶段(1942年春),集中宣传吴满有本人的事迹、影响和各个农事季度的进展情况,以及由此直接带动了延安县境内的农村生产高潮,延安广大干部特别是文化艺术界转变创作思想、学习、尊重劳动人民的革命激情。第二阶段(1943年春),以安塞县退伍军人杨朝臣向吴满有挑战竞赛为契机,吴满有在应战的同时,进一步提出建设"劳动英雄庄"、开展村与村之间的集体竞赛,把争取个人致富与组织起来、全村同富裕挂上了钩;同时又提出了与八路军驻边区屯垦部队的劳动英雄进行军民劳动英雄大竞赛,从而把劳动英雄之间的劳动竞赛扩大到全边区的军民中去,由个体竞赛引向集体大竞赛。[③]

《解放日报》是边区延安当时的党报,以党报的名义有如此持续力度报道吴满有,这的确开创了中国现代报刊史的"先河","把一个普通农民的劳动事迹,刊登在一版头条地位,并且在报纸上进行了长期、连续的宣传报道。"[④]这背后,明显地带有"组织"的宣传特色。莫艾从1942年4月30日刊发《模范农村劳动英雄吴满有:连年开荒收粮特多,英雄群众积极春耕》开始,先后在这一报刊上发表过有关吴满有报道(截止艾青创作长篇叙事诗《吴满有》的时间),如图表所列:

---

① [英]斯坦因:《红色中国的挑战》,李凤鸣译,新华出版社1987年版,第66页。
② 孟昭庚:《毛岸英"劳动大学"的老师吴满有》,《世纪风采》2018年第4期。
③ 齐志文编:《记者莫艾》,光明日报出版社2010年版,第199页。
④ 莫艾:《宣传吴满有开展吴满有运动的丰硕成果》,见齐志文编《记者莫艾》,第198页。

诗探索16 理论卷 2019年 第4辑

表格 1：莫艾关于吴满有的新闻报道篇目（1943 年 2 月 15 日前）

序号	文章题目	发表时间
1	模范农村劳动英雄吴满有：连年开荒收粮特多，英雄群众积极春耕	1942 年 4 月 30 日
2	不但是种庄稼模范，还是一个模范公民	1942 年 4 月 30 日
3	边区农民向吴满有看齐！（社论）	1942 年 4 月 30 日
4	模范英雄吴满有是怎样发现的	1942 年 4 月 30 日
5	忘不了革命好处的人——记模范劳动英雄吴满有	1942 年 5 月 20 日
6	劳动的果实——吴满有的秋庄稼	1942 年 11 月 3 日
7	劳动英雄吴满有计划今年扩大生产种地 85 坰，努力发展副业，勤锄草多施肥，增产粮约十余石	1943 年 1 月 8 日
8	生产计划（速写）——吴满有和高厅长	1943 年 1 月 9 日
9	笔杆锄头和锤子（特写）——文化界欢迎三英雄	1943 年 2 月 10 日

　　莫艾的这种新闻报道文字写作受到政治领袖毛泽东和中共中央高层的"注意"，是有原因的。据萧军日记透露，1942 年初，中国共产党为增加边区政府公粮十万石的征收，"延安百姓跑了六百家，边境跑了四百家"[①]。如果按照当时一家五口人来计算，大约跑掉五千人。这显然是一个严重的政治问题和经济问题。1942 年 5 月延安文艺座谈会前夕，毛泽东专门接见了莫艾，向莫艾分析了延安边区当时的政治经济处境和宣传吴满有的意义，对四月份以来《解放日报》改版的报纸新方向明确地表达了"肯定意见"。莫艾还被中共中央中宣部邀请参加 5 月 23 日文艺座谈会做结论的大会，朱德总司令当场对莫艾的报道文字进行高度赞扬，"采访报道劳动英雄吴满有及其开展的劳动竞赛，推动了边区的农业生产，其社会价值不下于 20 万担救国公粮（1941 年陕甘宁边区征

――――――

　　① 此话乃毛泽东告诉萧军，萧军把这一信息记录在日记中。萧军：《延安日记 1940-1945》（上卷），［香港］牛津大学出版社 2013 年版，第 436 页。

收农业税的总数）。"①

劳动英雄吴满有不仅成为边区政治生活无法绕开的谈论对象②，而且很快进入到文艺工作者的文学、美术、音乐体裁书写中，塑形一个普通农民向劳动英雄的文学与艺术形象建构，文艺家们"用自己的作品纷起歌颂吴满有这位劳动英雄"③。甚至在当时的电影拍摄中，吴满有的戏份也占有重要的分量。《吴满有翻身》成为延安电影制片厂生产的第一部有声电影，编者为陈波儿和伊明，凌子风扮演主角吴满有④，"这是一部记录电影，有如文艺上的报告文学一样，全片长约一万二千尺，可放映两小时"⑤。可惜的是，《吴满有翻身》这部电影拍摄后期，因"吴满有投敌叛变"的恶劣政治影响被封存了起来，至今没有与观众见面。吴满有的人物形象还植入到基础教育系统之中，在边区小学和初中课本上都有关于吴满有的篇目⑥，使得他成为边区（以及后来扩大的解放区）最重要的人物，真正做到家喻户晓、老少皆知，形成特殊的人物宣传效应。

不过，4月30日（1942年）这个时间点来刊载吴满有的报道及其相关社论，还是显得很特殊，它距离延安文艺座谈会的召开只有两天（5月2日就正式开会）。可以看出，劳动英雄吴满有在延安《解放日报》喷发式出现，显然和延安边区文艺界即将展开的文艺界整风运动，是有着一定的内在连贯的，也与当时延安边区政治、经济的困难处境有密切的关系⑦。否则，作为记者的莫艾就不会成为特殊代表，出现在文艺座谈会的会场之中。1943年10月19日，《在延安文艺座谈会上的讲话》全文由《解放日报》刊载，文艺界整风过程中要求广大知识分子积极响

---

① 莫艾：《宣传吴满有开展吴满有运动的丰硕成果》，见齐志文编《记者莫艾》，第198页。

② 根据学者的统计，"吴满有的事迹从第一次在中共中央机关报《解放日报》被宣传后，到中共中央撤离延安后《解放日报》停刊，刊登在《解放日报》上与吴满有事迹相关的新闻报道先后有111篇。"崔莉莉：《"吴满有运动"与长诗＜吴满有＞的诞生》，《延安大学学报》2011年第2期。

③ 莫艾：《宣传吴满有、开展吴满有运动的丰硕成果》，见李春林主编《光明日报历任总编辑文选》，光明日报出版社1999年版，第292页。

④ 《延安第一部有声电影＜吴满有翻身＞开拍》，《风下》第40期（1946年9月7日）。

⑤ 《记录电影＜吴满有＞》，《文摘》第6期，1946年11月。

⑥ 笔者在两种课本中发现了关于吴满有的建构：一本为晋冀鲁豫边区政府教育厅编审委员会审定、皇甫束玉编著的《初级小学适用国常合编课本》（太行群众书店，1946年10月版），内收《吴满有种庄稼》（一）（二）两篇课文，一本为陕甘宁边区教育厅编的《中等国文》（新华书店，1946年5月版），内收草戈的《吴满有的秋庄稼》、吴满有《给高岗同志和林李主席的信》两篇课文。

⑦ 关于政治、经济的处境，目前的研究论文成果比较多，关注点也主要集中在这上面。但莫艾的夫人在为他做传时明确提及莫艾参加了1942年5月23日讲话结论部分，还受到毛泽东和朱德的当面表扬。这种会议形式，使莫艾在文艺界的文化榜样意义得以凸显。

应这一伟大的号召，在延安接受思想改造的于光远（1915-2013）被要求参加到这一运动之中，"我们这个组自写自导演两出秧歌戏，其中一出秧歌戏叫作《吴满有》，吴满有是边区著名的劳动模范。我们这出戏就演他在土地革命前如何贫困，在土地革命中如何翻身的故事。"① 这个细节在记者莫艾的新闻文字中有"描述"，在诗人艾青（1910-1996）的长篇叙事诗《吴满有》中则成为第二部分的"主体内容"。《吴满有》这首长篇叙事诗 1943 年写出与刊载后一炮打响，在 40 年代的延安书写中占有重要的"分量"，被确定为"文艺的新方向"②。

二、长篇叙事诗《吴满有》：
诗化语言如何对接新闻人物的报道文字

艾青进入延安后，曾以高级知识分子的优越感过着非常优越的生活，从萧军（1907-1988）日记透露的信息来看，他当时开的是小灶待遇（延安当时有小灶、中灶、大灶之区分，大灶针对的是普通大众，小灶针对的是高级知识分子或政党核心层成员）。这至少表明，艾青当年的延安生活待遇，尽管处于整风运动期间，他仍旧享受的是"高干待遇"的水平。有意思的是，1942 年 4 月 2 日，《解放日报》革新前夕采访了各界意见，其中包括了诗人艾青、作家萧军和戏剧家塞克（1906-1988）。这是《解放日报》在中共中央办公厅召开的"党报座谈会"，3 月 30 日和 31 日开了两天。有关艾青的意见，《解放日报》的记者是这样写的：

艾青放下种花的锄头。他认为："一首诗，一篇文艺作品，假使它有新的内容，一定能够创造新的形式"。他说："新闻和通讯也应该这样"。他对于本报的意见是：一、新闻也好，通讯也好，缺乏新鲜的表现手法。二、共产党是个大党，解放日报是个代表党的大报。对于一切事物的发言，应有严肃的态度。三、标题有许多看不懂的地方，错字很多。四、长篇的，空洞无物的专论少登一些，如果刊载分析时局的文章，还是多登一些翻译作品，较感兴趣。五、多登一些好的通讯。专论和边区版的小消息，都不大看，他认为文艺版的另一任务，是发挥组织作用，

① 于光远：《我的编年故事 1939-1945（抗战胜利前在延安）》，大象出版社 2005 年版，第 163-164 页。

② 新华书店丛书编辑部：《编者的话——关于文艺的"新方向"》，艾青等《吴满有》，［延安］新华书店 1943 年版，第 1 页。

但他感觉到联络不够。①

    记者莫艾在采访艾青的开头，特别记录下艾青种"花"的锄头，不晓得这是"故意"的描写，还是当时的真实情况。不过从侧面让人感觉到，即使在延安那艰难的岁月里，艾青仍旧保留着浓厚的小资产阶级知识分子的生活情调，"种"花是最直白的表现形式，他的生活仍旧是富有诗意化的情调的。艾青提出对"新的内容"的重视，也注意到新的形式的创造，他针对的是诗歌与文艺作品，还把诗歌和新闻通讯有机地联系了起来。萧军则完全不一样，他打开报纸后，逐一叙述他的意见。②萧军针对的是具体的问题，但它是延安《解放日报》当时确实存在的真实问题，他（萧军）落实到每一个待修改的细节中。相反，艾青还是立足于自身遇到的问题，而不是带有全局性的思考。

    艾青第一次见到农民劳动英雄吴满有这个人，应该在1943年2月6日（大年初二）。延安边区文化界举行的欢迎会上，艾青参与了欢迎吴满有、赵占魁（1896-1973）、黄立德（1902-1980）三位英雄。延安的文化人第一次近距离看到的第一个出场的劳动英雄吴满有，记者莫艾笔下是这样一个丰富的文学形象：

    "一手拿个枪，一手拿个绑"的"官吏"，在一个死了妻子，卖了女儿，连麸糠也吃不上的农民面前，是怎样一幅情景啊！而当这个农民交不出五块钱维持费的时候，他就毫无例外地绑到深山里去了。而他，就是今天在座的英雄吴满有呵。也许你不会相信，为什么不是饥荒面瘦的，不是驼腰弯背的，而是一个身长七尺，猿腰虎背，面孔上发红光的人呢？这是你对自己的民族丧失了自信，边区的民众早就这样了。吴满有不是报告了么——边区的时代就好了，咱有了土地，牛也没人敢掳了，羊也没人敢拉了，一年一年攀上来，就哗哗啦啦的发起来了……特别是在这二三年，一年更赶一年好。救国公粮是有数儿的几颗，还要"商商

    ① 莫艾：《本报革新前夜访询各界意见》，《解放日报》1942年4月2日。

    ② 萧军的具体意见如下："一、延安和重庆不同，新华日报应侧重党的反映，因为在重庆，十张报纸就只一家共产党报；解放日报是全边区的唯一大报，应该回到大家的需要，群众化些。二、不要总是板起面孔讲话，表现的方式弹性一些，增加点社会新闻。三、社论不必每天有，有多少话写多少字，没有话干脆不要，文字开门见山，不要转弯，削弱战斗的力量。专论太长有时内容不知所云。四、全报没有中心，理想的报纸，应在一个中心的掌握下，各版都起配合作用，才能致宣传之果。五、版面太不清醒了，字粒不清，标题难看，编排杂乱，心都给压得紧紧的。第一版常用纸的反面印，社论看不清，这是不好的。"莫艾：《本报革新前夜访询各界意见》，《解放日报》1942年4月2日。

量了"（指民主），生产发展起来就更大得多了。现在咱"招人雇马"（指雇小伙子买牛马），暖窑暖炕，全家欢欢喜喜的。在毛主席号召底下，一心一意好好干，镢头打到底，一早三不忙。有人觉得庄稼苦，苦是什么？是心境儿怕熬来，妈的，咱可越来越有劲……①

　　新、旧社会的对比，让文艺界的小资产阶级知识分子们（包括艾青）看到，吴满有俨然换了一个人似的：旧社会他吃不起饭，穷得连五块钱的维持费都出不起，把自己的亲骨肉（女儿）卖掉，还忍受着被黑暗势力迫害；新社会里，吴满有脸上泛着红光，猿腰虎背，家里的生活环境和生活质量得到了稳步改善（古元的木刻《向劳动英雄看齐》正是新社会形象的描画）。最让人感动的是，劳动的苦处在吴满有身上消失殆尽，而对劳动的热望却成为他对新生活的信念，这一切建立在"边区的时代"上。

　　文艺界的欢迎会上，记者莫艾记录了艾青（诗人）、范文澜（历史学家，1893-1969）、艾思奇（哲学家，1910-1966）、丁玲（作家，1904-1986）等人的发言，还详细记录艾青参加劳动大生产的真实成绩，"艾青去年也种过花和草，还种了高粱、玉米和瓜菜，但他在英雄们的面前，他唱着：到了秋末收齐了／卖钱不值钱／煮熟吃不饱／假如人人都像我那还得了？"②可以说，在劳动英雄吴满有的面前，艾青的生产劳动成绩是一个彻彻底底的失败记录，他表达了自己的"惭愧"（真正的指向是会议组织者）。萧军对艾青等人的话有评论，"这些口不符心的卑俗的人们，虚伪得可怜，其实他们何尝真正感到自己'惭愧'？如果这样，第一他们就应该放弃吃小厨房，第二他们干脆就跟着那些农人、工人去种地做工作好了。"③让一个诗人去从事劳动生产，并且让他在与劳动英雄的生产成绩对比中形成某种心理上的自卑，这正好切合了当时文艺界开展整风运动的思想目标：彻底改造小资产阶级知识分子的思想感情。文化人在劳动英雄面前，最终确立起"我为劳动而歌唱"的写作目标，而这里的"我"，还得不断地被弱化。写作长篇叙事诗《吴满有》，正是艾青这种写作目标的具体落实。

---

　　① 莫艾：《笔杆锄头和锤子（特写）——文化界欢迎三英雄》，《解放日报》1943年2月10日。

　　② 莫艾：《笔杆锄头和锤子（特写）——文化界欢迎三英雄》，《解放日报》1943年2月10日。

　　③ 萧军：《延安日记1940-1945》（下卷），［香港］牛津大学出版社2013年版，第28页。

从 2 月 6 日见到吴满有，2 月 15 日前长篇叙事诗《吴满有》初稿完成，艾青创作的时间用时不到十天。这个初稿的手稿本已经不知下落，但艾青为了显示出文学写作的努力，他进行了有效的"突破"。《吴满有》是实写"真人真事"，相关场景的建构来源于此前艾青阅读的吴满有通讯报道文字（也可能包括中国共产党行之于笔端的相关文件）和 2 月 6 日与吴满有的劳动英雄欢迎会见面。也就是说，艾青的诗歌书写本身，已经涉及如何将新闻通讯的报道文字（政治化语言）转化为诗歌语言。有研究者指出，"《吴满有》恰好以其在不同的文艺体裁、形式传统及个人创作脉络之间丰富的化合反应为我们提供了一个生动的试验现场。"① 艾青让写作对象（吴满有）直接参与到诗歌创作之中，这是有开创意义的文学写作形式。艾青在《附记》中记录了这个过程的细节：

> 我把我写的《吴满有》拿出来念给他听——这是我找他的目的。我坐在他的身边，慢慢地，一句一句，向着他的耳朵念下去，一边从他的表情来看他接受的程度，以便随时记下来加以修改。他随时给我补充和改正。譬如我念"你把四岁的女儿，换了五升小米"，他说："三岁，是五升糜子，不是小米"，我念"尔个做活，不是为了别人，是为了自己"他说"可不是为自己"我念"两条犍牛……一条母牛"，他说"母牛卖掉了，现在是三条犍牛，两条小牛"（他不知道我写的是过去的事），在念到"在门边的羊圈里"那一段怕他难过，就逃过去不念了。老吴现在只剩下十几只绵羊了。在我每次念完"你说……"的时候，他总是说"我说过的""我说过的"。当念到"人们叫你老来红"时，吴满有非常不喜欢"老来红"这称呼，他说"叫我劳动英雄，我高兴，叫我老来红，我不要"。直到我问他"还有没有意见"他说"没有意见了。几十年的事，被你一下子写光了"，我的朗诵才结束。一般地说，农民喜欢具体的事，欢喜与他们相关的事，欢喜明快简短的句子，欢喜实实在在的内容。②

艾青一方面引入"吴满有"这一创作主体，让他参与到诗歌的创作中，"他随时给我补充和改正"，一方面从诗歌的朗诵过程中观察写作对象（吴满有）的情感反映，试图从"他的表情来看他接受的程度，以

---

① 路杨：《作为生产的文艺与农民主体的创生——以艾青长诗＜吴满有＞为中心》，《文学评论》2018 年第 6 期。

② 艾青：《＜吴满有＞附记》，《解放日报》1943 年 3 月 9 日。

诗探索 16　理论卷　2019 年　第 4 辑

便随时记下来加以修改"。作家（艾青）和写作对象（吴满有）在这一诗歌创作过程中真诚合作，从而实现诗歌文本特殊的文化内涵，正如艾青自己所说，"农民欢喜具体，欢喜与他直接相关的事，欢喜明快简短的句子，欢喜实实在在的内容"。这里透露出，知识分子的文学书写方式，在《吴满有》这部诗歌里发生了重大的"改变"：一是知识分子（艾青）起草写作框架，甚至是初稿，最终成定稿前，农民身份的写作对象（吴满有）也成为实际的写作者，他（吴满有）参与、修改知识分子的文稿。艾青在附记中还特别强调，他面对的不是吴满有一个人，而是整个吴家枣园的全体农民。这种农民群体具有了此前没有的"特殊性"，他们是一种"新的农民典型"："这些有幸福接触民主的阳光和革命的雨水的农民，集体精神已在不断地增长着。"二是有效地转化了文学写作的方式。整风运动之前的文学写作，大部分都是个人化的知识分子的写作（即毛泽东批评的"亭子间"写作）。而《吴满有》不再是"亭子间"的个性化文学写作，艾青把它植入到人民群众的生活现场。艾青创作完成《吴满有》的初稿之后，他带着稿子来到人民群众的生活之中，以朗诵的方式让人民置身于诗歌生产的现场。朗诵的现场犹如广场，人民大众得以在这一形象塑造的过程中获得狂欢的"快感"。

《吴满有》共有九个小标题，分别为："写你在文化界的欢迎会上""写你受苦的日子""写你翻身""写你勤耕种""写你发起来了""写你爱边区""写你当了劳动英雄""写你叫大家多生产"和"写你的欢喜"。对比着前文提及的莫艾报道文章，我们发现，除了诗歌第一部分"写你在文化界的欢迎会上"、第九部分"写你的欢喜"为艾青2月6日在劳动英雄欢迎会上直观感触的真实记录外，其他七个部分，都是由新闻通讯的报道文字直接转换而来的。仔细阅读这些诗歌的语言文字，可以在莫艾的新闻报道文字中找到对应的文字。此处以第二节"写你受苦的日子"（所占诗歌篇幅较长，看到的问题更多）为例，进行对比说明：

表格 2：长篇叙事诗《吴满有》与新闻报道文字对比表

序号	《吴满有》诗歌内容	记者的报道文字	文章出处
1	你小的时候，／给人家拦羊，／挨打挨骂；／为了把羊喂饱，／你空着肚子，／从这山头，／爬到那山头。	在延安以北，约有 800 华里之遥，是陕北著名的横山。那里，大都是些缺吃少穿的"受苦人"。尤其是在民国十六七年之间，连草根树皮，差不多都罗掘殆尽，可是苛捐杂税，还要压在这些甚至连裤子也没有穿的老百姓身上。	《忘不了革命好处的人——记模范劳动英雄吴满有》
2	等你举得起镢头，／你帮人家种地，／一年又一年，／真是愈种愈穷；／直到三十四岁，／北边闹荒旱，／大大小小一家人，／"下南路找吃！"／你从横山逃难到延安。	在民国 17 年的秋天，他卖尽一切，带了七块大洋，携带着弱妻和两个幼女，一个稚儿，噙住眼泪，硬起头颈，别了老母和兄弟，躲开横山那些"青面獠牙"的税吏和地主，爬过一山又一山，沦落到了延安府。	同上
3	你带着几张嘴，／啥也没有，／当着大风砂，／坐在路口。	延安虽说是陕北的一个"大城市"，但"朱门酒肉臭"的豪势们，并没有因为吴满有没饭吃，向他布施一粒小米；也没有因为吴满有需要种地，拨给他一小角地。	同上
4	你到吴家枣园，／住在一间破窑里，／衣服遮不住身体，／和婆姨两个人，／砍柴烧炭过日子——／山多人少柴炭贱，／枉费力气不值钱。	生活的重担，没有一个时刻不重压在他们的身上，一天不受苦，一天就没有吃的。哪怕是那没有人迹的、狼豹出没的荒山野岭，也得赶在残月犹白的黎明之前，带着镢头上山砍柴，看着差不多砍足 50 斤大秤重，就急忙翻山越岭，背到市场上出卖。柴价很低，每斤柴只值三文麻钱，50 斤柴也不过百五十文，一年背柴二百背，一年的辛勤，恰是三万个麻钱，凭这养活大小三口，是不可能的。	同上
5	荒旱好像追赶你，／它也来到了延安，／天天晴空百里，看不见一朵云，／太阳是一个大火炉，／把禾苗都烧死，／种庄稼的没饭吃——／大家吞糠皮，／吃橡树叶子。	老家横山的天灾"人祸"，衙门老爷的鞭子，其实要比炎日当空的旱灾凶恶得多。他的两个弟弟和母亲，也就好随着逃荒的人群，像被洪水冲垮的断桥折木一样，漂泊到延安。	同上
		每年的四月至七月这三个月，连麸糠也吃不上，只好啃些野菜荒草度日。	
6	为了救几个孩子，／你把三岁的女儿，／给了一个地主，／换了五升糜子。	可是一家四口的生活还是维持不下去，于是又不得不把年仅 3 岁的幼女，以五升租粮的代价，让给一个姓曹的，"希望"幼小的生命，能在这人世中活下去，夫妇俩也好集中力量养活身边的小儿子。	同上

7	饿得没有办法，/你们上山挖苦菜，/用开水冲去苦味，/大大小小抢着吃，/婆姨吃病了，/没有钱医；	无	无
8	谁看见过饿死的人？/吴满有看见过——/吴满有的婆姨是饿死的，/她死的时候真难看，/脸上一阵青一阵白，/嘴唇焦得像干菜；	但人终究是人，不是机器，艰苦奋斗了三个年头，到民国20年，他和他的妻，终于一起病倒，地种不上，不久妻"呜呼哀哉"的死了。	《忘不了革命好处的人——记模范劳动英雄吴满有》
9	她死的时候真可怜，/一心想吃碗面，/吴满有到那儿去找面？		
10	吴满有对她说：/"先吃黄连后吃甜，/先吃糠麸后吃面，"/但是她却死了。		
11	你借了五六块钱，/买了一口棺材，/买了几张纸钱，/把她埋在荒地里。		
12	活着的就更苦了——/一个九岁的女儿，/一个七岁的儿子，/最小的才两岁，/一双双饥饿的眼睛，/都睁得大大的，/一个个小小的脸，/皱得像老人。	生活圈显得更加阴暗。	同上
13	三个孩子挤在炕上，/不是赤着上身，/就是光着屁股，/脏得像猪子，/瘦得像猴子，/大的叫喊，/小的啼哭。		
14	军阀时代，/穷人比狗还不如；/或者就像走绳索，/一个不当心，/马上会丢掉生命；/收税的像"活无常"，/"一手拿个枪，/一手拿个绑。"	"一手拿着枪，一手拿个绑"的官吏，在一个死了妻子，卖了女儿，连麸糠也吃不上的农民面前，是怎样一幅情景啊！	《笔杆锄头和锤子（特写）——文化界欢迎三英雄》

15	为了欠几块租钱，/ 你被绑到城里，/ 为了交不起"维持费"，/ 你被捆在深山里。	延安的老爷和横山的老爷，却是一模一样，吴满有因为缴不出"维持费"，被逼到荒山里，挨了"青天老爷"们"洞察民情"，被放了回来。总算使他保存着皮开肉破的伤体爬回家里。	《忘不了革命好处的人——记模范劳动英雄吴满有》
16	你没有土地，/ 没有耕牛，/ 没有犁耙，/ 像一头牲口，/ 不说话——/ 痛苦藏在肚子里，/ 仇恨放在心里。	茫茫人海，诉苦是没有地方的，做工吧，总要有一点生产工具，但这也是毫无办法的。	同上
17	你辛辛苦苦，/ 把收成给了地主；/ 留下几颗杂粮和粗糠，/ 吊着几条命，/ 在世界上受苦——	没有谁来救急他，吃的是树叶和麸皮，后来向地主租两三亩荒地，全家打柴做工。在缴租纳税之外，过着半饥半寒的生活。	模范英雄吴满有是怎样发现的
18	难道种下去的是谷子，/ 长出来的是秕糠么？	无	无
19	莫非世界上真有一种人，/ 活着是为了受苦么？	"天哪！穷人这样受苦，来赎他前世的罪过，还是注定该死的么？"吴满有即使向天哀叫一百声，蔚蓝的延安府的天，连云彩也没有一朵，吴满有孤独地病在荒山上。	《忘不了革命好处的人——记模范劳动英雄吴满有》

按照表格的数据统计来看，第二部分总计为十九节。除第七节、第十八节没有真正的对应新闻报道文字之外（或许并不在莫艾的报道文字中选取，而是艾青选择了其他的来源处），其余十七节都可以在莫艾的新闻报道文字中看出。这一方面说明，艾青在《吴满有》创作的过程中，明显地以《解放日报》中新闻报道文字塑造出来的"吴满有"形象，进行文学形象的农民劳动英雄吴满有建构。另一方面，我们看出艾青在语言观念上的"突破"，他如何有效地把新闻报道文字转变为诗歌语言，真正转变了他此前诗歌写作体现出来的"沉重"基调[1]。经历延安《解放日报》革新座谈会后，报纸的语言色彩发生了很大的变化，至少在普及化的方向上，呈现出可喜的成绩。艾青是《解放日报》革新座谈会的参会者，他在实际的诗歌写作中，试图展开一种新的"实验"，"从艺

---

[1]　程光炜：《艾青评传》，南京大学出版社2015年版，第177页。

术体裁上说，完全是新的，既不同于历史上的诗、赋、词、曲，也不同于今天民间的唱本、小调，但是因为它有了群众的生活，用了群众的语言"①。尽管《解放日报》认为艾青《吴满有》是在群众生活中使用了群众的语言（的确，艾青从吴满有的交谈中获得了大量的日常用语，直接让这些日常用语进入诗歌文本之中），但他在语言转换的过程中，如何将平铺的陈述性语言（也包括政治性语言）转变为立体的、充满情感的诗化语言，这才应该引起我们的注意。我们仅以八至十一节、十二至十三节来予以简单阐述。

如果从诗歌语言的基本语素来看，第八至十一节艾青主要从"不久妻'呜呼哀哉'的死了"这句话作为采集的语素。"呜呼哀哉"具体在吴满有妻子的身上如何体现，记者的新闻报道文字并没有展开。艾青根据这一词语展开了自己的诗歌意象建构，当然这一切的语言建构，肯定与2月6日欢迎会上吴满有的座谈讲话过程中、艾青的近距离观察有密切的关系，这本身涉及相关生活细节的诗化把捉。新闻语言的"呜呼哀哉"，给读者的印象并不深，但艾青在将这一词语进行诗歌语言的加工过程中，他增加了吴满有妻子"死得难看""死的惨状"，妻子临死前的"愿望"等具体化内容如何破灭都有机地勾连出来，这样的文字包含了深厚的情感，让读者（听众）在组合意象营造中，加深了对吴满有翻身之前悲惨命运的真实理解，也对旧社会的老百姓惨景表达出特殊的情感。吴满有妻子去世后家庭的惨淡，新闻报道文字仅仅一句"生活圈显得更加阴暗"简单交代，但艾青在生活的观察和交谈记录中，把这一"阴暗"的具体表现真正刻画了出来（主要在诗歌的第十二、十三节），他把三个孩子的生活惨状摹写了出来。新闻报道文字本身追求的是准确、真实，但在给人的想象空间展开上来说，它的确比不上充满想象性话语的文学语言，诗人艾青在这一语言转换的过程中，明显有自己的思考，相关的转换也有可取之处。尽管这种语言的实验并不是诗歌取得成功的最大因素，但缺少这一环节，"由对话性和声音性建立起来的新的主体感"②也会有所丧失。

在配合着《吴满有》这部长篇叙事诗的出版过程中，新华书店丛书编辑部专门写了"编者的话"，副标题为"关于文艺的'新方向'"。

① 新华书店丛书编辑部：《编者的话》，见艾青等《吴满有》，［延安］新华书店1943年版，第4页。

② 路杨：《作为生产的文艺与农民主体的创生——以艾青长诗＜吴满有＞为中心》，《文学评论》2018年第6期。

· 百年新诗学案 ·

该文重点指出《吴满有》被推作是"朝着文艺的'新方向'发展的东西"，具体体现在"为谁写""写什么"和"怎么写"三个方面，但根本的问题还是"在于文艺工作者立场观点方法的改造"①。这更加证明，新华书店推出《吴满有》这部长篇叙事诗的背后，的确有强烈的政治使命，"我们正在期待着这个小册子能够走到本区的吴满有和吴满有的无数伙伴们的手里；倘因此而能稍稍引起他们劳动和创造的热情，那更是意外的收获了。"②这是针对政治价值而言的。不管是长篇叙事诗《吴满有》，还是新闻宣传的通讯文字"吴满有"，最终的目的应该都在此处。

需要交代的是，在延安有着敏锐观察的赵超构，当时注意到延安的诗歌空气，"诗歌的空气，比不上报告文学，但比小说还浓厚得多。"但关于诗歌的成绩概括，局外人的赵超构却显得很困难。他关注到延安文艺政策的"导向"，读出艾青的长篇叙事诗《吴满有》具有的"朗诵"特征："据外媒读来的感觉，这本诗的特色，也就是便于朗诵，同时还利用民间的语言，描绘农民的生活形态，比过去革命诗人的口号诗标语诗，是自然得多了。"③当然也有人对《吴满有》提出批评，认为"人物的认识，不够深刻"、"有说教的意味"，但仍旧不能否认长篇叙事诗《吴满有》"是艾青创作路线的发展"④，而被冠名为"人民的诗"⑤。

三、政治明星吴满有"被俘"后的遭遇：
共和国文学史建构中的"缺席者"

长篇叙事诗《吴满有》经由《解放日报》1943年3月9日发表，成为艾青在延安文学创作中重要的代表作。《解放日报》能以整版的方式发表这部诗歌，说明中共中央宣传部对这首长篇叙事诗是高度重视的，后来还被重庆《新华日报》转载，它给艾青带来了很大的"政治声誉"："这首诗在艾青同志自己是一个转变，即由写小资产阶级而转变为写劳苦群众。这首诗在《新华日报》发表以后，影响许多大后方的青年向往

---

① 新华书店丛书编辑部：《编者的话》，见艾青等《吴满有》，第4页。

② 新华书店丛书编辑部：《编者的话》，见艾青等《吴满有》，第4页。

③ 赵超构：《延安一月》，上海书店1992年版，第130-131页。

④ 诗潮社：《关于吴满有——诗潮社第一次座谈会记录》，《民主（桂林版）》第36期，1947年1月11日。

⑤ 邵璱：《人民的诗＜吴满有＞》，《十月风》创刊号，1947年4月1日。

延安，宣传了我党在边区的经济建设"①。1945 年，艾青被评为"边区甲等模范工作者"②，正是因为长篇叙事诗《吴满有》带来的政治声誉。

但历史演进到 1948 年 4 月，政治明星吴满有遭到"灭顶之灾"。1947 年 3 月，胡宗南部以二十万大军进攻陕甘宁边区。吴满有以边区参议员、枣园乡乡长的身份主动要求参军，被任命为西北野战军二纵队民运部副部长，先后参加过榆林、瓦子街等战役，1948 年 4 月在西府战役中被俘后，被认出其真实的政治身份。尽管中国共产党高层曾经试图在西安采取营救措施，吴满有最终还是没有被营救出来。国民党宣传机构大肆宣传"吴满有被俘"，以期利用吴满有对于内战中正义战争做出政治宣传的伸张。国民党控制的报纸《中央日报》（南京）曾经刊载《吴满有的新生》（1948 年 9 月 26 日）、《吴满有杨经曲后日报告匪情》（1948 年 9 月 26 日）、《认清革命对象，选择正确路线》（1948 年 9 月 28 日）、《杨经曲昨报告毛匪叛国经历》（1948 年 9 月 29 日），大部分文章均以"中央社"的名义进行刊载。他们还利用密布的广播通讯网络，于 1948 年 9 月 26 日、27 日和 28 日播讲"匪区实况"，"全国各地电台联合转播"③，把吴满有的"讲话"播放到可以播放的地方，甚至还派遣飞机撒播"吴满有叛变"的宣传资料，提高普通民众对吴满有被俘自首宣传的"效果"。正如有研究者指出国民党的这种政治宣传攻势，"实在是出于政治舆论宣传之需要"④。1950 年 3 月，被俘的吴满有回到老家吴家枣园，很快被组织做出政治定性，确认他公开投敌的"叛变行为"，宣布开除他的共产党员党籍。吴满有曾托人多次向党中央、毛主席写信辩护自己的被俘过程，但相关信件均石沉大海。1959 年 3 月，吴满有在吴家枣园郁郁而终，享年六十六岁⑤。他的人生富于戏剧性，这对他的形象塑造、甚至对那些文学艺术的书写形式的文史评价，产生了潜在的负面影响。

1949 年 1 月 3 日，"延安五老"之一的谢觉哉（1884-1971）在日记中写了一段话："退一步讲，共产主义者尚不免有地位观念，那应争取的不是职务——什么长的地位，而是业务上能做有益于人民的事的地

① 鲁艺：《吴满有其人其事》，《山西档案》2006 年第 4 期。
② 胡乔木：《胡乔木回忆毛泽东》（增订本），人民出版社 1994 年版，第 264 页。
③ 《吴满有等飞京播讲匪区实况》，《中央日报》1948 年 9 月 26 日。
④ 李晓灵：《英雄的终结——吴满有"投敌"的历史真相》，《延安大学学报》2011 年第 6 期。
⑤ 朱鸿召：《吴满有：一个延安农民的天上人间》，《档案春秋》2011 年第 6 期。

位。被人看得起的是后者而不是前者。陶端予应长做小学教师，老丁应长刻蜡版，杜老汉应长喂猪，陈琪应长做厨子，斯塔哈诺夫现还在挖煤，斯塔哈诺夫如提升为什么部长也许早垮了。吴满有搞农业有办法，我们却硬给他加上若干头衔，弄得他莫名其妙。其失败也宜哉。"① 尽管这是谢觉哉抄自写给别人的书信内容，但它从侧面让我们陷入思考。谢觉哉对共产党宣传吴满有的政治行为进行了深刻的"反思"，包括把吴满有运动推广到学习苏联"斯塔哈诺夫"（今译为史塔汉诺夫）运动的高度，这是戕害了一个淳朴的农民。"其失败也宜哉"的深刻之处，或许正在这里。

文学艺术领域里最先消除"吴满有"的政治影响的，首推女作家丁玲。她在《太阳照在桑干河上》的初版本第十五章第三段中，有一段关于吴满有的细节，就是"文采同志"误把墙上的木刻像吴满有当作主人的父亲。鉴于吴满有的现实政治语境发生了变化，丁玲在 1950 年后的《太阳照在桑干河上》中对这个"吴满有"进行了替换，改变成"刘玉厚"。尽管只是一个细节的修改，但我们可以看到：丁玲在政治态度上是非常敏感的，她的修改"是当时顺应政治情势的改动"。② 面对吴满有和艾青的叙事长诗《吴满有》的现实遭遇，有研究者指出其深刻的启示，"一个人业务上的价值和地位，不一定非得要在政治地位上得到补偿和体现，二者是不完全对称的，后者有时甚至会摧残和羞辱前者。"③ 这正贴切地适合农民吴满有和长篇叙事诗《吴满有》的遭遇。

诗人艾青可能是最尴尬的，毕竟长篇叙事诗《吴满有》给他带来过巨大的声誉，但人物的政治经历变化是艾青根本无法防备和预测的。1950 年在编选"新文学选集"这套书时，《艾青选集》列入丛书之一种。"新文学选集"丛书的编选凡例规定，健在作家的选集均由作家自己编选④。艾青面对自己的代表作《吴满有》，内心里此时显得很"复杂"。在《自序》文字中，他提及了一句话，指向的正是《吴满有》这部长篇叙事诗："一九四二年参加延安文艺座谈会，听了毛主席的讲话，参加一九四二年到一九四五年间的整风学习，对我是一次大改造，我将永远感激中国共产党和毛主席所给予我的教育。这个期间，我的创作的风格，

---

① 谢觉哉：《谢觉哉日记》（下），人民出版社 1984 年版，第 1278 页。

② 龚明德：《改"吴满有"为"刘玉厚"》，《出版史料》2006 年第 4 期。

③ 贺永泰：《〈谢觉哉日记〉中的"农民英雄"吴满有》，《世纪》2011 年第 2 期。

④ 唯一的例外为《叶圣陶选集》和《赵树理选集》。叶圣陶委托自己的老朋友金灿然编选，赵树理根本没有参加到编书的过程之中。袁洪权：《开明版〈赵树理选集〉梳考》，《文学评论》2013 年第 1 期。

诗探索 16　理论卷　2019 年　第 4 辑

起了很大的变化，交识了一些劳动人民里面的英雄人物，写了一些记录性的散文，学习采用民歌体写诗，但因为这些作品多半都是学习性质的，也因为有的作品所歌颂的人物已有变化，这个时期的作品就不选了"。①艾青在延安时期的确与很多劳动人民里面的英雄人物有交往，但交往最深的恐怕首先还是农民劳动英雄吴满有。既然吴满有此时已经"有变化"（这变化让党组织无法接受，更何况是艾青个人），不选也是理所当然的事。艾青在二十世纪八十年代仍旧坚持，"后来由于吴满有本身出了问题，这首长诗才好长时间不再提它了"②。从《艾青选集》（开明书店，1951年）、《艾青诗选》（人民文学出版社，1955年）、《艾青诗选》（人民文学出版社修订版，1979年）、《艾青选集》（四川文艺出版社，1985年）的几种版本来看，艾青都尽可能回避了长篇叙事诗《吴满有》，有效规避了诗歌文本可能带来敏感的"政治问题"③。

相关的中国现代文学史处置中，目前唯一见到谈及长篇叙事诗《吴满有》的，是1954年在王瑶（1914-1989）的书信里。1954年5月8日，王瑶回信给"叔度同志"，谈及自己在《中国新文学史稿》下册的修改过程中，曾和艾青通信谈及在解放区诗歌的叙写中如何处理长篇叙事诗《吴满有》的问题。艾青在给王瑶的回信中，明确地表达自己的态度"他不主张讲"，理由仍如1950年《艾青选集》自序中的说法，"因为所写的人物发生了问题"④。因目前并没有看到王瑶《中国新文学史稿》下册手稿，我们无法确知当年他在手稿中涉及《吴满有》的叙述话语到底是怎么展开的。但从致"叔度同志"这封信中透露的信息，让我们看到在50年代（确切的时间应该在1952年5月28日前，年谱记载这一天《中国新文学史稿》下册脱稿⑤）文学史建构的过程中，王瑶曾经对《吴满有》表达了自己的看法，它应该在解放区文学史的叙述中有一定的地位。1957年反右运动之后，诗人艾青的政治身份也成为问题，相关诗歌的文学史评价发生了"变味"⑥，《吴满有》这首长篇叙事诗当

————————
① 艾青：《自序》，《艾青选集》，开明书店1951年版，第8页。

② 周红兴：《艾青研究与访问记》，文化艺术出版社1991年版，第330页。

③ 在国内出版界有不成文的解读方式，一旦有问题的作品或人得到公开出版的机会，就意味着平反在即，或有平反的机会。

④ 王瑶：《王瑶全集》第八卷，河北教育出版社2001年版，第258页。

⑤ 《王瑶年谱》，见《王瑶全集》第八卷，第374页。

⑥ 徐迟和田间在这时期分别写文章，批评艾青，对艾青的文学史评价产生很大的负面影响。徐迟：《艾青能不能为社会主义歌唱》，《诗刊》1957年第9期；田间：《艾青，回过头来吧！》，《诗刊》1957年第9期。

然不在中国现代文学史的叙述范围之内。即使在 60 年代由周扬（1908–1989）主持的"中国现代文学史"写作，延安文学中曾经风云一时的这部长篇叙事诗仍旧没有进入国家意义的文学史叙述框架。甚至在 80 年代有关艾青的传记文字中，涉及 1943 年的生活与创作，也只能最大限度地进行这样的叙写："1943 年，到吴家枣园生活了一些日子，交识了当时的边区劳动英雄，并写了一首长诗。"[①] 这个劳动英雄（吴满有）的名字并没有被凸显出来，长篇叙事诗《吴满有》仍旧是一个政治敏感的文学话题。

（本文为国家社科基金项目《开明书店版"新文学选集"丛书专题研究》的阶段性成果）

［作者单位：西南科技大学中国语言文学系］

---

① 海涛、金汉编：《中国当代文学研究资料丛书——艾青专集》，江苏人民出版社 1982 年版，第 5 页。

戴望舒"附逆"辨

古远清

检举"文化汉奸"运动来势凶猛

抗战胜利后，全国文艺界开始了检举"文化汉奸"运动。"中华全国文艺协会"（原"中华全国文艺界抗敌协会"）在1946年2月1日出刊的光复版第二号《文艺生活》上，发表了《关于惩治附逆文化人的决定》，对运动的方针政策作了详细的说明。

作为跨地区的刊物《文艺生活》，由设在桂林的文艺生活社发行，编辑负责人为时在广州的司马文森、陈残云，另设有香港通讯处，联络人为吕剑。《关于惩治附逆文化人的决定》云：

本会为严守忠奸之分，为民族雪耻，为人民申冤，特组织"附逆文化人调查委员会"，从各方面着手调查工作，业经呈政府备案。

1，附逆文化人定义：任伪文化官者；主编及出版伪书报杂志者；著述为伪方宣传之作品者；从事伪教育文化工作者；伪特务文化人员；在敌控制下文化事业机关中之工作者及其他不洁人物。

2，惩治办法：

一，公布姓名及其罪行。

二，拒绝其加入文协及其他文化团体。

三，将附逆文化人名单通知出版界拒绝为其出版书刊。

四，凡学校、报馆、杂志社，等等均拒绝其参加工作。

五，附印附逆文化人罪行录（姓名、著作、罪状）分发全国及海外文化团体。

六，呈请政府逮捕，由文化界推举代表参加公开审判。

这一检举"文化汉奸"运动来势凶猛，它首先在"文化汉奸"的老窝上海发动，后来在南京、重庆乃至香港等地，许多爱国作家们也纷纷起来声讨和检举"文化汉奸"。司马文森发表了带有导向性的《检举文艺汉奸》，其中云：

> 对伪军的宽容，是中国抗战史上一大耻辱，我们现在不需要再有这个耻辱，宽容的时代已经过去了。……把他们在敌伪刊物发表的文章统计出来，把他们参加大东亚会议的次数统计起来，把他们得到的奖金什么的都列举出来，以判定他们的罪状。

在检举运动中，首当其冲的是在敌伪刊物上发表过文章的张爱玲。日本投降后，社会舆论铺天盖地对她进行谴责，张爱玲只好很不情愿地于1946年发表《有几句话同读者说》回应：

> 我自己从来没有想到需要辩白，但最近一年来常常被人议论到，似乎被列为文化汉奸之一，自己也弄得莫名其妙。我所写的文章从来没有涉及政治，也没有拿过津贴。

有人检举说：1944年11月2日，张爱玲名列南京"第三届大东亚文学者大会代表"的邀请名单。"其实邀请名单并不等于出席名单。张爱玲早已知道这次会议的性质，故她聪明地选择缺席。至于说张爱玲参加亲日性质的文化活动，即1945年7月由汉奸报纸《新中国报》主办的"纳凉会"，这只能说明张爱玲出席过这种应酬性的会议，可她并没有在会上发表反对抗日的言论。张爱玲在别处虽然赞颂过日本艺妓，但这艺妓不等于是日寇。有人还在网上为文说张爱玲"与汉奸先通奸，再姘居，再结婚，胜利后私藏汉奸，资助汉奸，张爱玲不是汉奸，谁是汉奸？"这里把私生活与政治混淆，结论也下得太快了。文中说的汉奸，当然是指汪精卫伪政权的骨干胡兰成，他曾任相当于宣传部副部长的汪伪宣传部政务次长，还兼任伪《中华日报》总主笔。可胡兰成是汉奸，不等于他妻子是汉奸，正如鲁迅的弟弟周作人是汉奸，不等于鲁迅是汉奸一样。说张爱玲与胡兰成"通奸"，这"通奸"属道德范畴，不是刑事犯罪。何况"通奸"通常是指有夫之妇与有妇之夫发生的性行为，而张爱玲当时并未结婚。先同居后结婚，最多是违反婚姻法，它不属政治问题。当然，

诗探索16 理论卷 2019年 第4辑

这所谓"通奸"与"结婚"的对象，均为大汉奸，这只能说明不辨民族大义的张爱玲，被潇洒健谈、口若悬河、风度优雅的中年男子所迷惑、所俘虏。张爱玲送钱给在温州乡下避难的胡兰成，与其说是"资助汉奸"，不如说是张爱玲和所有恋爱中的女人一样的低智商，一样的昏迷痴恋，为胡兰成神魂颠倒所做出的一种愚昧行为。张爱玲与胡兰成同居、结婚，纵使她有千万条理由，也不能说明这个玩弄女性的老手该爱，其实胡兰成并不配张爱玲所爱。在《天才梦》中，张爱玲说："我是一个古怪的女孩，从小被目为天才，除了发展我的天才外别无生存的目标。"张爱玲生存的一个重要目标便是情爱，而非政治。正是这种生存目标，使她不辨忠奸，导致爱情至上，错嫁了人。可是她不后悔，只觉得与胡从相识到结婚自己好像是做了一场梦，她曾说过："爱就是不问值不值得。"

　　发动检举"文化汉奸"运动，是为民族雪耻，这完全必要，也非常及时。可在今天看来，一搞"运动"就难免会出现扩大化的倾向，这不妨以关露的遭遇为例，她和张爱玲只是受到舆论的抨击完全不同。原名胡寿楣的关露，又名胡楣，原籍河北延庆。系30年代著名作家，与潘柳黛、张爱玲、苏青并称为"民国四大才女"，赵丹主演的电影《十字街头》主题曲《春天里》，就是关露写的。1939年，关露受中共地下党派遣，到汪伪特工总部"76号"策反特务头子李士群，后又打入日本大使馆与海军报道部合办的《女声》月刊任编辑。抗战胜利后，这位著名的"红色间谍"被国民党列入汉奸名单；新中国成立后，她又因当年单线联系找不到证人而被加上汉奸罪名，两次入狱，出狱时仍然顶着"定为汉奸，不戴帽子"的污名，直到1982年3月23日获得平反。

检举"文化汉奸"的扩大化殃及戴望舒

　　穆时英、杜衡与戴望舒，这三位作家都是胡兰成在香港时的邻居。穆时英落水，1940年6月遇刺身亡，戴望舒后来说："当我以前的妻兄穆时英附逆的时候，便是我亲自在香港文协的大会中揭发他并驱逐他出去的。"杜衡也就是苏汶据说当时也落水，戴望舒在1939年5月写给艾青的信中云："路易士已跟杜衡做了汪派走狗，以前我已怀疑，不对你明言者，犹冀其改悔也。"

　　想不到检举"文化汉奸"运动的扩大化，竟也殃及这位有"雨巷诗人"之称的戴望舒身上。远在 1937 年《今日诗歌》编辑部因不满戴望舒批评"国防诗歌"有标语口号化倾向，便攻击戴望舒是"败类"，是"汉奸底化身"①。在 1946 年 2 月 1 日出版的第二号《文艺生活》上，发表了《留港粤文艺作家为检举戴望舒附敌向中华全国文艺协会重庆总会建议书》——

文协理事诸先生：

前以香港收复，贵会根据某些私人不确实的报道，曾有委托戴望舒主持文协驻港通讯处之决定。窃以为戴望舒前在香港沦陷期间，与地位（疑为"敌伪"——古远清注）往来，已证据确凿（另见附件）。同人等不同意于前项之决定，因此联合建议，请贵会立即考虑下列两点：1，撤销文协驻港通讯处，另组筹备处，即行组织香港分会。2，文协及其会员，对于有通敌嫌疑之会员及其他文艺作家，应先由当地文艺界同人组织特种委员会，调查检举；在未得确实结论以前，不应与他们往来，如何之处，盼即迅速决定，赐复。此顺颂

公安！

何家槐　黄药眠　怀湘　苏夫　周钢鸣　瞿白音　韩北屏　陈残云
章泯　吕剑　卢荻　林之春　刘思慕　严杰人　陈原　洪道　周行
陈占元　周为　黄宁婴　司马文森

附件 1：抄录民国卅三年一月廿八日伪东亚晚报所载《香港占领地总督部成立二周年纪念东亚晚报征求文艺佳作》启事一则。（内"新选委员会"名单计有：……叶灵凤、戴望舒等）

附件 2：伪文化刊物《南方文丛》第一辑一本。该刊于"昭和廿年八月十日发行"，载有周作人、陈季博、叶灵凤、戴望舒、黄鲁、罗拔高及敌作家火野苇平等之文字。

附件 3：剪贴戴望舒作《跋山城雨景》一文。按《山城雨景》为罗拔高所作，罗即卢梦殊，在香港沦陷期间任伪《星岛日报》总编辑，曾赴东京"晋见"东条。该书在三十三年九月一日香港出版。

（本建议书连同附件，共四页及《南方文丛》一册。同人签名自民国三十五年一月一日起始。附注）

---

① 《今日诗歌》第 2 期，1937 年 6 月。

这检举揭发者，多半是听到风就是雨的不明真相者，但不管他们的动机如何，签名者不是右翼文人而是清一色的左翼文人。值得注意的是，戴望舒当时主持着"文协驻港通讯处"，这是经过重庆总部认可的。而这时有人企图另立山头，筹备组织"香港分会"或"港粤分会"。这份检举书，有人认为可能是两派争夺领导权所引发。

从何家槐到黄药眠，这些签名者均为当年显赫一时的文化人士。其中刘思慕为最初的文协分会负责人，"怀湘"是左翼《华商报》副总编廖沫沙的笔名，吕剑也在此报主持副刊，"林之春"则是该报编辑部主任高天的笔名。这检举信虽然有"姑嫂斗法"的因素在内，但毕竟不是空穴来风，从信中可看出是戴望舒的"劣迹"是清查敌伪书刊时发现的。从这些材料看，戴望舒确实与敌伪方面有染，但这"染"有程度深浅之别。

根据揭发材料所说的第一项征文活动，确是汉奸主控的《东亚晚报》所举办。但这"新选委员会"是戴望舒出席了被选上，还是没有出席被别人越俎代庖？就是被选上，也不一定是汉奸吧，如叶灵凤。

第二项说于"昭和廿年八月十日发行"的伪文化刊物《南方文丛》第一辑，载有周作人、叶灵凤、戴望舒等人的文字，这其中周作人是尽人皆知的汉奸，叶灵凤则曾一度被误为"文化汉奸"，后查明他是打入敌方为我方工作的"同志"。戴望舒与叶灵凤不同，他不是"地下工作者"，伪文化刊物刊其文章是真，但我们要看这文章有无为虎作伥的内容。现查明，并没有涉及国家民族利害关系的内容。我们还要问：此稿是戴望舒自己所投，还是刊物主动邀稿？这两者性质并不一样。此外，他在该刊发表文章后，有无进一步成为《南方文丛》的骨干作者，尤其是有无出席他们的反对抗战的会议？这些同样属"事出有因，查无实据"，应本着疑罪从无的原则，不应判定戴望舒为附逆文人。当然，戴望舒的汉奸问题还未查清之前，的确不适宜"主持文协驻港通讯处"。

第三项说戴望舒为罗拔高《山城雨景》的作品写后记，可这后记同样未查出有媚日的文字，就连与政治社会有关的内容也找不出。更无证据说明戴望舒写了此篇后记后，就与对方同流合污。当然，他不应该写这篇文章，但中国是人情社会，为了忍辱负重地生存下去，戴望舒写点"与抗战无关"的应景文字，情有可原。

郑振铎在日本投降后，发表的系列文章《锄奸论》有云："因生活的压迫不得已而……在敌伪刊物写作无宣传性质之文字者"，是"第三等罪犯"。既然是"无宣传性质之文字"，怎么可以说是犯"罪"，作者是"罪犯"？在《锄奸续论》中，郑振铎又说："关于'奸''伪'

一类的东西连狗都不如，其实称他们为狗都不配。"这种说法违反了鲁迅讲的"辱骂和恐吓不是战斗"的教导。

总之，根据《关于惩治附逆文化人的决定》公布的"附逆文化人"定义，可看出戴望舒并未担任过伪文化官员，未曾主编及出版伪书报杂志，其著述未有为伪方宣传之内容，他也未曾从事伪教育文化工作或在敌人控制下文化事业机关中工作，其本人亦非伪特务文化人员。至于"附逆文化人"定义"不洁人物"这一条，这似乎与戴望舒沾点边。这"不洁"当然不是指黄色，而是指不洁身自好与敌伪往来，但"不洁"的定义毕竟过于模糊，操作起来困难。检举者也只是列举篇目，未能指出戴望舒诗文有哪些内容属"不洁"之处或存在着卖身投靠的丑恶行为。与此相反，戴望舒倒是有两次拒绝了敌人授意组织的"香港文化协会。"

戴望舒写给粤港作家的《辩白信》

戴望舒也曾被信任过。那是在 1945 年 9 月 24 日，抗战刚刚胜利，重庆的中华全国文艺界抗敌协会，给远在香港的戴望舒写了一封署名处盖有协会大印的信。当时负责全国文艺界抗敌协会日常工作的是总干事老舍。此信言辞恳切，对戴望舒委以重任，总部希望他积极参加恢复香港文协的活动。该信由毛笔书写，宣纸信笺。从笔迹看不像老舍亲笔，可能是总会的工作人员代劳。不管是谁执笔，都应该经过老舍的同意。原文如下：

望舒先生：

接九月十一日由昆明转寄重庆航信，知道你从港战发生到最近的大概情形，我们感到愉快和安慰。这里特向你致送慰问。

在这次的神圣抗战中，汉奸如此之多，是中华民族的奇耻大辱。本会已设立机构（"附逆文化人调查委员会"），负调查文化汉奸之责。香港方面传闻甚多，本会一时难于判断。现经本会常会议决，请你和其他在港坚贞会员开始初步工作，调查附逆文化人罪行，并搜集证据。但暂勿公布姓名，一俟全国调查完竣，证据备齐，加以审查后，才来作一个总公布。

香港分会暂缓正式恢复，请先与会员举行谈话会或座谈会，磋商有关作家本身权益的初步工作。现在抗战结束，对象已无，本会正进行商讨改换名称为"中华全国文艺协会"，定议后当即公布。

港方情形，望能详细告知，并请将各会员之通讯处见示，同时将此信传观，并代致慰问之意。

如邮递无困难，所需文艺书刊，当随后寄来。专此即祝

文祺！

中华全国文艺界抗敌协会

卅四年九月廿四日重庆（1945）

附来"附逆文化人调查表"一张，请照样印制分发各会员填写。

收藏这份珍贵史料的老作家冯亦代给《人民日报》高级记者李辉一小批材料，另有一封写于1946年2月从未发表过的戴望舒写给粤港作家的"辩白信"。之所以未发表甚至在友人之间均未传阅过，是因为当时党的文化界领导人夏衍来港，知道了戴望舒遭人检举这一情况，表示"这样不妥"。这"不妥"虽然说得很委婉，但大家都知道这是代表组织的意见，因此也就不再追查到底，以不了了之作结。下面是李辉珍藏的戴望舒的《辩白信》：

我觉得横亘在我的处境以及诸君的理解之间的，是那日本占领地的黑暗和残酷。因为诸君是生活在自由的土地上，而我却在魔爪下捱苦难的岁月。我曾经在这里坐过七星期的地牢，捱毒打，受饥饿，受尽残酷的苦刑（然而我并没有供出任何一个人）。我是到垂死的时候才被保释出来抬回家中的。从那里出来之后，我就失去一切的自由了。我的行动被追踪，记录，查考，我的生活是比俘虏更悲惨了。我不得离港是我被保释出来的条件，而我两次离港的企图也都失败了。在这个境遇之中，如果人家利用了我的姓名（如征文事），我能够登报否认吗？如果敌人的爪牙要求我做一件事，而这件事又是无关国家民族的利害的（如写小说集跋事），我能够断然拒绝吗？我不能脱离虎口，然而我却要活下去。我只在一切方法都没有了的时候，才开始写文章的（在香港沦陷后整整一年余，我还没有发表过一篇文章，诸君也了解这片苦心吗？）但是我没有写过一句危害国家民族的文字，就连和政治社会有关的文章，我在（疑为"再"——整理者李辉）一个字都没有写过。我的抵抗只能是消极的，沉默的。我拒绝了参加敌人的文学者大会（当时同盟社的电讯，东京的杂志，都已登出了香港派我出席的消息了），我两次拒绝了组织敌人授意的香港文化协会。我所能做到的，如此而已。也许我没有牺牲

了生命来做一个例范是我的一个弱点，然而要活是人之常情，特别是生活下去看到敌人的灭亡的时候。对于一个被敌人奸污了的妇女，诸君有勇气指她是一个淫妇吗？对于一个被敌人拉去做劳工的劳动者，诸君有勇气指他是一个叛国贼吗？我的情况，和这两者有点类似，而我的苦痛却是更深沉。①

这里说"在香港沦陷后整整一年余，我还没有发表过一篇文章"，尽管还须待查证，但正如李辉所言：这毕竟"不是英雄的慷慨宣言，更非烈士就义前的振臂高喊。可是，它所具有的深沉与悲切，却有着另外一种穿透人心的力量。"读这样的文字，不能不使人联想到他的诗作《等待》（二）：

把我遗忘在这里，让我见见
屈辱的极度，沉痛的界限，
做个证人，做你们的耳、你们的眼，
尤其做你们的心，受苦难，磨炼，
仿佛是大地的一块，让铁蹄蹂践，
仿佛是你们的一滴血，遗在你们后面。

这首诗写于1944年1月，离抗战胜利还较远，戴望舒自然无法乐观起来。但这里所表现的"受苦难，磨炼"的深沉情感，与后来写的"辩白书"精神完全一致。将"辩白书"与他的诗对照起来读，能强烈地感受到他"屈辱的极度，沉痛的界限"，以及心中还未熄灭的反抗"铁蹄蹂践"的火焰。

戴望舒不是"文化汉奸"

戴望舒不是"文化汉奸"，还可以下列事实做反证：1941年12月15日，香港沦陷后，侵略者大肆搜捕抗日人士。1942年，戴望舒也被日本宪兵逮捕入狱，坐了七个星期的牢。在狱中，尽管严刑拷打，受尽一般人无法忍受的折磨，但他并没有供出任何一位抗日战士。在牢狱里，他写下了《我用残损的手掌》，表现了一位爱国文人宁折不弯的大无畏

---

① 李辉：《戴望舒是汉奸吗？》，《上海纪实》2016年6月15日。本文参考了李辉的文章，特此致谢。

精神：

> 摸索 / 这广大的土地：
> 这一角 / 已变成灰烬，
> 那一角 / 只是血和泥；
> 这一片湖 / 该是我的家乡，
> （春天，堤上 / 繁花如锦幛，
> 嫩柳枝折断 / 有奇异的芬芳）
> 我触到 / 荇藻和水的微凉；
> 这长白山的雪峰 / 冷到彻骨，
> 这黄河的水夹泥沙 / 在指间滑出；
> 江南的水田，你当年 / 新生的禾草
> 是那么细，那么软……现在 / 只有蓬蒿；
> 岭南的荔枝花 / 寂寞地憔悴，
> 尽那边，我蘸着南海 / 没有渔船的苦水……
> 无形的手掌 / 掠过无限的江山，
> 手指 / 沾了血和灰，手掌 / 沾了阴暗，
> 只有那辽远的一角 / 依然完整，
> 温暖，明朗，坚固 / 而蓬勃生春。
> 在那上面，我 / 用残损的手掌 / 轻抚，
> 像 / 恋人的柔发，婴孩手中乳。
> 我把全部的力量 / 运在手掌
> 贴在上面，寄与 / 爱和一切希望，
> 因为只有那里 / 是太阳，是春，
> 将 / 驱逐阴暗，带来苏生，
> 因为只有那里 / 我们不像牲口一样活，
> 蝼蚁一样死……那里，永恒的 / 中国！

在作品中，诗人以"残损的手掌"轻抚祖国大地的每一寸河山，在幻想中再现了他的故乡以及长白山、黄河、江南、岭南、南海，还有他没有体验过的解放区"是太阳，是春"的光明景象。此诗的关键词是"手掌"，通过这"残损的手掌"表现了作者内心情感的波澜起伏。他由凄楚忧愤转而殷切期盼，对"有奇异的芬芳"的解放区人民寄予振兴中华的厚望。戴望舒的"手掌"为什么会"残损"，是什么原因造成他身陷

·百年新诗学案·

囹圄？这是因为他担任《星岛日报》副刊主笔期间，郭沫若、艾青、茅盾、沈从文、郁达夫、萧军、萧红等海内外进步作家成为"星座"的专栏作家或骨干作者。

戴望舒利用敌人提供的阵地，凭借维多利亚港的特殊环境，编发了不少有利于民族自救的作品，使《星座》成为流亡海外的国人心中的家园。港英政府为了不使英日关系破裂，开始收缩和防范岛内媒体的爱国宣传，"星座"自然成了新闻检查大员注重的对象。尽管在版面上，戴望舒用曲折的手法传达与抗战有关的文字，或采取指桑骂槐的战术，实在不行时就以"开天窗"的方式表示抗议，或者在文中加注"此处删去百余字"等字样，但他最后还是难逃一劫。

作为当事人之一的吕剑，在读到李辉提供的戴望舒《辩白书》时，认为戴望舒没有作伪，他是可以信赖的同志：

戴望舒这封信，的确写得真切、沉痛，至为感人，而且令人信服。没有想到，他在香港沦陷期间，竟经历了这样一段苦难、残酷而又泾渭有分的人生。我前信说，"从附件上看，戴望舒确与敌伪有关，但其所涉深浅程度不悉"，读了他的解释，乃感到此事涣然冰解。看来夏公当时必有所了解，是有根据的。现在再读戴氏的《狱中题壁》一诗，其中的"祖国爱"，可以得到进一步的理解了。①

使人难以理解的是，太平洋战争爆发之际，许多文化人都陆续北上，戴望舒为何还滞留香港？有人认为是他舍不得心爱的藏书，也有人说他是等待两地分居，至今仍在黄浦江畔的妻子和儿子来香港团聚。冯亦代还提及戴望舒留在香港，是根据地下党负责人潘汉年的指示。其实，真正的原因是敌人不许他离港，这是他被保释出来的条件。

人民解放军捷报频传的 1949 年初，获得相对自由的戴望舒决定离港北上，他对挽留的友人讲："我不想再在香港待下去了，一定要到北方去，就是死也要死得光荣一点。"正因为组织上不相信他有历史污点，故到北京不久，戴望舒被安排到国家新闻出版总署国际新闻局负责法文科工作。这时他的哮喘病已严重到上楼都要停一下休息一下的地步。1950 年 2 月 28 日上午，他照例自己打麻黄素针企图缓解，可由于加大剂量，心脏承受不起，由此休克，再也没有醒来。命运坎坷的戴望舒，

---

① 李辉：《戴望舒是汉奸吗？》，《上海纪实》2016 年 6 月 15 日。

诗探索 16　理论卷　2019 年　第 4 辑

一直在"长巷"而非柏油马路中行走。当他不再像"牲口一样活着"曙光就在前头时，当他可以大声歌颂永恒的祖国时，却从此告别文坛与我们永诀。

[作者单位：浙江越秀外国语学院]

由朱光潜《新诗从旧诗里
学习得些什么》引起的论争

朱明明

1956年11月24日《光明日报》刊登了朱光潜的《新诗从旧诗能学习得些什么》一文。文章对比新诗创作中存在的不足，分析了旧诗传统中值得学习的几个方面。既然是对比分析，是向旧诗学习，文章就难免要建立在"新诗的欠缺"这一基础之上，也由此引来了反对者对新诗的辩护和对朱光潜的批评，同时引发了关于新诗与旧诗的讨论以及对"五四"以来新诗的重估。

文章一开头，朱光潜就以"新旧"对比，表达了对新诗欠缺的体验：

> 有些旧诗，我读而又读，读了几十年了，不但没有觉得厌倦，而且随着生活体验的增长，愈读愈觉得它新鲜，不断地发现新的意味。新诗对于我却没有这么大的吸引力，很少有新诗能使我读后还想再读，读的时候倒也觉得诗人确实有话要说，而且他所要说的话有时也确是很值得说的，不过总觉得他还没有说得很好，往往使人有一览无余之感，像旧诗那种"言有尽而意无穷"的胜境在新诗里是比较少见。许多旧诗是我年轻时读的，至今还背诵得出来，可是要叫我背诵新诗，就连一首也难背出。这种情形当然也不能完全归咎于新诗，我的偏于保守的思想习惯当然在这里也起了作用，不过这恐怕也只是原因的一方面，另一方面的原因恐怕还在新诗确有些欠缺。[①]

后文针对新诗"缺乏吸引力"的情形展开了论述，具体从以下个三个方面为新诗的欠缺寻找原因。首先，是新诗反映现实的深刻程度不够。

---

① 朱光潜：《新诗从旧诗能学习得些什么》，《光明日报》1956年11月24日，下同。

诗歌作为一种反映时代生活的文艺形式，能否很好地将现实反映出来是评价诗歌的一个重要标准，而相较于现代生活的空前丰富性，新诗却没能达到反映现实的新高度，"我们的新诗跟我们这个伟大的时代很不适应，没有能很好地把这个伟大时代的现实生活表现出来。"在朱光潜看来，诗人反映现实的"工夫"关键在于对生活的感悟，这涉及诗人的人生观、世界观以及诗人的人格，因为诗的深度与广度必须见于诗人主观世界与外部客观现实的统一之中。由此，他认为新诗人在"人的修养"方面的重视不够，应该向旧诗人学习：

　　流传下来的成功的中国旧诗总是经得起拿这个深广与真实的标准来衡量的，诗人所写的总是他体验得很深刻的东西，渗透了他的思想情感，形成他的生活中紧要的不可分割的一部分。中国旧诗人的看法是：诗人的修养首先是人的修养，人的修养没有到家，修辞便不能"立其诚"，这就是说，不可能真实地反映现实，这一点道理是各国诗的通则，不仅中国诗如此。

　　再者，是新诗对思想情感和语言的锤炼不足。在分析了诗歌反映现实的本质后，文章转向了诗歌反映现实的媒介，即语言问题。朱光潜提出："诗歌反映现实是以语言为媒介的。语言与思想情感是紧密地结合在一起的。我们可以说，诗歌的问题主要的是运用语言的问题，而运用语言并不完全是形式技巧的问题，它基本上是思想情感具体化或形象化的问题。"可见，将语言视为诗歌的主要问题并非是以媒介或形式为中心，因为在他看来，前面论及的诗人如何体验生活、诗歌如何反映现实等问题与如何运用语言的问题并不能截然分开，两者是一个连贯的问题。不同于将语言问题仅仅归为形式问题的一般性看法，朱光潜否认情感思想和语言的关系是实质与形式的关系，而是将语言与思想看作同时发生的一个连贯整体，所以他首先澄清："语言与思想情感是紧密地结合在一起的"。这与他早年的观点一脉相承："思想情感与语言是一个完整连贯的心理反应中的三方面。我们天天发语言，不是天天在翻译。我们发语言，因为我们运用思想，发生情感，是一件极自然的事，并无须经过从甲阶段转到乙阶段的麻烦。"[1] 由此他提出："语言的锤炼必定同时是思想情感的锤炼，锤炼语言的形式技巧也必定同时是锤炼思想情感的

_____
① 朱光潜：《朱光潜全集》第三册，安徽教育出版社1987年版，第93页。

形式技巧。"这其实正是朱光潜的"寻思"与"寻言"理论："我们寻思，就是把模糊隐约的变为明显确定的，把潜意识和意识边缘的东西移到意识中心里去。这种手续有如照相调配距离，把模糊的、不合式的影子，逐渐变为明显的、合式的。……但是我们要明白，这种工作究竟是'寻思'，并非情感思想本已固定而语言仍模糊隐约，须在'寻思'之上再加'寻言'的工作。"[①] 创作中的寻思必同时是寻言，寻言也必同时是寻思，这也就是说当人们往往自以为在搜寻语言，其实同时在调整思想和情感，使之明显化和确定化。从思想到表达的过程中不存在一个"翻译"的环节，诗人思想的媒介与表达的媒介之间也并不存在任何需要逾越的鸿沟。因此，朱光潜才说一首诗中的情景与语言是"统一体"："情景的统一体就凝定于这六句五言的语言，它又和这六句语言形成统一体。不可能换一套语言而还可以恰恰表达出这里所表达的情景，更不可能换一套情景而还用这套语言。"

在这个意义上，说旧诗在语言的形式技巧方面的高度艺术性，也同时是说旧诗在锤炼思想方面的卓越成就。旧诗在形象、情致、语言、声调等方面的所达到的高度，是历史上许许多多中国诗人辛苦钻研、精益求精的结果。"以往做诗的人都从这样积累起来的宝库下过一番刻苦钻研的工夫，作为他在诗艺上精益求精的一种先决条件。所谓'熟知二谢为能事，颇学阴何苦费心'，指的就是钻研传统。"这"吟成一个字，捻断数根须"的严肃态度，正是旧诗取得成功的秘籍。随后朱光潜反问道："我们的新诗人是不是这样学做诗呢？"这便产生了对新诗的又一个重要的"批评"：

> 我们的新诗人在运用语言的形式技巧方面，向我们丰富悠远的传统里学习的太少。他们过于信任"自然流露"，结果诗往往成为分行的散文，而且是不太高明的散文，这样就当然不能产生诗的语言所产生的美感。我知道新诗人也在学习，但是只是这个新诗人学另一个比较成名的新诗人，学习一些翻译来的外国诗，最远的传统往往不过"五四"。现在应该是我们认识真理的时候了，作诗只有现在流行的那一点点训练是远远不够的。

这里提到的新诗散文化问题与新诗的"五四"传统问题，都成为后

---

① 朱光潜：《朱光潜全集》第三册，第101页。

诗探索16　理论卷　2019年　第4辑

来讨论者关注的焦点。

是新诗语言的音律问题。在朱光潜看来，新诗语言不仅在锤炼度上需要加强，旧诗语言另一审美传统——音律性也十分值得学习。不过，他虽也承认音律"是一种偏于形式的成分"，却并未局限于分析旧诗格律，而是将音律问题与诗歌的心理起源和社会功能联系起来，从原始诗歌须与乐、舞合拍的特点分析典型音律的起源，再从诗乐舞分家后诗歌本身的社会功能审视音律问题，他说：

"随着语言的变迁，音律形式也往往随之变迁……但是变来变去，总还有一些东西没有变……这些历时较长，变动得较少的东西可以说是一国诗的音律的基础。这种音律的基础在各国诗歌里都有相当大的普遍性和稳固性，其所以如此，是有它的社会功能的。诗歌在起源时原是群众性的艺术，音调上的共同基础起了使参加诗歌活动者团结一致的功用，这在劳动歌里特别可以见出。到了诗成为少数文人的专门化活动时，它仍须群众基础，仍须借音调的力量去感染读者。有了音律上的共同基础，在感染上就会在一个集团中产生大致相同的情感上的效果。换句话说，'同调'就会'同感'，也就会'同情'"。

可见，从心理需要和社会功能的角度看诗歌的音律问题，涉及的是诗"能否在广大人民中扎根"这样一个诗的人民性或群众性问题，而不仅仅是个形式问题。当一种音律形式在群众中广泛地流行，达成一些"共识"，便成为典型的音律形式，诗也就在人民中生了"根"，进而朱光潜也对新诗之"根"提出了第三点质疑：

我们的新诗在"五四"时代基本上是从外国诗（特别是英国诗）借来音律形式的，这种形式在我们人们中间就没有"根"。从"五四"以来，新诗人也感觉到形式的重要，但是各自摸索，人言人殊，至今我们的新诗还没有找到一些公认的合理的形式，诗坛上仍然存在着无政府的状态。我们现在必须以极严肃的态度来对待这种无可讳言的缺陷，如果新诗也要有音律，而这音律也要有在人民中间可以"扎根"的共同基础的话，我们就必须从几千年来的中国旧诗的音律基础学习。

应该说，朱光潜这篇文章所分析的以上三个方面，指明了当时新诗创作情形中存在的主要问题，在论述翔实的基础上也对新诗的欠缺之处提出了理性、真诚的建设意见。尽管需要向传统诗歌学习这点早已得到普遍认可，且新诗以口语白话取代旧诗也是不争的事实，以西方诗歌为师也是不可否认的，但是，要人们接纳对"五四"新诗的批评，尤其是那些在自由诗中成长起来的新诗人，这仍然是一个挑战。

朱光潜文章刊出后，他对新诗的批评立即成为关注的焦点，12月8日《光明日报》同一版，刊载了沙鸥《新诗不容抹煞——读朱光潜文有感》一文。作为成长于"五四"新诗中的新一代诗人，沙鸥对朱光潜文章和朱光潜本人所表现出的"怀旧气味"，一并予以了激烈回应：

> 不能因为新诗要向旧诗学习，就借此机会把新诗打几十大板，甚至想把新诗一笔抹煞。朱光潜的"新诗从旧诗能学习得些什么"中，就使人闻到这种气味。

> 果真如此而已，新诗大可不必存在，因已一无可取，就没有存在的理由了；那么，提出向旧诗学习也是多此一举！

> 不能不问一下："何所据而云然？"朱光潜是这样说明的："从小就爱读旧诗"，且慢，那时恐怕新诗还没有吧；朱光潜接着说："近年来为着要了解我们文学界动态，也偶尔读些新诗。"这是说的"偶尔"，可见朱光潜并未科学地依据大量的材料，仅凭偶尔之见，就来对几十年的新诗下这样否定的断语，这种做学问的态度也是不敢恭维的了。但并不止此，朱光潜还说"依我猜想"……又如何如何，这就更为骇人！因为仅凭"偶尔"之见，还有东西可见，如仅"猜想"，那岂不是纯粹的主观主义吗？

> 如果说"五四"以来，新诗的形式一开始就是外国货，或者说，诗坛现在是无政府要"找""公认的合理的形式"，这只表明了朱光潜自己看不见诗歌的民族传统，这只表明了朱光潜自己在新诗形式问题上的教条主义和复古主义。

> 有趣的是，朱光潜仿佛是为新诗着想，才提出向旧诗学习什么，哪知，但朱光潜提到新诗时，竟在转弯抹角中把新诗一笔勾销了。这不仅使我感到朱光潜的文章有点文不对题；而且也感到朱光潜对新诗的成见，近二十年来也并未稍稍改变！ ①

不难看出，沙鸥言辞激动，全文除了引艾青、郭沫若的两首新诗为

---

① 沙鸥：《新诗不容抹煞——读朱光潜文有感》，《光明日报》1956 年 12 月 8 日。

诗探索 16 理论卷 2019年 第 4 辑

例之外，基本是情绪化的争执，远离了学术性的探讨。文章对朱光潜原文极端的断章取义，仿佛集齐了原文批评性的语句加以归纳，并总结到："朱光潜是把'五四'以来的新诗，作了这样的评价：讲技巧，则是'一览无余的''不大高明的'散文；讲内容，则是脱离现实；讲形式，则是外国货；讲现状则是'无政府'！"①此类简单截取式的总结，还可见于该年底《北京日报》对此次讨论的报道，介绍者对朱光潜的文章做了寥寥几句概括："朱光潜同志谈到新诗时，说它往往使人有一览无余之感；很难背诵；由于过于信任自然流露而像一些分行的散文；没有能很好地把这个伟大时代的现实生活表现出来。因此，他提出新诗应该向旧诗学习。"

　　沙鸥过于情绪化的讨论，引起了旁观者的不满。青年学生田笛就写了《心平气和的讨论问题》一文发表了自己的看法。他首先承认朱光潜观点中确实有"对新诗的估计不够全面和妥当"之处，但指出了沙鸥的回应文章"是愤愤不平，盛气凌人"，"仿佛吵架一样"的态度，他说道：

　　　　您对于朱先生文章中主要的有益的部分，一字未提，却把次要的不妥当的部分，断章取义，简单地归纳为朱先生对新诗的"评价"，很武断的说，朱先生借新诗要向旧诗学习的机会，把新诗打几十大板，甚至想把新诗一笔抹煞。而且把"纯粹的主观主义""教条主义和复古主义"的帽子一律扣在朱先生头上……您说，朱先生想把新诗一笔抹煞，我在该文中还没有这样的感觉。相反，我感到您却是"一笔抹煞"了朱先生文中有益的宝贵的部分，并且夸大了某些不够妥当的意见，"借此机会"把朱先生"打几十大板"。您这种批评别人的态度，我也是不敢恭维的。②

　　上文署名"天津南开大学田笛"，写作时间为1956年12月10日，这一天，诗人公木也写下了《谈中国古典诗歌传统问题》③参与讨论。公木联系此前《光明日报》刊登的朱偰批评新诗是"外国移植来的白话诗"④的观点，认为"两位朱先生共同的出发点是否定或忽视五四以来的新诗歌"，并由这一否定的立场断定两位"关于传统云云，说上千言万语，都不免要落空"。甚至在公木看来，朱光潜一文对新诗的批评更

---

①　沙鸥：《新诗不容抹煞——读朱光潜文有感》，《光明日报》1956年12月8日。

②　田笛：《心平气和的讨论问题》，《光明日报》1956年12月15日。

③　公木：《谈中国古典诗歌传统问题——答友人书》，《长江文艺》1957年第1期。

④　朱偰：《让诗词歌赋百花齐放》，《新华日报》1956年8月6日。

是大大超过了前者，他说：

朱光潜先生表面上前进了一步，"新诗从旧诗能学习得些什么？"这提法就不同。但是他对五四以来的新诗却又贬斥到完全否定的地步，他说："我们的新诗在五四时代基本上是从外国诗（特别是英国诗）借来音律形式的。……至今我们的新诗还没有找到一些公认的合理形式，诗坛上仍然存在着无政府的状态。"两位朱先生，唱的调子虽有不同，鄙薄新诗却异曲同工。

当然，这些"愤愤不平、仿佛吵架一样"的误解本身对于理解诗歌并没有太多参考意义，但由此引发的对于新诗的捍卫和重估，却对多少提供了些有益的思考。郭沫若在接受《光明日报》专访时就对新诗已取得的成就和未来的前途进行了辩护，身为新诗泰斗和中国文联主席的双重身份，他奉劝人们不要低估了新诗这一"新生力量"，并从以下四个方面为新诗辩护。首先，针对旧诗好、新诗不好的论调，郭沫若提出"不是旧诗好，而是有好的旧诗"，"如果一口咬定新诗不好，也不公平的。这样来看问题是不科学的，是主观主义，新诗的历史只有三十多年，而旧诗的历史却有三千多年。把只有三十多年成绩的新诗和三千多年成绩的旧诗相对比，应该说是最大的不公平。"① 其次，就新诗不易成诵的质疑，他指出"能背诵，并不是旧诗的特性"，而以"能不能背诵来作为衡量诗的好与坏的标准"也很不科学，"能记得，能成诵的，并不见得都是好诗；能背诵也并不是旧诗的特性。因而，那种认为新诗记不得，而记不得的就不是好诗的说法，可以看出是多么不合逻辑，多么没有科学根据"。再者，郭沫若高度认可新诗已取得的成就，称"新诗是起过摧枯拉朽的作用的"，在"解放性"和"战斗性"方面都是旧诗不能替代的。"新诗从已经僵硬了的旧诗中解放出来，冲破了各种清规戒律，打碎了旧的枷锁，复活了诗的生命。这对于中国的诗歌起到了起死回生的作用。对于这些，都必须有足够的认识。不然，那将是极大的错误。"郭沫若同沙鸥一样，认为新诗虽然没有出现伟大的诗人和诗章，"但对于新诗，却绝不能采取一概抹煞的态度"。第四，关于新诗与外来影响的关系，郭沫若认为，新诗虽然最初受到外来影响很大，但在接受外来影响的同时，并未抛弃中国诗的传统。他将新诗的发生放置在语言和社

---

① 引自郭沫若《郭沫若谈诗歌问题》，《光明日报》1956年12月15日，下同。

会变迁的历史规律中考察，肯定了新诗的发生是中国诗歌发展的必然规律，他说："新诗的产生也并非偶然，不是少数人心血来潮，或者起了一股风把它从什么角落里吹来的。……由于时代的进步和语言的发展，由于社会生活日趋纷繁复杂，旧的诗歌已经不能适应这种变化，它需要一种相应的形式，因此新的诗歌出现了"。随后，郭沫若提示那些倡导旧诗和想做旧诗的人们："不要以为凡事旧诗就可以当令"，他说：

　　有素养的人，要做旧诗也是可以的。但我们有这样的权利，便是要求他们发表好的旧诗。不要以为，凡是旧诗就可以当令。用五、七言的形式来表达今天的时代生活，是有困难的。不承认这一点可以说是不知道作诗的甘苦。我要说一句怪话：做旧诗，要做得不像旧诗那样才算好。这就是说，要有创造性，要自然而流畅。

　　在周到、平和的说理过后，郭沫若最终喊出了"两个万岁"的口号——好的旧诗万岁，好的新诗也万岁。新诗由于符合时代的需要，又与语言和社会的发展变化合拍，所以他积极地预言了新诗未来的光明前途："将来必定有好的新诗人和伟大的诗篇出现"。同时，他也寄语诗歌批评家们要虚心一些："不要只是无批判地全面肯定，或无批判地一概抹杀。我们反对不问实际情况便武断地加以评论的主观主义，反对不问好坏就一概拒绝一切外来影响的关门主义和故步自封的保守主义。"应该说，郭沫若声援新诗的理论支持远在沙鸥之上，他为新诗进行辩护的同时，始终不忘调和新旧两方的意见。在承认旧诗值得学习的基础上，始终强调以新诗为根本，将传统和外来影响作为资源，强调"不朽的旧诗"并不能取代同样拥有光荣传统的"五四"新诗，希望人们不要再犯"开倒车"式的错误。

　　郭沫若对新诗热情的宣言与预言，以另一种形式可见于同天同版《光明日报》刊出的汪静之长诗《新诗的宣言》。汪静之将新诗比作一个"祖宗传统"与"外来派别"姻缘结合后的"婴儿"，在枷锁与质疑中诞生、历练，终而实现了超越。"新诗 / 幼稚荒唐 / 粗制滥造 / 却是崭新的气象 / 没有霉味 / 没有腐气 / 不用陈词滥调 / 不做李杜的 / 奴隶 / 要开辟 / 诗的新天地。""用语言的化石 / 写诗词歌赋 / 是新诗人的迷途 / 是时代的错误。"依汪静之，新诗这样的新生命，绝不能回头走过去老路，若要灌溉新诗的未来之花，就必须"想自己的心思 / 说自己的话 / 用新的手法 / 绣新的云霞 / 在热情的火炉里 / 铸造 / 诗的宝剑 / 在刀光剑影里

/ 怒放 / 诗的花。"①

随后,《光明日报》针对新旧两方看法,又采访了一些学者和新诗人,进一步发起了讨论。关于朱光潜首要提出的旧诗在反映现实方面的艺术高度,以及旧诗人体验生活的深刻程度的问题,即使是在新诗阵营内部,也得到了普遍的认可。诗人臧克家就主张新诗人应该学习古典诗人体验现实的深度,"应该学习古典诗人如何观察生活,更重要的是如何表现生活。刻苦磨炼,一丝不苟,恰切地不能更移地,运用典型化的字句表现出典型的环境和情感。"② 林庚也认为旧诗人将诗歌与生活高度融合的境界是新诗人首要学习的目标,"学习古代诗人们表现思想感情的语言能力,学习他们认识生活和理解生活时所下的那种艰苦的功夫"。林庚也表达了对"人的修养"的重视:

> 我们有不少的诗人常常在二十几岁时写出很好的诗,但以后逐渐的就差了,甚至绝响了。为什么呢?因为他们常常是只凭一点热情写作,缺乏必要的、深厚的诗的修养。而我国古代的许多诗人却不是这样,他们的诗大都是越写越成熟,艺术水平总是在一定的高度。陶渊明、李白、杜甫以及其他的许多诗人们就都是如此的。他们认为诗就是生活,生活就是诗。他们的诗是真正从生活中来的。……要具有真正的诗的修养,并没有一条简捷的道路可走,更没有什么既成的良法可学,因为谁也不是依靠学得一套简单的方法而写出好诗的。除了生活之外,最根本的是需要多读、熟读,这样自然而然地就可以学到很多有益的东西。

关于旧诗对待语言的严肃态度和钻研传统,更是得到了讨论者们一致的赞同。无论是新诗人还是研究者,都在维护新诗的立场上,对于新诗语言的不凝练、散文化等缺陷,表达了相似的意见。臧克家就直接指出新诗存在的一个主要毛病就是不精练,而旧诗那种"了了几句,意味无穷,使人读了一遍还想再读一遍"的传统是新诗人应该学习的。诗人冯至也认为新诗创作中存在着语言拖沓不凝练、思想情感平庸贫乏的缺点,"有的新诗,严格讲来既不是诗,也不是好的散文",所以新诗人应该"体会古代诗人对生活所做的艰苦探索和追求,学习他们怎样深刻地概括生活以及他们提炼语言的本领"。古典诗词研究专家游国恩也提出学习旧诗人运用语言的艺术,即"语言精练,用词正确有力,形象鲜

---

① 汪静之:《新诗的宣言》,《光明日报》1956 年 12 月 15 日

② 引文出自 1956 年 12 月 22 日《光明日报》"对诗歌问题的意见"专题访谈,下同。

诗探索 16　理论卷　2019 年　第 4 辑

明，意境优美，饶有余味"的表现技巧。

游国恩同时提到了诗的音律问题，主张"新诗应该有韵，至少要有一些'规矩'。一定要追求雅阁的格律，自然不对，但是也不能没有一点格律。因为它是'诗'"。有关韵律问题，叶恭绰也建议新诗的形式最好仍为长短句而有韵："我想今后诗歌的发展的形式，最好仍为长短句，而有韵，不过所谓韵，不是洪武正韵和佩文韵府的钦定的韵，而是一种合乎音律的韵。依那样的韵来押韵，唱出来或念起来都可以成腔调，合音乐，这样文学和音乐可以重行合一，从而丰富和发展我们的文艺。我想这是顺着千余年来轨道辙迹，把走错的弯路改归正道的。"关于朱光潜指出的新诗"分行散文"欠缺，李长之也表达了对新诗散文化的不满："我经常听到朗诵新诗，感到太散文化了，缺乏诗的感染力量；有些诗如果不是依靠朗诵同志的加工，简直令人怀疑它是不是艺术。"并提出旧诗形式中三个值得研究的原则：（1）以四句为最小单位；（2）每句音节大半不超过四个；（3）押韵的形式。

讨论者在普遍认同旧诗卓越的艺术成就的同时也纷纷对"五四"以来的新诗做出了积极评价。肯定新诗成就的主要观点与郭沫若的意见相同，都强调了新诗在战斗性、解放性和表达新思想新精神，以及建立新语言等方面的巨大成就。例如：

> 新诗是有成就的。在表达新的思想情感，加强战斗性和鼓动性等方面，是旧体诗所不能办到的。
> 新诗的成就是相当巨大的。从初期的白话诗开始，它在革命斗争中，以及在建立诗的语言方面，都有很大的功绩。把白话提炼成诗的语言，这并不是一个简单的过程，而是要经过一定的严炼酝酿才成的。

不仅如此，一些讨论者在肯定新诗成就的同时，也将"五四"以来新诗所积累的创作经验纳入"民族传统"的一部分，认为它形成了一个"新的传统"，坚持只有"新诗"才是中国诗歌未来发展的主流。其实早在沙鸥文章刊出之时，曾文斌就明确提出了"新诗在中国诗歌史上开辟了一个崭新的传统"这一观点。与郭沫若的观点一致，曾文斌反对将"五四"的新诗看成是脱离传统、"异军突起"的现象，而应是产生于新的现实要求之下：

> "我国诗歌发展的趋势，从简单到复杂，从有严格的格律到逐渐

摒弃这些格律。早在旧民主主义革命时期，以黄遵宪、谭嗣同等人为首的清代的新诗派，在'诗界革命'中所提出的'我手写我口'的主张，就是从诗歌解放、自由的趋向上来革新就是一种没有成功的尝试。直到'五四'时，由于这个时代的精神冲激和世界进步文化的影响，由于代表诗歌发展趋势的弹词、宝卷和民歌的兴起，所以'五四'的诗歌，一方面突破了传统的束缚，另方面又吸取了明清以来的民歌的优点，采取与口语一致的方法来写作。没有这一切，白话诗的形式是不会从天外飞来的。尽管新诗在酝酿试制的初期显得很粗糙，向传统学习得很不够，但它在三十多年来的成长过程中，已逐渐从幼稚走向成熟……在中国诗歌史上写下了它崭新的一页，从而开辟了一个新的传统——社会主义现实主义的传统。"①

因而他坚信未来诗歌不可能回过头去寻找出路，"五四"新诗必然成为"现代诗歌的主流"。同样的，公木也认为"五四"以来的新诗，相对于古典诗歌是一个"飞跃"，新诗自身形成了一个"由郭沫若开始的新传统"，蒋光慈、殷夫、柯仲平、臧克家、艾青、田间、何其芳等人，以及青年诗人闻捷、公刘、白桦、邵燕祥等人都被他归入了这个传统。②

应该说，在陆续加入的讨论声中，基本认同了朱光潜文章所提出的观点和建议，杨道纲就以《也谈新诗和旧诗》为题表达了支持的看法。首先，他也将语言精练和句式整齐、音韵和谐、易背诵视为格律诗（旧诗）的优点，但同时也指出了过于严格的束缚使其无法"复活"，诗体复古的道路决不可行。之后，他又在肯定自由体诗（新诗）摆脱束缚的优点之上，提出了新诗的两点毛病："一、不整齐而不押韵的'自由体诗'就不好背诵，大大影响了她的流传速度和普及型；二、形式不固定，有些诗歌和散文就没有严格的界限"。最后他明确表达了对朱光潜文章的认可："所以，我认为朱光潜所说的：'至今我们的新诗还没有找到一些公认的合理的形式，诗坛上仍然存在着无政府的状态'不是一点也没有根据的。"③另外，缪钺针对新诗在语言运用方面也参与讨论，强调在"语言精练"和"音节谐美"这两方面学习古典诗歌。"五四运动以来的形式，是有许多优点，但是在接受三千年祖国诗歌的优良传统这

①　曾文斌：《论诗的新形式的创造》，《光明日报》1956 年 12 月 8 日。

②　公木：《谈中国古典诗歌传统问题——答友人书》，《长江文艺》1957 年第 1 期。

③　杨道纲：《也谈新诗和旧诗》，《光明日报》1957 年 1 月 5 日。

一方面是作得很不够的。"① 因此，他建议新诗人多读熟读祖国古典诗歌名篇佳作，从而将新诗发扬光大。

值得注意的是，在《光明日报》刊登《新诗从旧诗能学习得些什么》一文结尾的编者按中②，透露着朱光潜此文的写作背景，即 1956 年 8 月、起国内理论界为贯彻执行中央"百花齐放、推陈出新"的方针，围绕着"继承诗歌民族传统"问题展开的一场大讨论。此次讨论涉及了新诗民族化和建立新格律诗体等问题，也关系到外来影响和"五四传统"等问题。到 1957 年后，一方面，逐渐明朗的反右斗争使得学术层面的诗学讨论无法进一步伸展；另一方面，1957 年《诗刊》创刊号发表了毛泽东旧体诗词十八首，他对于新诗与旧诗的看法也被公布出来："诗当然应以新诗为主体，旧诗可以写一些，但是不宜在青年中提倡，因为这种体裁束缚思想，又不易学。"③ 随后毛泽东又提出了中国诗歌的出路是民歌和古典诗歌相结合的主张④，由此加速了新诗走向一体化的进程。可以说，正是在日渐极端的政治化诗学形态之中，衍生了此次围绕朱光潜《新诗从旧诗能学习得些什么》产生的争论，尽管这场论争暂时被搁置，然而关于"新"与"旧"、关于自由与秩序的争论，自新诗诞生之日直至新诗百年之时，始终没有解决，仍旧在继续。也许就是在这样正与反的纠缠运动中，新诗才得以不断地寻找并前进着。

[作者单位：首都师范大学文学院]

百年新诗学案

---

① 缪钺：《诗歌中语言的精炼》，《光明日报》1957 年 1 月 12 日。

② 《新诗从旧诗能学习得些什么》编者按，《光明日报》1956 年 11 月 24 日。

③ 毛泽东：《关于诗的一封信》，《诗刊》创刊号，1957 年 1 月。

④ 毛泽东在 1958 年 3 月 22 日的成都会议上要求各省搜集民歌问题。他说："我看中国诗的出路恐怕是两条：第一条是民歌，第二条是古典，这两面都提倡学习，结果要产生一个新诗。现在的新诗不成型，不引人注意，谁去读那个新诗。将来我看是古典同民歌这两个东西结婚，产生第三个东西。"《建国以来毛泽东文稿》，第七册，中央文献出版社 1992 年版。

《星星》诗刊创刊始末

王学东

1957年1月1日《星星》诗刊在成都创刊，虽偏居西部却与北京《诗刊》一起并列为新中国创刊最早的"专门的诗刊"[①]。《星星》诗刊是1956年中共中央所提出的"百花齐放，百家争鸣"方针的产物，但其创刊却是一个复杂的过程。在谈及《星星》诗刊创办的时候，有学者特别关注到她的"同仁"色彩："这个刊物是一批青年诗歌爱好者创办的，在当时文艺报刊都是机关主办的情况下，这个刊物带有同仁办刊的性质"[②]，将目光锁定在白航、石天河、流沙河、白峡身上，认为《星星》诗刊的管理者只有这四个编辑，或者说《星星》诗刊就是这四个编辑创办的。其实作为一个省级刊物，《星星》诗刊的创办，并非简单的几个人、几句话就可以办起来的。也就是说，《星星》诗刊的创办，必须按照省级刊物申办的程序来操作，其创办过程在当代文学期刊的创办过程中具有普遍意义。当然，《星星》诗刊又号称"全国第一个地方诗刊、四川文联继'草地'文艺月刊创办的第二个刊物"[③]，其创办过程又具有特殊性。对《星星》创办始末的考察，不仅有助于理解《星星》诗刊的双重身份，而且对于我们理解五六十年代文学期刊的生产机制，也有着特别的意义。

一、《星星》诗刊创刊背景

谈到《星星》诗刊的创办，一致认为是"双百方针"的直接影响，

诗探索16 理论卷 2019年 第4辑

---

① 洪子诚、刘登翰：《中国当代新诗史》（修订版），北京大学出版社2005年版，第24页。

② 黎之：《文坛风云录》，河南人民出版社1999年版，第68页。

③ 《"星星"诗刊将于明年元旦创刊》，见《中国青年报》1956年11月6日、《文汇报》1956年11月6日。另，四川省档案馆也收藏有这份"征稿启事"，见《四川省文联（1952-1965）》，建川127-130。

这是毋庸置疑的。在 1957 年《星星》刚刚出刊的时候，《成都日报》记者晓枫在采访中就说到，《星星》诗刊是在双百方针的直接影响下办起来的。"主编这个刊物的编辑兴奋地告诉记者：'要是没有党中央提出的百花齐放，百家争鸣方针，诗刊是办不起来的'。"[①] 在当年对《草木篇》的批判过程中，傅仇也提到，"四川省文联的两个刊物《草地》、《星星》，都是受双百方针的影响而创办的：党中央提出'百花齐放，百家争鸣'方针后，一年来，做了些什么呢？只谈一件事。'草地'和'星星'，都是在'百花齐放，百家争鸣'的鼓舞下而创办的新刊物。"[②]

此后，作为《星星》诗刊的主编白航，在回溯《星星》诗刊的历史时，也都多次表明，《星星》诗刊是在"双百方针"的鼓动下而产生的。"1956 年毛主席在最高国务会议上提出了'双百方针'后，给了文艺界以极大的鼓舞，在四川文联当时几位写诗的同志——石天河、流沙河、白航、白堤（已去世）、傅仇等人的倡议下，要求四川办一个诗刊。"[③] 在星星创刊三十周年的时候，他还对这段历史进行了详细的描述："1956 年 5 月，党中央公布了'百花齐放、百家争鸣'繁荣社会主义文艺的指导方针，极大地鼓动起文艺界的创作愿望。当时肃反与审干已接近尾声，在一种和缓、宽松的气氛中，跃跃欲试的被压抑了的文艺生产力和创造力得到了解放与鼓舞。四川的一些写诗的青年人傅仇（已去世）、白堤（已去世），白航、石天河、流沙河、白峡等提出要创办一个诗刊，当时讨论的气氛很热烈，阳光也很明亮，因此，得到了四川文联领导的支持而被批准了。"[④]

同样作为《星星》诗刊编辑，在《草木篇》批判中受到了影响的流沙河，也说《星星》诗刊是受"双百方针"的影响而创办。"那个时候就想，既然百花齐放百家争鸣，我就不必创作了，不当这个专业。我就主动提出，我们来办一个诗刊，而且把名字都取好了，丘原取的，叫'星星'。领导人李累他们也支持。就办起来了。"[⑤] 尽管在流沙河的叙述中，《星星》诗刊创办的历史细节还需要进一步考察分析，但认为《星星》

---

① 《文坛上初开的花朵"星星"出版》，《成都日报》1957 年 1 月 8 日。

② 《傅仇对文汇报歪曲报道有关"草木篇"问题提出抗议·傅仇就文汇报刊登"锦城春晓"那篇文章含沙射影、迂回曲折的诬蔑成都文艺界一事提出抗议，并且要求文汇报表示态度》，《四川省文艺界大鸣大放大争集》（会议参考文件之八），四川省文联编印，1957 年 11 月 10 日，第 148 页。

③ 辛心：《我们的名字是星星——"星星"创刊史话》，《星星》1982 年第 4 期。

④ 本刊评论员：《"星星"三十岁》，《星星》1987 年第 1 期。

⑤ 何三畏整理：《流沙河首度口述反右先声"草木篇诗案"》，《看历史》2010 年第 6 期。

百年新诗学案

诗刊的创办与"双百"方针有直接关系，这是完全符合历史事实的。可以说，没有双百方针，就没有《星星》诗刊。《星星》诗刊，就是"双百方针"的直接产物，是"双百方针之子"。

在1956年"双百方针"的影响之下，中国期刊出现了空前繁荣的现象，不仅期刊数量多，而且刊名个性十足，可以说出现了一个当代期刊历史的"百花时代"。北京的《诗刊》，就是在这样特殊的时期创刊的。"'诗刊'是一个诗歌月刊，定于1957年1月在北京出版，它的任务是在'百花齐放'的方针指导之下，繁荣诗歌创作，推动诗歌运动。"①文艺界积极落实"双百方针"，期刊发展呈现出井喷的态势。具体表现在：第一，大批期刊诞生，如《诗刊》《萌芽》《北方》《处女地》《奔流》《山花》《红岩》《草地》《星星》《雨花》《新港》《新苗》《东海》《延河》《芒种》《蜜蜂》《海燕》《漓江》《青海湖》《边疆文艺》等，中国各地省级文学期刊大抵都是在这一期间创刊的。不仅是文学期刊，也还有很多其他的期刊。据纳拉纳拉杨·达斯在《百花齐放运动中涌现出的新创期刊和面目一新的旧刊》中统计，科学技术类有70种，其它有63种。②第二，刊名的改变，许多期刊都改变了之前以地区命名的惯例，取了更有个性、更有艺术性的刊名，如《河北文艺》改为《蜜蜂》，《贵州文艺》改为《山花》，《郑州文艺》改为《百草园》，《湖南文艺》改为《新苗》，《广西文艺》改为《漓江》，《四川文艺》改为《草地》，《甘肃文艺》改为《陇花》，《青海文艺》改为《青海湖》，《新疆文艺》改为《天山》，《山西文艺》改为《火花》，《内蒙古文艺》改为《草原》，《辽宁文艺》改为《春蕾》，《旅大文艺》改为《海燕》，《江苏文艺》改为《雨花》，《江西文艺》改为《星火》等等。这便是在"双百方针"指引下，中国期刊发展的"百花时代"。尽管这期间有着大量文学期刊产生，但《星星》诗刊还是非常特别的。我们注意到，在新中国成立初期，一般来说一个省级文联或者作协，只能办一个文学期刊。但四川省的省级文艺刊物，不仅有了《草地》，而且重庆此时也创办了自己的《红岩》。所以，从这点上看，《星星》是比较特别的省级文学刊物，成为地方性文艺刊物的一个特例。

《星星》诗刊能在四川创办，也与整个四川文学的发展有关系。

首先，新中国成立初期的四川文学创作平台相对较少，对创办文学

---

① 《征订信息》，《人民文学》，1956年12月8日，封底。

② 参见［英］纳拉纳拉杨·达斯：《中国的反右运动》，欣文、唐明译，华岳文艺出版社1989年版，第49-54页。

刊物的要求迫切。在《四川省文联一九五六至一九六七年工作规划的初步意见（草案）》中曾提到，"我省目前是创作不旺，批评缺乏，创作水平和理论水平低下，文学创作队伍（专业的、业余的）人数少，质量不高，要改变这样的情况，我们必须要勇敢地突破常规，迅速积极地工作。"[①] 所以，"双百方针"出现，便成为这样一个迅速积极地开展工作的契机。1957年6月1日，为了解四川文艺界对"双百"方针的反应，中国作协领导刘白羽、沙鸥来蓉。为此，省文联专门召开了文艺座谈会，到会文艺工作者约70人。[②] 这次交流，对整个四川文艺界解放思想，还是有很大影响的。同样，四川省文联和负责文艺的相关部门采取了积极措施，创办新刊物。正如傅仇在1957年的总结："成都有六个文学艺术刊物：一个是少年儿童刊物'红领巾'，一个是供给农民阅读的通俗刊物'农村俱乐部'，一个音乐刊物'园林好'，一个诗歌刊物'歌词创作'，两个文学刊物'草地'和'星星'；还有几个报纸的副刊。"[③] 这样看来，《星星》诗刊的创办，正是整个四川文艺期刊、报纸大发展的一个重要环节。

其次，四川有着丰富的诗歌传统。新中国成立初期的四川文学创作，特别是诗歌创作也显示出勃勃的生机。在中国文学的发展史上，四川文学都是一支相当重要的力量。汉赋四大家就有司马相如、扬雄二人；唐诗"双子星"中李白是蜀人，杜甫在蜀中草堂写下了传世名篇；唐宋八大家蜀中就有三家。"自古诗人皆入蜀"，漫长而深厚的历史滋养，为四川奠定了深厚的文化传统。"五四"以后，四川现代作家同样在中国文学中占有重要的地位，为新文学的诞生与成长做出了突出的贡献。按"鲁、郭、茅、巴、老、曹"这一中国现代文学重要作家的排列来看，巴蜀作家与浙江作家各占两位，均排前列。根据《中国现代作家大辞典》《中国文学家辞典·现代分册》等工具书的统计，在中国现代文学中，四川作家在总体数量是居全国第三位。以诗歌而言，就有郭沫若、康白情、吴芳吉、何其芳、陈敬容等等。新中国成立初期的四川，是当代诗

① 见《四川省文联一九五六至一九六七年工作规划的初步意见（草案）》，《四川省文联（1952-1965）》，建川127-18，四川省档案馆。

② 《"文艺座谈会记录整理材料"1956年6月1日》，《"成都文艺界知名人士名单及文艺座谈会记录"（1956年3-9月）》，建川127-128，四川省档案馆。

③ 《傅仇对文汇报歪曲报道有关"草木篇"问题提出抗议·傅仇就文汇报刊登"锦城春晓"那篇文章含沙射影、迂回曲折的诬蔑成都文艺界一事提出抗议，并且要求文汇报表示态度》，《四川省文艺界大鸣大放大争集》（会议参考文件之八），四川省文联编印，1957年11月10日，第148页。

歌"歌颂与建设"主题的中坚。以郭沫若、何其芳为代表的老诗人，开启了中国当代新诗的"颂歌"潮流。而入川的雁翼、顾工、孙静轩、高平等，与四川本土的梁上泉、高缨、流沙河等，更是拉开了新中国诗歌"建设"的大主题。四川当时写诗的人很多，正如冉庄所说，"一批朝气蓬勃的新诗人，把时代脚步声带入诗中，参加了全国新时代诗歌大合唱，如梁上泉、雁翼、流沙河、孙静轩、张永枚、高缨、傅仇、唐大同、陈犀、周纲、赁常彬、陆棨、王群生、杨星火、叶知秋、张继楼、陈官煊、吴琪拉达等。……郭沫若的《延河照旧流》《新华颂》，何其芳的《最伟大的节日》，沙鸥的《不准侵略朝鲜》，穆仁、杨山的《工厂短歌》，王余的《背水姑娘》，梁上泉的《喧腾的高原》，张永枚的《骑马挂枪走天下》，雁翼的《大巴山的早晨》，孙静轩的《海洋抒情诗》，流沙河的《告别火星》，王群生的《红缨》，周纲的《山山水水》，傅仇的《伐木者》，高缨的《丁佑君之歌》，唐大同、陈犀、赁常彬的《绿叶集》，陆棨的《重返杨柳村》，杨易火的《雪松》，叶知秋的《征途集》，张继楼的《夏天到来虫虫飞》，陈官煊的《勘测短笛》，吴琪拉达的《奴隶解放之歌》等等，是这一时期四川诗人的重要作品。"①

但四川诗人众多，却面临"作品多、园地少"的困境。据李累工作报告的粗略统计，1955 年 1 月到 1956 年 11 月，四川省作家、作者在全省和全国各报刊发表的作品中，诗歌最多，有 702 篇，小说、散文、特写共有 397 篇，话剧 49 个，杂文 93 篇。②诗作多，却少有发表之地。正如《关于创办诗刊的建议》中指出的："'四川日报'，诗稿 400 多件。一件以最低数字 3 首诗计算，共是 1200 首，占其他文学稿件 80%，刊用的约占 2-3%。7 月只出 10 多首，约 400 行。'草地'月刊，诗稿 460 件。1 件以最低数字 3 首诗计算，共是 1380 首，占其他文学稿件 30%。刊用的占 3-5%。7 月只出刊 20 首，约 1000 行。音协的'诗歌创作'，歌词来稿 142 首，7 月只采用了 14 首。文联'诗歌组'，诗稿 150 首，能采用的占 20%。"③正是在四川这样一个诗歌大省，《星星》诗刊的创办才获得了肥沃的土壤。因此，《星星》既是一个省级刊物，又是一个专门的诗歌刊物，这在所有的地方刊物中是很突出的。几乎所有地方

① 冉庄：《建国初期及社会主义时期的四川诗歌创作》，《冉庄文集·文艺理论与文学评论卷》，四川民族出版社 2004 年版，第 86 页。

② 李累：《我们的文学创作——在四川省文学创作会议上的报告》，《草地》1957 年第 1 期。

③ 《关于创办诗刊的建议》，《四川省文联 (1952-1965)》，建川 127-130，四川省档案馆。

刊物，均是综合性的文学刊物，不具有专业性的特点。在期刊的"百花时代"中，《星星》诗刊是相当特别的，这与整个四川的诗歌传统也是密不可分的。

二、傅仇提议创办诗刊

那么到底是谁提出要创办一个诗刊的呢？是什么时候提出来的呢？对于这些问题，有着不同的说法。

第一种说法，"流沙河提出"。在 2010 年对《星星》诗刊编辑流沙河的采访中，流沙河自述，《星星》诗刊的创办是他主动提出来的。"那个时候就想，既然百花齐放百家争鸣，我就不必创作了，不当这个专业。我就主动提出，我们来办一个诗刊，而且把名字都取好了，丘原取的，叫'星星'。领导人李累他们也支持。就办起来了。"[①] 在这个采访中，流沙河说《星星》诗刊是他主动提出创办的。这个观点，应该是流沙河的个人意见。作为《星星》诗刊的一员，而且在 50 年代因《草木篇》而遭受连续批判，流沙河可以说是《星星》诗刊史中最重要的人物之一。所以，流沙河自述《星星》诗刊是他提出来创办的，也就不会有太多的反对意见。但是，创办《星星》诗刊到底是不是流沙河提出的，作为历史事实，还值得商榷。不过在这里流沙河比较清醒的是，虽然说创办《星星》诗刊是由他提出来的，但他还是提到了《星星》诗刊是由几个人办起来的。他认为创刊《星星》诗刊，是"我们"共同的努力，而且还特别提到了"领导人李累他们"的支持。这表明，《星星》诗刊并不是一个民间刊物，不是流沙河一个人或者几个人就能办得起来的，必须获得领导、组织的同意才行，这点对于理解《星星》诗刊的创办非常重要。

第二种说法，"共同提出"。作为《星星》诗刊主编的白航，在回溯《星星》诗刊的历史时，也都多次表明，创办《星星》诗刊，是大家共同的努力。"1956 年毛主席在最高国务会议上提出了'双百方针'后，给了文艺界以极大的鼓舞，在四川文联当时几位写诗的同志——石天河、流沙河、白航、白堤（已去世）、傅仇等人的倡议下，要求四川办一个诗刊。"[②] 在星星创刊三十周年的时候，他还对这段历史进行了详细的

---

① 何三畏整理：《流沙河首度口述反右先声"草木篇诗案"》，《看历史》2010 年第 6 期。

② 辛心：《我们的名字是星星——"星星"创刊史话》，《星星》1982 年第 4 期。

百年新诗学案

描述："1956 年 5 月，党中央公布了'百花齐放、百家争鸣'繁荣社会主义文艺的指导方针，极大地鼓动起文艺界的创作愿望。当时肃反与审干已接近尾声，在一种和缓、宽松的气氛中，跃跃欲试的被压抑了的文艺生产力和创造力得到了解放与鼓舞。四川的一些写诗的青年人傅仇（已去世）、白堤（已去世）、白航、石天河、流沙河、白峡等提出要创办一个诗刊，当时讨论的气氛很热烈，阳光也很明亮，因此，得到了四川文联领导的支持而被批准了。"①白航所提到的创办诗刊的提出者，就包括石天河、流沙河、白航、白堤、傅仇，以及白峡，共六人。这表明，白航对《星星》诗刊的第一个提出者并不清楚，或者白航并不关注到底是谁第一个提出来的，在白航看来，《星星》诗刊的创办本来就是一个集体的共同讨论的结果。因此，在 2014 年对《星星》诗刊主编白航的访谈中，就成为"白航等人"提出创办。"1956 年初，白航在四川文联任创作研究组任组长。他回忆道，大家谈到四川文艺的未来发展时，很多人提到，'四川的诗人比较多，诗歌创作是一个优势。但是写诗的人虽然多，但苦于没有足够的发表空间。'于是，白航等人就想到，不如大家办一个诗歌刊物。在大家热情高涨的商议后，集体决定让白航写一份报告，上交给省委宣传部。几个月后，报告被获得批准。"②从这里我们可以看到，在白航自己的回忆文章中，始终是认为创办《星星》诗刊是共同讨论的结果。不过，因为白航是《星星》诗刊创刊时的编辑部主任（即主编），所以在此后的访谈中，将创办《星星》诗刊提出者说成"白航等人"，就有意突出白航的意义，这应该就不是白航的个人意见了。值得注意的是，在这些叙述中，白航提供了《星星》诗刊创办的两个非常重要的线索：一是由他写出一份创办诗刊的报告；二是报告上交省委宣传部，这让我们看到了《星星》诗刊创办的具体流程。总之，白航认为《星星》的创办是共同的努力，并不清楚到底是谁第一个提出的，但是在此后创办过程中，他不仅参与了创办诗刊意见的讨论，而且写了报告，成为《星星》诗刊创办过程中不可或缺的一个重要人物。

第三种观点，傅仇提出创办诗刊。在 1957 年年 6 月 28 日，四川省文联的座谈会上，傅仇就说清楚了提出创办诗刊的具体过程。此次座谈会的内容后来刊登于 6 月 29 日《四川日报》，题为《省文联继续举行作家、诗人、批评家座谈会驳斥张默生流沙河等的错误言行傅仇对文汇报歪曲

---

① 本刊评论员：《"星星"三十岁》，《星星》1987 年第 1 期。

② 张杰、荀超：《和诗歌相伴一生——访诗人、原"星星"诗刊主编白航》，《诗江南》2014 年第 1 期。

诗探索16 理论卷 2019年 第4辑

报道有关"草木篇"问题提出抗议》："傅仇说，我还要谈谈创办《星星》的经过情况，在筹备的时候我做过一些具体的工作。去年7月，成都和重庆的几位青年诗人，看见党中央提出'百花齐放，百家争鸣'方针，心情十分振奋；那时，我们感到全国还没有一个诗刊，就主张办一个诗刊，繁荣诗歌创作，推进诗歌运动。那时我们想在'四川日报'辟一个诗歌副刊，最好是办一个诗歌刊物。我向文联的党领导同志谈了我们的想法，领导上表示百分之百的支持，并且认为这是最可贵的积极性，是一个新事物，大力支持，鼓励我们去积极办这个刊物。就这样，很快的就把'创办诗刊'的建议提交文联行政会上讨论，得到热烈支持；这个建议又在文联党组讨论，同意了；又送给省委宣传部，同意了；省委也同意了。《星星》就这样顺利的诞生了。"① 在这段叙述中，傅仇还原了《星星》诗刊创办的具体历史细节：首先他说，创办诗刊的具体时间是在1956年7月，即在"双百方针"政策提出后提出的。而关于创办的原因，主要是认为当时全国还没有一个诗刊，需要创办一个诗刊。由此提出了两种方案，或在《四川日报》上办一个诗歌副刊，最好的还是办一个诗歌刊物。值得注意的是，傅仇这里其实也没有明确说明是谁第一个提出创办诗刊的，也只说"我们"，或"成都和重庆的几位青年诗人"。所以，创办诗刊的想法，"成都和重庆的几位青年诗人"都有可能是《星星》诗刊创办的第一个提出者。也就是说，傅仇、白堤、石天河、流沙河、白航、白峡……都可能是提出创办诗刊的人。

但直接推动《星星》创办的，毫无疑问，就只能是傅仇。他说："我向文联的党领导同志谈了我们的想法。"所以，是傅仇第一个向党组织提出了创办诗刊的想法。既然创办诗刊的事情是由傅仇向党组织汇报，那么，提出创办诗刊的人最有可能的就是傅仇。傅仇的这次发言是大会发言，相关参会的人员很多应该都是见证人。据1956年4月10日中共四川省委宣传部《省委关于调整省文联党组成员的批示》中，确定常苏民、李累、李友欣、羊路由、安春振、李漠、朱丹南、刘莲池、郝力民、李亚群、白紫池十一人为党组成员，常苏民为党组书记。② 《四

① 《省文联继续举行作家、诗人、批评家座谈会驳斥张默生流沙河等的错误言行傅仇对文汇报歪曲报道有关"草木篇"问题提出抗议》，《四川日报》，1957年6月29日。后来以《傅仇对文汇报歪曲报道有关"草木篇"问题提出抗议·傅仇就文汇报刊登"锦城春晚"那篇文章含沙射影、迂回曲折的诬蔑成都文艺界一事提出抗议，并且要求文汇报表示态度》为标题，收录入《四川省文艺界大鸣大放大争集》（会议参考文件之八），四川省文联编印，1957年11月10日，第148页。

② 见《省委关于调整省文联党组成员的批示》，《四川文联（1952-1956）》，建川127-130，四川省档案馆。

·百年新诗学案·

川日报》1957年6月29日,也记载了参加会议的有常苏民、李累、李友欣等七十余人。① 那么,当时的党组书记常苏民、党组成员李累、李友欣都在大会上,傅仇的发言应该是可靠的。所以,提出创办诗刊这样的事情是不能随便乱说的,傅仇也不敢在大会发言中说是自己创办《星星》诗刊,以此为自己贴金。

谁第一个提议创办《星星》诗刊,对于澄清《星星》诗刊的历史是有重要意义的。因此,提出创办诗刊的人应该是傅仇。正是通过傅仇与四川其他诗人们的共同努力,四川省文联在7月份才正式启动了创刊诗刊的工作。

三、白航起草"创办诗刊的建议"

根据傅仇、流沙河、白航等人的叙述,提出了创办的意见之后,领导大力支持,鼓励去积极办这个刊物。那么创办的过程如何呢?傅仇说,"就这样,很快的就把'创办诗刊'的建议提交文联行政会上讨论,得到热烈支持。"而傅仇所说的这个"创办诗刊的建议"是怎样形成的呢?有哪些人参与起草的呢?

在1956年8月3日《创作辅导委员会1956年7月份工作简报》中提到,"文学组所属的诗歌组正在酝酿创办'诗刊'的问题。8月初即可提出关于创办'诗刊'的建议。送交文联党组研究。……文学组所属的诗歌组转给'草地'月刊22首诗,(方赫的3首、李华飞的3首、孙贻荪的16首)转给四川日报13首(流沙河的3首、傅仇的10首)。组织了关于'月琴的歌'的批评文章5篇。彝族吴琪拉达的'孤儿的歌'诗歌组决定8月份内帮助作者进行修改。"② 由此可以看到,在傅仇1956年7月提出创办诗刊的问题后,经文联党组的同意,便在8月初由文联文学组下属的诗歌组开始酝酿。

但文联诗歌组有哪些人员呢?据《创作辅导委员会1956年6月份工作简报》中提到,"以群众意见与各领导机关负责领导干部意见相结合的工作方法协商了诗歌组1956年7—12月的诗歌组工作计划,和诗歌

诗探索16 理论卷 2019年 第4辑

---

① 《省文联继续举行作家、诗人、批评家座谈会驳斥张默生流沙河等的错误言行傅仇对文汇报歪曲报道有关"草木篇"问题提出抗议》,《四川日报》1957年6月29日。

② 《创作辅导委员会1956年7月份工作简报》,《四川省文联(1952-1965)》,建川127-130,四川省档案馆。

组长的后备人选等问题，所以诗歌组的成立会开的还较好。"①可见，在6月初的诗歌组才刚刚成立，而且没有确定诗歌组长。《四川日报》也曾提到，省文联创作辅导委员会下设的各个小组，是在6月份成立的，"为了繁荣文艺创作，贯彻'百花齐放、百家争鸣'的方针，四川省文学艺术工作者联合会的创作辅导委员会自6月份以来，先后成立了文艺理论批评组、诗歌组、散文组、电影文学创作组、戏剧组。自各个文艺小组成立后，近两月来积极展开各种活动。"②在《草地》创刊号上，也记录了诗歌组成立的基本情况："四川省文联创作辅导委员会于六月十六日邀请了在成都市的从事文艺理论研究与文艺批评的同志三十余人，正式成立了理论批评组。……同月二十九日，诗歌组也正式成立。诗歌组大体确定今年下半年要进行这样一些活动：讨论彝族诗人吴琪拉达整理的长诗'月琴的歌'及其他作者的一些作品；举办两次中国古典诗歌报告会；三次诗歌朗诵会；举行一次抒情诗和诗的技巧的讨论；等等。"③但《四川日报》《草地》中对诗歌组成立的报道，都没有提到创办诗刊的问题。

8月3日的简报后，创作辅导委员会的简报均未提到创办诗刊的问题。那么，从7月向文联党组提出创办诗刊的想法并得到支持后，创办诗刊的具体工作便提上了日程。于是，因为业务关系原因，四川文联创作部诗歌组便承担起草创办诗刊意见的任务。虽然因资料的限制，四川文联创作辅导部诗歌组的具体构成情况不清楚。但此时诗歌组应该已经开始开展"创办诗刊"的相关事宜。在这样的情况下，四川省文联创作辅导部部长李累，是不可能直接来完成"创办诗刊的建议"的起草的。根据《文联工作人员名单1956.12.29》的档案，白航此时为文联创作辅导部副部长④，就必然要承担起这个任务。白航的回忆，正好补充了这样一个历史环节，"在大家热情高涨的商议后，集体决定让白航写一份报告，上交给省委宣传部。几个月后，报告被获得批准。"⑤所以，白航叙述的由他来起草"创办诗刊的建议"，应该是可信的。由此从7月

---

① 《创作辅导委员会1956年6月份工作简报》，《四川省文联（1952-1965）》，建川127-130，四川省档案馆。

② 《省文联理论批评等组积极展开活动》，《四川日报》1956年7月27日。

③ 《文艺活动》，《草地》1956年第1期。

④ 《文联工作人员名单1956.12.29》，《四川省文联（1952-1965）》，建川127-18，四川省档案馆。

⑤ 张杰、荀超：《和诗歌相伴一生——访诗人、原<星星>诗刊主编白航》，《诗江南》2014年第1期。

开始到 8 月初，在白航等人的共同努力之下，完成了创办诗刊建议的起草，这使得"诗刊的创办"有了可实施的具体指南。

但由于没有查阅到白航报告的原件，所以"创办诗刊的建议"的原始稿件怎样不得而知。白航的报告，与后来成型的文件《创办诗刊的建议》有怎样的区别，也不清楚。另外，值得关注的是，作为《星星》诗刊创办的提议者，并且还主动向文联汇报的傅仇的回忆。他说，"我向文联的党领导同志谈了我们的想法，领导上表示百分之百的支持，并且认为这是最可贵的积极性，是一个新事物，大力支持，鼓励我们去积极办这个刊物。"① 但在后来的《星星》诗刊创办的一系列过程中，他不仅没有参与"创办诗刊的建议"的起草，同时也没有成为《星星》诗刊的编委、编辑，这很令人惊奇。当然，《星星》诗刊的创办，本身就是省文联的一件大事，而不是同仁刊物，那么相关的人事安排，就完全是由四川省文联来掌控了。尽管如此，作为提议者和汇报者的傅仇，最终没有参与到《星星》的创办过程，这是《星星》诗刊历史中的一个谜。

从 8 月初白航等人完成了《创办诗刊的建议》，再到 8 月 10 日定型的正式文件，中间经过了创作辅导委员会的集体讨论和补充。在四川省文联中，创作辅导委员会是一个非常重要的部门。在 1956 年 5 月 11 日，中国共产党四川省文联支部委员会发给省委宣传部的《关于调整文联组织机构与创办新刊物的请示报告》中，我们看到，文联下设编辑委员会、创作辅导委员会、办公室三个机构："编辑委员会的任务在于办好文艺刊物与大力培养新生力量；创作辅导委员会的任务在于组织业余创作、辅导创作、开展文艺批评及举行有关文学艺术问题的报告、讲座等社会活动；办公室为完成文联工作任务需要管理会员、机关干部的政治思想、人事工作及其他行政事务工作。"② 所以，在文联中，开展具体文学业务的部门，正是创作辅导委员会。在该文件中，还专门对创作辅导委员会作了具体说明："创作辅导委员会可有较多的同志组成，以文联的专职干部为基础，吸收团省委、报社、文化局、军区文化部四个方面搞组织工作的同志参加，同时吸收我省文艺界老作家、新生力量并有可能参与创作辅导工作的人士，努力做到，既能动员社会力量参与工作又不流于形式。（名单附后）创作辅导委员会分设文学、戏剧、文艺理论批评

① 《省文联继续举行作家、诗人、批评家座谈会驳斥张默生流沙河等的错误言行傅仇对文汇报歪曲报道有关"草木篇"问题提出抗议》，《四川日报》1957 年 6 月 29 日。

② 《关于调整文联组织机构与创办新刊物的请示报告》，《四川省文联 (1952-1965)》，建川 127-18，四川省档案馆。

组。文学组可根据需要设诗歌、散文、兄弟民族文艺、少年儿童文学等小组。"① 另外,在《关于调整文联组织机构与创办新刊物的请示报告》中,还提供了一份具体的"创作辅导委员会名单":段可情、萧崇素、雁翼、李漠、黄化石、李累、白航、陈新、林如稷、榴红、流沙河、刘莲池、席明真、李友欣、刘冰、崔之富、张舒扬、伍陵、安春振、程获希。②1956年8月10日定形的《关于创办诗刊的建议》,应该是经过创作辅导委员会的集体讨论,或者说送请各位委员审阅过的。

因此,8月10日定稿的《关于创办诗刊的建议》的正式建议,绝对不是白航一个人的成果,而是创作辅导委员会的共同成果。特别是其中对于整个四川诗坛的宏观把控,这明显就是四川文联的一份工作报告。另外,像孙静轩、邹绛等人都给予过支持和帮助,"说实在的,我和邹绛同志以及另外几个写诗的同志们,是十分欢迎'星星'创刊的,我们都想尽力地给它一些支持。"③ 所以,这份定型的《创办诗刊的建议》,不仅离不开整个四川文联诗歌组、四川文联创作辅导委员会,是创作辅导委员会的集体决议,而且还凝聚了其他四川诗人们的共同心血。尽管最后成形的《关于创办诗刊的建议》文件或许与白航原始稿件有出入,而且是四川文艺界共同努力的结果,但这份"创办诗刊的建议"的基础,是白航起草的。所以,虽然有各位创作辅导委员会委员的意见,但其中的基本框架和观点,是出自于白航,这点是不能否认的。

8月10日定稿的《关于创办诗刊的建议》④,全文如下:

关于创办诗刊的建议

我们生活的时代,是诗歌的时代。诗歌,已经受到了广大青年的热爱。可是,我们还没有一个诗刊,这和我们的时代是很不相称的。我们的诗集也出版得不多。我们的报刊还没有足够的篇幅容纳诗歌。我们的诗歌确也还存在着许多问题。我们的诗歌还没有达到黄金时代。这就是我们的诗歌在当前所处的状况,也就是为了改变这个状况,让诗歌趋向

百年新诗学案

---

① 《关于调整文联组织机构与创办新刊物的请示报告》,《四川省文联(1952-1965)》,建川127-18,四川省档案馆。

② 《关于调整文联组织机构与创办新刊物的请示报告》,《四川省文联(1952-1965)》,建川127-18,四川省档案馆。

③ 孙静轩:《石天河的反共叫嚣》,《四川日报》1957年7月25日。

④ 《关于创办诗刊的建议》,《四川省文联(1952-1965)》,建川127-130,四川省档案馆。

繁荣，我们才建议四川文联创办这样一个诗刊。

青年需要诗歌

青年需要诗歌，特别是学生和各个工作岗位的知识青年，他们常常举行诗歌朗诵会，在他们的书桌上可以找到诗歌，在他们的笔记本里，也可以找到诗歌。可是我们出版的诗集，报刊上发表的诗歌，总是不能满足他们的需要。不能满足的原因有两个：出版的诗集和发表的诗歌太少。如中国作家协会编的"诗选"，只出版了12000册，书刚到各地，就卖光了。很多诗集，很难出到1万册，都是几千册。好诗集总是难买到手。这当然涉及到出版者对诗歌的观点，暂且不说。这说明了诗歌是受人们欢迎的。另一个原因，我们的好诗还不多。不能使人们满足，这就说明人们是多么喜爱诗歌，才有这么严格的要求。这会使诗歌创作更趋活跃，好诗将不断涌现出来。

几个报刊的诗歌来稿情况

各报刊的来稿，诗歌最多。了解了几个报刊，以7月份为例，诗歌来稿情况是很可观的。

"四川日报"，诗稿400多件。一件以最低数字3首诗计算，共是1200首，占其他文学稿件80%，刊用的约占2-3%。7月只出10多首，约400行。

"草地"月刊，诗稿460件。1件以最低数字3首诗计算，共是1380首，占其他文学稿件30%。刊用的占3-5%。7月只出刊20首，约1000行。

音协的"诗歌创作"，歌词来稿142首，7月只采用了14首。

文联"诗歌组"，诗稿150首，能采用的占20%。

诗稿的来源很大，投稿者主要是学生及知识青年。虽说质量目前还不高，但是量多质变，会有不少好诗出现的。若是出现了一个诗刊，来稿的数字会更惊人。"红岩"、"草地"今年的诗稿已经发不完了。就是说还有好些好诗正愁着没有地方发表，这就是产生了一种情况令人担心；今年还有5个月，这5个月还有多少诗稿。陆续出现的好诗，它的出路怎么办？必须给诗歌解决出路问题，最好的办法就是应该有一个诗刊。

诗歌作者队伍

四川的诗歌作者的队伍是很大的。四川文联"诗歌组"，只是成都市的作者，联系的就有 40 几人。全省的作者，当在 100 人左右。写作已达到相当水平的作者，约有 20 人。经常在各报刊发表作品的在 30 人左右。一般来说，创作水平还不一致。当然永远也不可能一致。还必须看到最好的一个情况，今年新涌现的年青的诗歌作者，已有七八个，不断地涌现出来。

这些作者散布各地，极大部分都是业余作者。

诗歌编辑人员的解决办法

诗刊只需要 5 个编辑就够了。这 5 个编辑从这些方面调动：

"草地"月刊的散文诗歌组，调出 1 个诗歌编辑。以后，"草地"的诗稿由诗刊处理。每期保证供给"草地"的优秀诗歌。

音协的"歌词创作"停刊，调出"歌词创作"的编辑（1 人）。以后，诗刊每期应有足够篇幅发表歌词。

诗歌组的活动转入诗刊的工作去。诗歌组现在有两个人，还要兼散文组工作；两个人抽出后，散文组工作暂由其他组代理。

文学组的各组人员这样调动后，各组同志的两个月业余创作时间，可以延到今年 11、12 月执行；因为那个时候，相继的就有同志回来了，就可以解决业余创作时间了。至于说以后回来的同志的业余创作时间问题，可以在明年延期两月，补足今年的创作时间。诗歌组的同志今年要是因诗刊工作而无时间进行创作，可以在明年多给两个月的创作时间。

这样编辑人员就够了，"草地"抽出 1 人，"歌词创作"抽出 1 人，"诗歌"组抽出 2 人，共是 4 人。理论组同志，负责诗歌理论。

这样，人马就齐全了。

这是一个什么样的诗刊

这个诗刊，不是同人堂刊物。如果只是几个诗人的刊物，只为几个诗人"服务"的刊物，那就错了，根本就用不着创办这个诗刊。

这个诗刊是给工农兵及知识分子看的，特别是给广大知识青年看的。

这个诗刊，它还有一个主要的任务，培养新诗人，扩大诗人的队伍。每一期，应该有新的作者的诗歌。

这个诗刊，是月刊。16 开本。每期 15 篇，30 页，容纳 3000 行诗的篇幅。

诗刊的名字，初步考虑了几个出来：新鼓、战鼓、百花潭、百花、花溪。

这个诗刊，应该有它的个性，应该有它的独特作风。它的个性是从编辑艺术、诗的形式、诗的内容形成的。

诗的形式，容许各种形式的发展，互不排斥，应该让它百花齐放。

丰富多彩的生活内容，是诗歌的生命，也是这个诗刊的生命。应该全面地反映我们国家的生活，应该充分反映我们时代的精神面貌。

诗刊每期，应该出现这6个专栏：

"祖国美好的生活"：反映我们国家的各方面的生活。

"在我们各民族的大家庭里，充满了幸福和友谊"：各民族现代生活的诗歌。

"江山如画载民歌"：诗画，古典诗画，现代诗画。

"大地处处是歌声"：每一期，有一支好歌曲，有足够的篇幅容纳歌词。

"我们的朋友遍天下"：苏联、民主国家的诗歌。资本主义国家的进步诗歌。——这个专栏的名字或叫："和平、民主、自由"。

"探索诗歌世界"：理论。最好每期有一篇短而精的关于诗歌问题的文章，以及诗创作问题的讨论。

其它，如古诗今译、民歌、诗的语录，也应该容纳。

以上谈的，是综合了一些诗人及作者的意见，提出了这个建议。也许还有些问题还没有想到。我们想，问题总有办法解决。

四川文联诗歌组

创作辅导部讨论通过诗歌组关于创办诗刊的建议，同意创办诗刊，虽然困难是有的。请党组讨论。

四川文联创作辅导委员会
1956 年 8 月 10 日

这份《关于创办诗刊的建议》呈现出了对于创办《星星》诗刊的全部情况，对于《星星》诗刊的创办具有重要的意义。建议由"青年需要诗歌""几个报刊的诗歌来稿情况""诗歌作者队伍""诗歌编辑人员的解决办法""这是一个什么样的诗刊"这五个部分构成，全面展示了创办诗刊的缘由、具体实施办法和办刊方向，并奠定了《星星》诗刊创办的基础。

在《关于创办诗刊的建议》中，落款分别是"四川文联诗歌组"和

"四川文联创作辅导委员会"。正如前面所说，经过诗歌组讨论通过的这份建议，完全是四川文联的集体成果。在建议中，重点提出了具体的诗刊编辑部的人事安排，这应该是经过文联创作辅导委员会认可后提出的。而其中所提出的办刊方针，与此后白航等人之后的创办理念很相同，这应该是白航的主张："这个诗刊，应该有它的个性，应该有它的独特作风。它的个性是从编辑艺术、诗的形式、诗的内容形成的。诗的形式，容许各种形式的发展，互不排斥，应该让它百花齐放。丰富多彩的生活内容，是诗歌的生命，也是这个诗刊的生命。应该全面地反映我们国家的生活，应该充分反映我们时代的精神面貌。"因此，在提出创办意见之初，《星星》就已经体现出了白航等人要创办出有个性的诗刊的想法。

在这份建议中，最重要的就是提出办诗刊的重要性，以及提出了编辑部人员的问题，以及办刊方向的问题。但创办诗刊该如何落实，要怎样开展活动，这份报告并没有进一步的涉及。此后四川省文联诗歌组召开了一个"诗歌座谈会"："八月二十五日上午，四川省文联诗歌组召开了一个'诗歌座谈会'。共有作者、爱好者、编辑三十多人。发言的人们肯定了诗歌已经取得的成就，也直率地提出问题。"① 并没有提到创办诗刊的问题。《四川日报》也详细记载了这次诗歌座谈会："中国作家协会重庆分会住成都会员组诗歌组、四川文联创作辅导委员会诗歌组，于8月25日就目前诗歌创作上存在的问题，联合举行了一次座谈会，有二十七人到会。到会者较普遍的反映了目前诗歌创作的'一般化'、感情贫乏，意境狭窄的现象，具体指出一些诗人的诗，从取材到表现手法，从艺术构思到使用语言，都彼此相近，'似曾相识'。产生这一现象的原因，主要是由于诗人对生活感受不深，表现能力欠缺等。关于诗的形式，会上对格律诗、自由诗，诗的节奏、韵律，诗的散文化问题有热烈的争论。比较一致的认识是，诗的形式的问题，不是某种形式排斥某种形式，更不是求得诗的形式的趋于统一，而是为了加深对诗的形式的形成和发展，使写出的诗更为广大群众接受，使诗更富有民族特色和中国气派。关于诗的民族形式问题，如何学习民族诗歌传统问题，诗的语言特征问题，会上也引起了争论。有的诗人并结合着谈到自己目前写诗的一些问题和苦恼。当晚，还举行了诗歌朗诵会，朗诵了部分到会诗人的新近发表的诗作。"② 也完全没有提到创办诗刊的相关问题。可以说，由于创刊诗刊的建议还没有正式通过，还在等文联党组的决定，所以此

---

① 本刊记者：《简介"诗歌座谈会"》，《草地》1956 年第 4 期。

② 《诗歌作者座谈诗歌创作》，《四川日报》1956 年 8 月 28 日。

时创办诗刊还只是在小范围内讨论，并没有在大范围内公开的宣传。

四、四川省文联党组的请示

正是在 8 月 10 日经过文联创作辅导部委员会通过的《关于创办诗刊的建议》基础上，这份决议上报到了四川省文联党组。文联党组在 9 月 15 日召开了党组会议，对建议进行了讨论。进而，省文联还联系了相关部门，在落实了办刊的相关工作后，于 1956 年 9 月 25 日形成了《文联党组关于创办诗刊的请示报告》。这份报告，在《关于创办诗刊的建议》基础上有一定程度的调整和深入。相对于《关于创办诗刊的建议》，《文联党组关于创办诗刊的请示报告》不仅仅是简单的支持与同意，而且加强了办刊的可操作性，在大量的前期准备工作上，对创办诗刊的问题提出了具体的解决办法。这样，《星星》诗刊的创办，才能真正得以实现。

《文联党组关于创办诗刊的请示报告》，全文实录如下：

文联党组关于创办诗刊的请示报告①

文联党组在九月十五日，讨论了创作辅导部提出的"关于创办诗刊的建议"。同意创办诗刊。创办诗刊的有利条件与理由如下：

1. 青年需要诗歌

青年需要诗歌，特别是学生和在各个工作岗位的知识青年，他们常常举行诗歌朗诵会。他们经常收听中央和各地方广播电台的"诗歌朗诵会"节目。四川文联在 8 月尝试举行了一次小型"诗歌朗诵会"，听众就有三百人多；电台录音播放出去，引起了学生和机关干部的兴趣，要求经常举行朗诵会。

今年，全国出版了大量的诗集。据目前所知，上半年已出版五十种（实际上不止五十种），印行数字在 50 万册以上。今年下半年，中国青年出版社计划出版 11 本诗集，估计其他全国出版社和地方出版社至少有 50 本诗集出版。

一般诗集，每本印数都在 1 万册左右，有的印行几万册。这个印行数字还是太少，好诗集刚到书店就卖光了，有许多诗集在书店买不到。

---

① 《文联党组关于创办诗刊的请示报告》，《四川省文联（1952-1965）》，建川 127-126，四川省档案馆。

爱好文艺的广大青年，一般说，他们最初接触的是诗，他们喜欢读诗，学写诗，需要诗。

2. 诗歌创作的情况

各报刊的来稿，诗歌最多。各报刊的诗歌，来稿数字和刊用数字是不平衡的，也不可能平衡。

第一、从"草地"月刊，"四川日报"的诗歌来稿情况来看：

"草地"月刊，诗稿460件。1件以最低数字3首诗计算，共是1380首，占其他文学稿件百分之三十，刊用的占百分之三至五。7月只出刊20首，约1000行。

"四川日报"，诗稿400多件。一件以最低数字3首诗计算，共是1200首，占其他文学稿件百分之八十，刊用的约占百分之二至三，七月只出十多首，约400行。

全国性的几个文学刊物，诗稿情况我们不知道。但从省文联诗歌组联系的四川诗歌作者投去的诗稿来看，有不少诗稿投去后在几个月甚至一年多才刊出。有的刊物因组稿拥挤，只好把诗稿转介绍到其他刊物。

第二、从四川地区的诗作者和诗创作来看：

四川地区的诗歌作者（包括作协重庆分会和四川文联联系的）有100多人。在全国报刊发表诗歌的有十几人，常在四川地区报刊发表诗歌的有30多人左右。报刊上也不断在涌现出新作者。

在今年下半年，北京中国青年出版社计划出版的11本诗集中，有两本是四川地区作者的作品。四川地区作者送给北京作家出版社、人民文学出版社的诗集有3本（最近要出一本）；送给武汉长江文艺出版社的诗集有3本（已出版一本）；送给重庆人民出版社和四川人民出版社的诗集在5本以上（已出版一本）。总计有十三本，实际不止这个数字。

目前，据不完全的统计，正在进行创作和修改的长诗有十本（千行以上的）；已完成的可用的短诗，在各报刊和作者手里存放的就有300首左右，约有1万行。这些诗的水平，报刊都可以发表。但报刊的篇幅还没有很大的容量，来不及发完这批已经完成的诗时，新的诗篇又产生了。

3. 有利于培养新生力量。

有了诗刊阵地，更有利于培养新生力量。从"草地"文艺月刊情况来看，便较显著。"草地"从七月创刊号到十月号止，便发表了24名新的诗歌创作者的诗，其中尚有彝族2名，藏族2名，如新出现的李仑、徐兴铭、吴琪拉达（彝）、碎石、阿鲁斯基（彝）、靳丹珍（藏）等作者的诗作，都较为优秀，得到一般读者欢迎。

创办一个诗刊，将会更加刺激诗歌的创作，吸引住更多的诗作者和读者。可以预见诗歌日趋繁荣。

4."歌词创作"已为创办诗刊打下了一些基础。

中国音乐家协会成都分会，一直出版着铅印的内部刊物"歌词创作"，这已经为创办诗刊需要的奠基，以及需要联系的作者、读者甚至发行工作，打下了一些基础。

创办诗刊存在的问题与困难及其解决办法

1. 纸张问题

办一个刊物，需要纸张。目前纸张供应情况较为紧张。我们主张办一个篇幅不大、不多的小型诗刊。不过分增加纸张的用量与负担。经与出版社出版部商量，为了繁荣文学艺术创作，贯彻执行"百花齐放"，出版社表示：若诗刊能经宣传部批准，文联订好纸张需用量的计划，文化局可以调配纸张（朱丹南同志在党组会上表示可以解决）。我们还考虑到位了节约纸张，好纸不够用时，诗刊可以用较次的纸张。

2. 编辑力量问题

诗刊的编辑人员，也是一个困难。全国未能创办诗刊，据我们所知，就是编辑人员很难解决，一般诗人只愿写诗，不愿作无名的诗刊编辑工作。现在，省文联不少诗作者，自愿参加诗刊编辑工作。我们初步考虑：诗刊只要有五个编辑（原"歌词创作"只有一个编辑），可以从这几个方面调配：诗歌组两人，理论批评组一人，成都音协一人（音协"歌词创作"停，原有歌词编辑一人抽出），创作辅导部副部长白航同志（中共正式党员）兼管诗刊工作。抽出力量编诗刊后，如文联工作能妥善安排，不致影响其他工作。虽然有些困难。

3. 其他

创办一个诗刊，确还是一个新的工作。关于这个诗刊的个性，编辑工作等，必然遭遇许多困难，甚至在某些方面犯错误。如果多研究，多准备，不断探索经验，是可以克服许多困难，避免犯错误的。

经我们讨论研究后，认识到创办一个刊物，不仅可以满足青年读者的要求。同时可以培养一大批青年诗人。就在诗歌创作上，能够更好的探讨一些问题，解决一些问题，提高诗歌创作力量，让诗歌百花齐放，欣欣向荣。

我们的意见，拟于 1957 年元月创刊。这是一个新工作，也是一个新事物，虽然有困难，但应支持。

是否可行，请批示。

（附上"关于诗刊的方针任务及读者对象等问题的初步意见"）

1956 年 9 月 25 日

附：

《关于诗刊的方针任务及读者对象等问题的初步意见》

这是一个小型精悍的诗刊，是四川省文联领导的刊物。

1. 诗刊读者对象：

具有初中以上文化水平的工农兵及知识青年。

2. 诗刊的方针任务：

贯彻党的"百花齐放，百家争鸣"方针，大力培养青年诗人，扩大诗歌队伍，繁荣诗歌创作。反映多彩的现实斗争生活，满足广大诗歌读者的文化生活需要。

3. 诗刊编辑 5 人。

创作辅导部副部长白航同志（中共正式党员）兼诗刊编辑主任。另外，由周天哲、流沙河、白堤、白峡同志担任编辑。

4. 诗刊有这样的几个专栏：

"祖国美好的生活"：反映我们国家特别是四川人民各方面生活的诗歌。

"在我们各民族的大家庭里，充满了幸福和友谊"：反映四川各民族现代生活的诗歌。

诗画：古典诗画，现代诗画。

"大地处处是歌声"：歌词。每期都有足够的篇幅容纳歌词。

其它，如民歌、古诗今译，也应该有一定的篇幅容纳。

5. 这个诗刊，是月刊。24 开本或 32 开本。每期 20 篇（40 页），容纳 3000 行诗的篇幅。

诗刊将从下面几个名字或其他名字定名：如战鼓、百花潭、百花、花溪、浣花溪、金沙、春草。

1956 年 9 月 25 日。

经过新中国成立初期行政区划的几次调整，四川省文联党组构成也比较复杂。在1956年到1957年间的主要情况是，"1955年冬，中央决定西康省并入四川。原西康省委宣传部长、文艺战线老战士李亚群同志来四川省委宣传部任专管文艺工作的副部长，以加强对文艺工作的领导。此时由他来兼任省文联党组书记。从西南作协合并来的戈壁舟、曾克同志任副书记。"①此时，四川文联党组书记由李亚群兼任，副书记有戈壁舟、曾克；文联主席沙汀，副主席有李劼人、陈翔鹤、段可情、常苏民，常苏民兼秘书长。另外，据1956年4月10日中共四川省委宣传部《省委关于调整省文联党组成员的批示》中，确定常苏民、李累、李友欣、羊路由、安春振、李漠、朱丹南、刘莲池、郝力民、李亚群、白紫池11人为党组成员，常苏民为党组书记。②所以在1956年9月15日这次讨论会上，他们都应该参加了会议，并提出了具体的意见的。换言之，这些具体的意见，特别是与《关于创办诗刊的建议》中的不同观点，都是经过他们的共同讨并论通过的。

具体来看，《文联党组关于创办诗刊的请示报告》分为三个部分：创办诗刊的有利条件与理由、创办诗刊存在的问题与困难及其解决办法、关于诗刊的方针任务及读者对象等问题的初步意见。其中第二部分"创办诗刊存在的问题与困难及其解决办法"完全是全新的内容；第一、第三部分则与《关于创办诗刊的建议》差不多，但在一些具体数据上、内容选择上和表述方式上还是有了很大的差别。

先说第一部分"创办诗刊的有利条件与理由"中，除了对青年需要诗歌，诗歌创作数量庞大来阐述创办的意义之外，更为着重强调了有利于培养新生力量，特别是对四川诗人的培养，这使得创办诗刊有了更现实的意义。另外，这一部分最后也专门列出了由文联下面的机构中国音乐家协会成都分会，所出版的铅印的内部刊物《歌词创作》，为创办诗刊需要的奠基，不仅提供了需要联系的作者群、读者群，而且也已经有了一定的发行工作经验和基础，进一步论证了创办诗刊的可行性。在对创办诗刊问题的考虑上，还将《歌词创作》纳入到诗歌诗刊来讨论。所以第一部分对于创办诗刊的现实意义和可行性方面的论争，确实比《关于创办诗刊的建议》更明确，也更有说服力。

---

① 黎本初：《四川省文联六十年发展历程（代前言）》，《四川文联文集（1953-2013）》，四川省文学艺术界联合会编，2013年，第8页。

② 见《省委关于调整省文联党组成员的批示》，《四川文联（1952-1956）》，建川127-130，四川省档案馆。

再来看第二部分的内容，重点考虑了创办诗刊最为直接的纸张问题和编辑人员的问题。其中提到，"文化局可以调配纸张（朱丹南同志在党组会上表示可以解决）"，作为党组成员的朱丹南，也是积极支持诗刊的创办。我们看到，为了解决纸张问题，文联党组与出版社出版部联系，商量解决办法，也还积极与文化局沟通。所以，《星星》诗刊的创办，是几个部门协同的成果。在解决编辑部人员问题上，先提出了自愿原则、党员兼管原则和不影响工作的原则后，就在第三部分上报了具体的编辑部5位成员名单，即三白两河（白航、白堤、白峡；石天河、流沙河）。不过在后来的星星诗刊的正式编辑名单中，却没有了白堤。

第三部分附件《关于诗刊的方针任务及读者对象等问题的初步意见》，是对即将创办的刊物的对象、方针、编辑、栏目、开本等问题的具体描述，与《关于创办诗刊的建议》最大的差异就在于，其对象、方针更加明确，就是在"双百方针"的基础上为广大工农兵。而且在内容上，始终突出四川特色。完全去掉了《关于创办诗刊的建议》中关于新人、个性、独特作风的表述，具体化国家、民族的四川原色，删除了对苏联、民主国家、资本主义国家等较为敏感的表述。

这样，从《创办诗刊的建议》到《文联党组关于创办诗刊的请示报告》，《星星》就已经逐步纳入到统一的意识形态中了。

五、四川省委宣传部批准

在白航、石天河、流沙河、傅仇等人对《星星》诗刊创办的历史描述中，都重点强调了"经省委宣传部的批准"这一重要信息。如《星星》诗刊主编白航，"之后，得到了当时文联创作研究部及党组负责同志的支持，上报省委宣传部，正式批准。"[1] 川大教授张默生也说过："'草木篇'是在'星星'创刊号刊出的，'星星'是文联刊物之一，而且得到党委宣传部的大力支持，订户很踊跃"[2] 以及四川省文联的历史记载，"经省委宣传部批准《星星》诗刊创刊。白航为编辑部主任。"[3] 当然，在这些回顾过程中，我们看到，经省委宣传部同意，是《星星》诗刊创办成功的决定性步骤。

① 辛心：《我们的名字是星星——"星星"创刊史话》，《星星》1982年第4期。

② 《张默生谈对"草木篇"和"吻"的批评》，《省文联邀请部分文艺工作者继续座谈对教条主义和宗派主义进行尖锐批评》，《四川日报》1957年5月21日。

③ 《四川文联四十年》，四川省文学艺术界联合会编，1993年，第407页。

其实，在中国作协《诗刊》的创办过程中，获得中宣部的同意，也是具有决定性意义的一环。没有中宣部的同意，《诗刊》是不可能创办起来的。同样，没有四川省委宣传部的同意和批复，《星星》也是不可能办起来的。虽然我们没查到具体的批复文件，但《星星》诗刊的创办，绝对不可能没有省委宣传部的批复。

四川省文联由四川省委宣传部主管，其直接负责人是宣传部副部长李亚群。此时，李亚群也还是文联党组书记，文联的第一负责人，所以可以肯定的是，他不仅参加了文联党组《文联党组关于创办诗刊的请示报告》的讨论和制定，而且也是他直接向四川省委宣传部、四川省委传达了创办诗刊的请示报告。谭兴国在《草木篇事件的前前后后》中，间接地讲述了这段历史，"两位副部长都发觉了《草木篇》的问题，这在省委大院自然就不是'秘密'了。压力首先就落在了李亚群身上。文联是归他管辖的，《星星》诗刊是得到他的支持并由他向省委报告批准创办的，连《星星》编辑部的人事安排也是文联党组提出经他批准同意的。"① 不仅如此，李亚群在四川省文联还有着非常重要的地位和作用，很多在四川省文联工作过的人都曾提及，对他表达了由衷的敬意："1954年四川与西康合省之后，李亚群同志到四川省委宣传部主管文艺。亚群同志是位老党员、老文艺战士。抗日战争时期他在重庆《新华日报》及新中国成立后在北京《人民日报》主持文艺副刊工作，他的许多诗篇、杂文及文艺评论，在我们心目中都留有美好的记忆，我们对他是崇敬和有几分畏惧的。……他是在较长一段时间兼任文联党组书记，文联成为他第二个家，几乎是三天两头往文联跑。许多重大问题都是他在集思广益后拍板定下的。1956年中央初次提出'双百'方针时，是他决定改变过去只注意为工农兵服务、以演唱为主的通俗文艺刊物《群众文艺》，很快出刊了《草地》、《星星》两刊，对活跃文艺创作和学术空气，起来很大的作用。"② 所以，在《星星》诗刊创办的最后关键性的一步中，省委宣传部副部长李亚群起了决定性作用的。

当然，这就并不是说是李亚群一个人促成了《星星》诗刊最后的审批。省委宣传部的其他部长，如杜心源、明朗，他们都见证了四川文联的成长，也积极支持了《星星》诗刊的创办。而且他们都有着特殊的文学情结，如杜心源曾经就参与过《四川文学》的前身《四川文艺》的创办："四

① 谭兴国：《草木篇事件的前前后后》，内部自费印刷，2013年，第48-49页。

② 李友欣：《回顾与祝愿》，《四川文联四十年》，四川省文学艺术界联合会，1993年，第27-28页。

川省委和省府成立后，立即决定四个区文联合并为四川省文联，办公地址设在成都，在原川西文联地址办公。并成立了以省委宣传部及省府文教委主任杜心源为首的文联筹备领导小组，决定由原川西区文联负责人陈翔鹤、常苏民负责接待其他区文联来成都的同志和具体筹备工作并编辑出版《四川文艺》试刊，准备尽快召开第一届省文代会。"① 李友欣还回忆所说，杜心源非常重视文艺工作。"我是1952年秋天四川合省之后，由川南调来四川文联工作的，直至1986年冬离休退出工作岗位，算是文联的一个退伍老兵了。……省委宣传部，继承了党重视文艺工作的优良传统，把文艺工作当做政治思想教育事业的重要助手之一，在当时百废待兴、极为困难的条件下，从物质到思想指导等方面，对文联都极为重视与关怀。杜心源同志常挤出时间到文联来了解情况，找同志随意摆谈，有什么困难，都设法尽可能予以解决，尤其关心同志们的政治学习、搞好团结、加强集体领导和广泛联系作者、认真为工农兵和广大群众服务。"② 另一位宣传部长明朗，也是热心于文艺工作，"明朗同志当时兼管文艺工作，既严格要求，又耐心说服教育。每次文联研究工作和讨论作品，他都亲自参加，耐心听取大家发言，最后简明扼要地进行疏导和指示，既坚持原则，又不强加于人。"③ 所以，当李亚群在向省委宣传部传达《文联党组关于创办诗刊的请示报告》后，作为省委副书记、宣传部长的杜心源，以及宣传部副部长明朗，都给予了积极的支持。同样，作为省委第一书记的李井泉，省委第二书记、省长的李大章，都熟悉和了解文联，在杜心源、明朗、李亚群等人的介绍下，也就支持了《星星》诗刊的创办。

当然，李井泉、李大章、杜心源、明朗、李亚群等人支持创办《星星》诗刊，背后的直接原因还是在于为了贯彻执行党的"双百"方针。可以说，如果没有"双百"方针，四川要想在已经有了一个省级文学综合刊物《草地》之后，再办一个诗刊，不是说完全不可能，其难度是相当大的。正是由于"双百"方针的提出，《星星》诗刊的创办，才减少了制度障碍，赢得了良好的创办空间。

百年新诗学案

---

① 黎本初：《四川省文联六十年发展历程（代前言）》，《四川文联文集（1953-2013）》，四川省文学艺术界联合会编，2013年，第1-2页。

② 李友欣：《回顾与祝愿》，《四川文联四十年》，四川省文学艺术界联合会，1993年，第26-27页。

③ 李友欣：《回顾与祝愿》，《四川文联四十年》，四川省文学艺术界联合会，1993年，第27页。

六、四川省新闻出版处、文化局的注册登记

《星星》诗刊的创办,在省委宣传部同意后,还有最后一道程序"注册登记"。只有完成了最后的注册登记,《星星》诗刊创办工作才算完成。由于没有查到《星星》诗刊的登记证,我们这里只能从同时期其他期刊的"登记"来探测了。更重要的,通过这些期刊的登记证,能更清楚地厘清《星星》诗刊的创办历史。

先来看一份《四川文学》的前身之一的《四川群众》的登记证:

登　记 ①

四川省人民政府新闻出版处期刊登记证期字第 007 号

兹有四川省人民出版社出版四川群众半月刊,遵照中央人民政府公布"期刊登记暂行办法"申请登记,经审查合格,准予登记。

本登记有效期限:至五四年九月七日止。期满一个月前,应重新申请登记。

本证发给后两个月不创刊者,本证即行无效;如有正当理由需要延期者,需重新申请本处批准。

本证发给申请登记人李友欣、帅雪樵收执。

处长　古喆
四川省人民政府新闻出版处印
一九五三年十月八日

从《四川群众》的登记表明,要创办一个期刊,在获得了宣传部的许可后,还必须遵照中央人民政府公布"期刊登记暂行办法"申请登记。在登记表中,给期刊发放期刊登记号。同时,将创办的期刊必须要有已经确定的出版社、负责人。而且特别注明了有效期限,如果登记后两个月不能创刊,必须重新登记。当然,这份《登记》是 1953年的,虽然显示出了当代期刊登记中的一些特点,但与 1956 年的登记还是有差别的。

比《星星》早半年创办的《草地》,其登记就应该与《星星》诗刊差别不大。而作为一个省文联主管的刊物,其创办的速度也是相当快的。

---

① 《登记》,《四川省文联(1952-1965)》,建川 127-204,四川省档案馆。

诗探索 16　理论卷　2019年　第 4 辑

1956 年 5 月 11 日才发出《关于调整文联组织机构与创办新刊物的请示报告》，7 天后，即在 5 月 18 日《草地》就收到了四川省文化局要求办理上级核批的手续，而且还发来了登记表。这是《星星》诗刊创办过程中，所不可比拟的。

四川文艺编委会

你们即将在本年七月改为"草地"文艺月刊。且内容与对象也有变更。因此，按中央规定，必须报请上级核批办理手续，此事必须从速办理。兹发去"报纸、杂志登记表"三份，详细填报我局二份，一份留存。

此致，

敬礼。

四川省文化局
1956 年 5 月 18 日 ①

下面是《草地》登记表，因表格过于宽大，这里就转换为文字来呈现。

《报纸、杂志登记表》②

（表头）

类别：第二类　　　　　　　编号：

（正表）

名称：草地

刊期：月刊（每逢 10 日出版）

开本：16 开本。

杂志每册页数：44-52

每册定价：

读者对象：高小文化水平以上的工农兵群众及知识分子，特别是其中的青年。

---

① 见《四川省文联（1952-1965）》，建川 127-205，四川省档案馆。

② 见《四川省文联（1952-1965）》，建川 127-206，四川省档案馆。

计划发行份数：每期5万份

创刊日期：1957年7月10日。

印刷方式：

主办者：四川省文联草地编委会

经济来源：销售不足由事业费补贴

发行范围：主要是四川省

编辑方针任务及主要内容：

报纸或杂志沿革（包括变动和本报纸、杂志情况）

负责人及主要工作人员：

编委：李友欣、帅雪樵、文辛

编辑：周新、牟康华、李崙

人员配备：编辑人员12人

附设印刷厂主要设备

编辑者

出版者

发行者

批准机关、日期及文号

备注：

（表底）

填表日期：

申请登记单位：四川省文学艺术工作者联合会

负责人：常苏民

需要说明的是，我们这里将表格转换为了文字。原表表分为表头、表格和表底，主体部分是中间的表格。在这里的表格栏中，没有填写的内容，在原始资料中也没有填写。

诗探索16　理论卷　2019年　第4辑

在表头中，将《草地》的类别分为"第二类"。应该是按照国家级、省级刊物限定，国家级是第一类，省级刊物是第二类。因此，《星星》诗刊应该也是第二类。这里的编号未填，应该是期刊号，需要审核批准后发放的。在表格中，包括名称基本情况、印刷发行、主办者、编辑方针、沿革、负责人、人员设备、批准信息、备注等。在这些内容中，主要内容是刊物本身的信息清楚。这份表格填写了《草地》的开本、页数、发行分数、日期等的具体信息，这里主要填写这些内容，应该是为了解决《草地》的纸张问题和出版问题。另一个主要内容是主管部门，负责人的信息完整。在表底中，再次明确了《草地》杂志的主管部门和主管领导。

从四川省文化局 1956 年 5 月所下发的《报纸、期刊登记表》，到 1956 年 9 月底《星星》诗刊完成了批准，进入到最后的登记程序，总体间隔时间不长，因此《星星》诗刊的登记表应该与《草地》的登记表是一致的。如果按照《星星》诗刊的"创刊建议"中具体内容，再加上从《星星》诗刊创刊号开始，在版权页上的内容，我们能大部分还原《星星》诗刊的登记表：编辑者：星星编委会（成都市布后街 2 号）；出版者：四川人民出版社（成都状元街 20 号）；印刷者：四川人民印刷厂（成都人民北路）；总发行处：四川成都邮电局；订阅处：全国各地邮局、代办所；代订销处：各地新华书店。定价：每期 1 角 5 分（邮费在内·挂号另加）。由此，我们可以基本还原出《星星》诗刊的《登记表》：

《报纸、杂志登记表》

（表头）
类别：第二类　　　　　　　编号：

（正表）
名称：星星
刊期：月刊（每逢 1 日出版）
开本：32 开本。
杂志每册页数：40
每册定价：1 角 5 分
读者对象：具有初中以上文化水平的工农兵及知识青年。

计划发行份数：每期 2.5 万份（根据创刊号印数）

创刊日期：1957 年 1 月 1 日。

印刷方式：

主办者：四川省文联星星编委会

经济来源：销售不足由事业费补贴

发行范围：主要是四川省

编辑方针任务及主要内容：贯彻党的"百花齐放，百家争鸣"方针，
大力培养青年诗人，扩大诗歌队伍，繁荣诗歌创作。反映多彩的现实斗
争生活，满足广大诗歌读者的文化生活需要。

报纸或杂志沿革（包括变动和本报纸、杂志情况）

负责人及主要工作人员：

编委：白航、……

编辑：周天哲、流沙河、白堤、白峡

人员配备：编辑人员 4 人

　　　　　附设印刷厂主要设备：四川人民印刷厂（成都人民北路）

　　　　　　　编辑者：周天哲、流沙河、白堤、白峡

　　　　　　　出版者：四川人民出版社（成都状元街 20 号）

　　　　　　　发行者：四川成都邮电局

批准机关、日期及文号

备注：

（表底）

填表日期：

申请登记单位：四川省文学艺术工作者联合会

负责人：常苏民

在这张还原的登记表中，黑色字体的内容，为笔者所拟定。只有到

了这里，通过这份登记表，《星星》才能获得他的本刊代号：62-8。只有完成了最后的登记，《星星》诗刊才有了一个合法的身份，《星星》诗刊才可以说正式完成了创办的第一个阶段。

总之，虽然"双百方针"这样一个特殊的历史机遇让《星星》诗刊得以成功创办，但我们也看到《星星》诗刊本身就是官方刊物。它创办的过程中，必须经过层层的讨论，完成各种相关的行政审批，完整呈现五六十年代文艺期刊的创办过程和管理方式，这将有助于理解新中国成立后的文艺生产机制。正如谭兴国所说，"谁最先提议创办并不重要，重要的是，它是官办刊物。它的主办单位是省文联，它是省文联的机关刊物之一。它享有省文联的一切资源，省文联有权要求它代表自己发声，自然，省文联也得为其承担责任。这，正是它得以创办和生存的基本条件。"① 可以说《星星》诗刊还没有创办，就已经完全被各种行政力量控制起来了。但与此同时，《星星》作为四川省文联主管的第二家官办刊物，虽非"同仁刊物"，但已经显示出与《草地》不一样的身份和特征。因此，创刊后的《星星》在编辑方针中不断追求"艺术性"和"个性"，不断地发出一些具有个性的独特声音，这种特征又是非常鲜明的。由此，既是作为一般的官方刊物有着时代的"共性"，同时又作为"第二刊物"并彰显出别样的个性，这让《星星》诗刊在当代文学中有了重要的意义。

［作者单位：西华大学人文学院］

· 百年新诗学案 ·

---

① 谭兴国：《草木篇事件的前前后后》，内部自费印刷，2013 年，第 44 页。

灯灯诗歌创作研讨会论文选辑

我们以为神不在那里

——灯灯近作散论

韩宗宝

新世纪以来，在中国当代诗歌的谱系中，灯灯的嗓音一直是独特而清晰的。她也是为数不多的能一直吸引我目光，并让我始终关注和重视的诗人之一。她的写作一直在变化，并且在变化中越来越好。近年来她的写作气象、写作风貌，渐趋澄明、阔大和高远，已经无可辩驳地成为当代诗歌版图中一个令人瞩目的存在。她一直希望以她明亮而清澈的诗歌教化、感染、濡湿、浸润人的心灵，为他人带来光亮和温暖。灯灯的诗歌理想，其实就是她的名字：灯灯。第一个灯，是为了照亮自身，第二个灯，是为了照亮世界和他人。

首先照亮自己的内心，然后照亮他人和自身外部的这个世界，灯灯在做着这样努力。作为朋友和同行，我很看重这样的努力。灯灯的诗歌是灵魂的叙事，是饱满的情感获得了恰当的语言形式之后的自然流露。她对人生和生活有着真切而独特的体验，她找到了与自身这种体验相契合的语言表达方式。她的诗歌会让人摸到她的心，看到作者这个人，感受到作者的体温和呼吸。她的诗里有着她个人独一无二的嗓音和指纹。读她的诗能够实现心与心的对话、灵魂与灵魂之间的交流。她近年来身体力行的是真正的存在之诗，生命之诗和灵魂之诗。

灯灯早期的诗有着极为鲜明的个人气息和理想主义色彩。平淡的日常事物和细节被她不事张扬的语言擦出了动人的光亮，不仅现出其本色和原生态的质感，还令人倍感亲切和温暖。这些诗带着"青草的气息"，"晶莹得像一颗颗眼泪"，饱满，生动，呈现出迷人的情感光泽和生命质感。她在诗中坦露着自己的心迹和灵魂，让我们分享了她在生活中的忧伤和甜蜜，并在这种同时伴有疼痛感和幸福感的书写中，向我们出示了一个美丽的热爱生活的中国南方女性，对生活和记忆的体认、辨析、讲述、承担和引领。她在诗里挥洒着自己的性情，这挥洒里，也有着她

诗探索16　理论卷　2019年　第4辑

秘密的节制，这引而不发的部分，形成了她作品中那种独特的隐忍、含蓄和克制之美。比如她的《我说嗯》：

> 我喜欢你。轻轻地
> 叫我宝贝。
> 我假装没听见。你就急急地叫
> 压抑地叫。
> 像蜜蜂蛰在花瓣上。
> 我红着脸。我说嗯。

诗中的女子，完全沉浸于对爱情的渴望，明明已经心花怒放了，却还慢慢地忍着，甜蜜地玩味着心上人的焦急。一个在爱河中的女性的神态、气息、欢欣和微弱娇羞的样子，在灯灯的笔下栩栩如生，让人如闻其声、如见其人。这是独一无二的典型的灯灯式的诗歌。

她早期的这类作品中专注于表达一种独特的生命状态，并试图在诗意的自我感觉和想象中把这一生命状态描述出来、呈现出来，她的生命也随之如花绽放，并渐渐自我消融，散发着澄明、安静、欢喜的光辉。同早期《我说嗯》的这种明亮、明媚、明快的诗歌不同，现在的灯灯，她的诗歌质地渐趋于驳杂、广阔。那个敏感细腻的灯灯，正成为一个具有人类情怀和普世情怀的，有着崇高的生命意识和世界眼光的诗人。如果说她的诗集《我说嗯》中显现出的是灯灯在诗歌写作上的认真和个人资质、灵性的出众，那么近年来，她的写作则呈现了一种更为自觉、更为内省的"大诗"状态和境界。

她的写作疆域、写作身份和写作立场，明显有了一个新的变化和面貌，她拥有了更高的、更为广阔的诗学视野、社会视野和人性视野。在近年来的诗歌中，她写到非洲，写到叙利亚，写到喜马拉雅山，写到地球。从以前她诗歌中经常出现的蝴蝶、桃花，到如今经常出现的豹子、鹰、雪山，甚至到异国，显然她的人生格局和写作格局和早期相比有了一个巨大的分野。哪怕是同样的写作对象如对天空、高处、月亮，现在她的笔下也已经不再是从前看到的天空、高处和月亮。她怀着清白之心、颤抖之心、真挚之心、悲悯之心，对陡峭的人生和这个纷繁的世界发言。她看到，她感受，她说出。她以自己的灵魂为诗，以诗为灯，为星辰，向世界发出她所独有的光和亮。她用她充满女性和母性的暖，深情地抚慰着这世间的万物。甚至一块石头、一只小小的蚂蚁、一片落叶，如《红的问题》中所写：

> 落叶，那么多落叶，每一片
> 都在风中
> 有一颗颤抖的心
> 每一片落叶，都向死而生，我蹲在地上
> 仔细端详，它们
> 也用同样的怜悯，望着我——

怜悯向死而生的落叶的诗人，竟然从落叶那里看到了同样的怜悯。落叶对人的怜悯。这已经不是单向的怜悯，而是双向的、双重的怜悯。从前那个清澈、清新的喉咙里，现在有了大悲伤、大深情、大体悟，有了中年的宁静和悲悯。显然在灯灯这里，她的悲伤和悲悯并不是目前广为流行的那种浮泛、肤浅、设计和拼贴出来的伪悲悯。她并不以悲悯为标签，她不利用悲悯，她的悲悯是相由心生，是从她的内心出发的，是一种自然的溢出和流露，是真的、诚的、恳切的。她对人、对生灵、对世界和万物的情感是真挚的，自然的。正是因为心中的大爱，和天性上的敏感，才有了她对人间的深情，对一块石头的关注和抚慰，有了她对无名和无名事物的敬意、谦卑、体察和认同。重要的是，她在对落叶的怜悯中，感觉、感受到了来自落叶的回应。同样是关于《红的问题》，她这样写和她的生命短兵相接的《红河》：

> 它高烧不愈。嘴里含着泥沙。
> 它没有说出的话
> 使我的琴弦颤动，野花喊住
> 前倾的悬崖。
> 有人过河
> 有人经过隧道
> 夕阳已经够红了
> 河水已经够红了，满山的枫叶
> 也发疯地红——
> 暮色苍茫啊
> 这暮色：
> 果子尚未熟透，繁星尚未露出针孔。

诗探索16 理论卷 2019年 第4辑

和落叶一样，红河也是有生命的，是活的，它"高烧不愈"，它"嘴里含着泥沙"。与落叶对诗人的回应不同，红河"没有说出的话"，让诗人内心的"琴弦颤动"。而苍茫的暮色中，"果子尚未熟透，繁星尚未露出针孔。"则揭示了一种自然界中的生命状态，果子虽未熟透，但已经丰收在望。繁星虽然未现，但暮色已经降临。这是临近收获的，"未完成"状态。与此相对应，诗人的自我修炼也是未完成的。在灯灯近年来的诗歌中，我明显看到她在创作上有意识地加强了自省、自审和自觉。她一边审视自己，一边正以一个"在路上"的"未完成"的形象，向一个无限的澄明的境遇靠拢。

需要特别指出的是，在她近年来的诗作中，她的道德感和同情心越来越强烈，她的担当意识和承担精神也越来越凸显。尤其令人感动的，是她一直以来对美好事物的肯定与确信。和当下很多诗人不同，她并不是直接批判，也不是进行自上而下的宣谕。她选择了用诗歌之火、诗歌之灯，对世界和人世进行星辰般的深情观照和抚慰。在她诗句的背后有一种强大的暖意，还有一种安静、沉潜的光亮。

从前期的纤细透明到如今的硬朗澄明，她从对个体的关注上升到对人性的关怀。很多时候，一首诗呈现的是一个人的形象，呈现的是写诗的这个人。从某种意义上来说，并不是诗人在写诗，而是诗在写诗人。博尔赫斯在一个访谈中说，所有的作家都是在一遍一遍地写着同一本书。这同一本书，应该就是作家本人。当很多人怀着一种身份的焦虑和文学史的焦虑，对题材和主题进行大写、快写、扩写时，灯灯在进行的是自我的人性修炼和人格升华。同那些批量制作、兑水、廉价的抒情和稀薄的诗意相比，灯灯近作中体现的是一个诗人真切的体温、血液和良知。

诗人何为？是一个古老的命题。毫无疑问，在这个喧嚣的崇尚娱乐的年代，诗歌应该向我们展现更多的信念、诚实、诚恳和诚意，从而告别虚假、平庸和浮泛，以本真、本色的写作姿态，清醒、庄重地为诗歌和时代正名。诗要介入自身、介入现实。现实却有很多个现实，对不同的人来说，有着各个不同的现实。而你只能表达你所能看到、能感觉到的现实。你的个人的精神高度决定了你作品的高度。你的诗能被别人辨认出来，归根结底并不是人们辨认的诗，而是辨认出了你这个人。世界上没有两片相同的叶子，同理也没有两个相同的人。是你这个人，让你的诗获具了和别的人、别的诗区别开来的那种鲜明的可辨识度。

在当代诗歌的版图中，灯灯的诗歌有着很高的辨识度。很久以来，她就是一个戴着帽子、紧抿嘴唇的形象。近年来，灯灯的诗歌一直面向更高的"山顶",她不断地超越自己,也不断刷新着人们对她的认识。她通过写作不断进行自我完善,并坚定地向着更高的自我迈进。对狭隘,她怀有一种高度的警惕,她向往一个开阔深邃的扩大的自我、一个超越了凡尘俗见的自我、一个符合人类内在道德律的自我。她听从某种类似宗教般的召唤,追求一种人类大情怀之上的意义。这是一种"自省"、"大爱"的人生观,一种"星辰"般的以照亮和指向为目标的人生观。在灯灯诗里,早期那种带有美好情怀和意味的小情诗,最终被修正成为一种自我追问、谦卑感恩的"大爱诗""生命诗",从而具有了直指人心的力量,带有了对人类灵魂进行拷问和追问的精神向度。

而这一切,显然是从诗人的自我盘诘与惭愧、羞愧开始的。一个本真的个体生命被我们觉察,在一个开阔的地带和我们照面。这得益于诗人的自我提醒和自我完善。灯灯的诗在个人话语与历史话语、个人化的形式技艺、思想起源和宽大的生存关怀、文化关怀之间,建立了一种深入的彼此激活的能动关系。她的真切、明晰,她对自身的认识、反省、询问,对世界的反复打量,在某种程度上感召了我们。

她近年来的很多作品体现了灯灯式的生命意识和内心道德律的合一。灯灯的心灵反省和文化批判首先指向自身。在《责备》中诗人写道:"我有隐忍、不安……/我有责备。"正是这隐忍、不安和责备,成就了诗人。她以自己独特而隐忍的诗歌嗓音,向我们持续奉献了很多可圈可点的优秀诗歌。比如让人印象深刻的《看叙利亚盲童在废墟上歌唱》《小鱼》《非洲鼓》《我的男人》《你在巴黎,我在晒棉花》《星辰》《我们所称之为命运的东西》《山顶》《更高的山顶》《无名山》等。在这些诗中,她的深情、她的柔软、她的情怀,一览无余。在《看叙利亚盲童在废墟上歌唱》这首诗中,她这样写道:

她看不见的天空,是我们看见的
我们以为神不在那里
但一个盲人女孩相信了,她抬头
确信歌声
去了神的居所

我从她的笑容里取出花朵,从废墟里
取出哭泣
我从我中取出自己

诗探索16　理论卷　2019年　第4辑

——毫无疑问，我是盲人，而她不是。

　　我以为《看叙利亚盲童在废墟上歌唱》这首诗，是诗人近作中，成就颇高的一首。和同类型的反战题材的诗歌作品不同，灯灯处理的侧重点和着力点，选择了看得见和看不见的。在她的诗中，看得见的，竟然是失明的，失明的却看到了什么。这是一个悖论。和更多的此类谴责不同，她甚至没有让"战争"这个词在诗中出现。她面对并诘问了作为诗人的自己。在天空之下，人类文明发达到了现在，盲童的盲，让她可以看不到丑陋，废墟和罪恶。她用歌声触摸这个世界，她确信我们眼里一无所有的天空中，存在着神，存在着星辰和光。那应该是一个璀璨而迷人的星空。面对这个天使般的女孩，我们没有理由不羞愧。我们内心的道德律，那如同道德律一样永恒的星空，压榨出了我们内心的短和小来。

　　至于盲童的盲，是天生的，还是战争所致，诗人没有说。诗人说的只是她的坚强，她对美、对神的向往，对星辰和星空的信赖。她抬头，她的微笑，有一种异乎寻常的灿烂。她的执着则令人感到沉痛，痛彻心扉。在这首诗中，灯灯在叙述和情感表达上的分寸感，她对情绪的控制力和对语言的驾驭力，她的深入，她的感知力。让这首诗具有了一种电光火石般震撼人心的穿透力。

　　女孩所在的废墟，这就是我们人类生存的状况和处境。这就是人类给自身制造的灾难。借用雷蒙德·卡佛"当我们谈论爱情时我们在谈论什么"，当我们开始谈论《看叙利亚盲童在废墟上歌唱》时，我们是在谈论什么？盲童，看不见天空，但她确信神的存在、正义的存在、星星的存在、光明的存在、和平和安宁的存在。我们看得见天空，我们却看不见天空中的星星。其实那些星星从未消失，它们一直在那里。我们在我们的白天对天空司空见惯，视而不见，习以为常。我们想当然地以为那里一无所有，那里是空，是无。而一个盲女孩正是在空和无里，看到了星星，看到了希望，看到了光。这让我们这些自诩"看得见"的人，简直无地自容。正是从女孩的天真无邪的笑容里，诗人提炼出了花朵。这花朵，这确信，让诗人从"我中取出自己"。至此，诗人，得出一个结论："——毫无疑问，我是盲人，而她不是。"

　　与赵丽华在其著名的《一个人来到田纳西》中所表达的结论不同："毫无疑问／我做的馅饼／是全天下／最好吃的"。赵丽华表达的是人的孤独，和对自我的审视、正视，是诗人对自身的强大认知，对自我的鼓励、打气，是一种坚定的自信，是信心满满。灯灯在《看叙利亚盲童在废墟上歌唱》中，强调的不是作为个体的我，是包含了我的整个人类。一个盲人叙利亚小女孩，应该让全人类感到羞愧。在这里，灯灯强调的是不自信，是怀疑，对自身和人类的怀疑。在这里的这个我，是诗人自身，也是女孩之外的所有人类。也正是在这个意义上，这个盲童成了一个我们可以藉她看到神的使者。通过这首短短的只有区区九行的诗，灯灯向我们展示了一个神迹。她让灵魂和肉身双重麻木的我们，重新回归自我，重拾信心，重新对和平、对未来、对美，充满希望与梦想。共同守护、和平、安宁、幸福、自由、信仰，这些人类的终极梦想。诗到此为止了。但问题，留给了我们。诗人不解决问题，只提出问题。那么，究竟是什么蒙蔽了我们人类的双眼？是太阳，还是我们自身？我们应该如何改变这种令人尴尬的局面，如何从盲到不盲？

这实在是一个太大的课题，要全世界的人，要在地球这个家园上居住的所有人都来进行深思、反思。然后，大家一起为这个梦想、为地球这个人类共同的家园做些什么。我们真的到了应该做点什么的时候了，这是诗人无声的呐喊。如当年鲁迅先生一样：救救孩子！先生控诉的是吃人的旧社会、旧体制。灯灯谴责控诉的是战争和恐怖主义对环境、对生命、对家园的破坏和创伤。在这首诗里，我们看到了深刻的人性。艺术的本质是批判，这无疑是一首深刻的带有强烈批判意味的诗。一首让我们认识自我的诗，一首让我们批判自我的诗，一首让我们可以找到人性和灵魂支撑的诗。

真正有价值的写作，一定是和人类的命运与境遇休戚相关的，一定是揭示真相、说出真理、直指人心的写作。在《看叙利亚盲童在废墟上歌唱》这首诗中，灯灯做到了。她不仅写出了那种锥心之痛，还让人思考，在痛过之后，我们应该如何。灯灯借一个小女孩，为我们打开了一扇门。看见盲童在废墟上歌唱，诗人灯灯希望通过自己的诗歌感召更多的人，加入到这个歌唱的队列中来。受盲童的启迪和感染，她怀着宗教般的情怀，揭示了一个我们习焉不察的世界。这是一个存在于永恒和尘世之间的世界。在那些诗句之间，我们能清晰地感觉到她为寻求人类的终极救赎所做出的努力。她用诗歌向我们展示了那里，如同一个神迹。即使身在废墟，也确信美的存在。诗中那个盲女孩所达到的那种澄明的状态，让我恍惚看到了莫言先生早年在《透明的红萝卜》中描绘的那个精灵般的黑孩。

从诗学上来说，《看叙利亚盲童在废墟上歌唱》这样的诗，已经超越了所谓的诗意，它已然抵达了一种更为高远的大诗境界。通过一首诗，让人相信神的降临，让人确信梦想的实现。这是一种信。在一首名为《一月》的诗中，灯灯写到过这个信，她说这个"信"，是相信的"信"。在《喜马拉雅山》中，灯灯写到了她的"确信"：

> 和我交谈的鹰，带着雪的光芒
> 俯冲向下，阿布说
> 我们是有福的，看见雪山上日出
> 是有福的
> 有一刻我确信喜马拉雅山上
> 住着神灵
> 就在我看见，与未见之间
> 而和我交谈的鹰
> 继续
> 俯冲直下，向着比雪山更苍茫的人世——
>
> 一位尼泊尔男孩，他和我不同
> 他和我，我身上的
> 尘土不同啊——
>
> 清澈的眼神：住满了雪山、湖泊、太阳
> 以及我
>
> ……前所未有的宁静。

在《喜马拉雅山》这首诗里，《看叙利亚盲童在废墟上歌唱》中的"那里"成了雪山，成了喜马拉雅山。这首诗中名叫阿布的拥有清澈眼神的"尼泊尔男孩"和《看叙利亚盲童在废墟上歌唱》中那个盲女孩，形成了某种奇妙的呼应：一个盲的在废墟上歌唱的叙利亚女孩，一个眼神清澈的雪山下的尼泊尔男孩；一边是战乱后的废墟，一边是宁静的雪山和自然。两首诗，两幅截然不同的画面。《喜马拉雅山》是对自然的礼赞，那种巨大的抚慰人心的宁静，只能来自神一样的雪山和大自然。灯灯有次对我说，近年来越写越惭愧，越感觉自身无知、清浅。她说这些感受在喜马拉雅山下、雪山下，非常清晰，尤其明显。在喜马拉雅山下，她感觉到了神的降临。在这首《喜马拉雅山》中，她确信了神的存在："有一刻我确信喜马拉雅山上／住着神灵／就在我看见，与未见之间"。无独有偶，诗人李少君在其著名的《神降临的小站》一诗中，也让我们身临其境般感觉到了神的降临：

三五间小木屋
泼溅出一两点灯火
我小如一只蚂蚁
今夜滞留在呼伦贝尔大草原中央
的一个无名小站
独自承受凛冽孤独但内心安宁

背后，站着猛虎般严酷的初冬寒夜
再背后，横着一条清晰而空旷的马路
再背后，是缓缓流淌的额尔古纳河
在黑暗中它亮如一道白光
再背后，是一望无际的简洁的白桦林
和枯寂明净的苍茫荒野
再背后，是低空静静闪烁的星星
和蓝绒绒的温柔的夜幕

再背后，是神居住的广大的北方

和灯灯不同，李少君诗中的神"居住的广大的北方"，是在呼伦贝尔大草原，是在星空下的一个无名的小站。作为"自然主义"诗人和自然之子，李少君所指的这神，是自然之神。灯灯诗中的神，则是神灵，神明。古人说头顶七寸有神明，同样是与神的相遇，灯灯在诗歌《鹧鸪叫着》中这样写：

如果我说，我看见了神灵
你肯定不信，如果我说
看见神灵
我流下眼泪，你相信了
——你相信无端泪涌，和毫无防备
你相信所有感知，但从

诗探索16　理论卷　2019年　第4辑

不被叙述，和命名的事物

人和神的关系，心和神的关系。信和不信，在这里并不是一个简单的二元对立。不是无神论和有神论，不是唯物主义和唯心主义，也不是物质和意识的问题。和李少君不同，神在灯灯这里，它是一种理想、一种梦想、一种道德律、一种光辉。灯灯要我们相信，"神"就在"那里"，而"那里"是一个怎样的地方。在《更高的山顶》中，诗人又一次不厌其烦地写到了这个带有乌托邦色彩的"那里"：

> 又如我在高高的山顶
> 还想去
> 更高的山顶
> 鸟儿们从天边飞来
> 在我看得见的地方，扇动翅膀
> 松针把夕阳的余晖
> 捻成一根细线，一种
> 更细小的寂静
> 无边，被风吹动的寂静
> 我望着它们出神……
> 在高高的山顶
> 我知道
> 我去不了更高的山顶
> 我知道我要去的
> 更高的山顶
> 那里，太阳一直照耀
> 那里，积雪终年不化

在《更高的山顶》中，诗人表达了自己的这种不断地对高处的追索和追求："又如我在高高的山顶／还想去／更高的山顶"。正是这种对更高山顶的向往，让她的写作带有了一种超拔的力量和精神品质。"我知道我要去的／更高的山顶／那里，太阳一直照耀／那里，积雪终年不化"。很明显，这个"那里"，这个山顶，就是诗人在《看叙利亚盲童在废墟上歌唱》说到的"那里"。它们是相通的，是一以贯之的。在《更高的山顶》中，诗人对"那里"进行了描绘，那是一个山顶，一个更高的山顶。是的，在诗人的眼里，没有最高，只有更高。那个地方，我们只能无限逼近，却永远无法到达。信仰之美，或者信仰的力量，由此产生。那里有阳光、积雪。阳光温暖，而积雪圣洁，近于永恒。

在另一首名为《山顶》的诗中，她写这样道：

满天的星辰。
赶夜路的人
失眠的人
用他们从未低下的头
看见

——替我们，看见
发光的山顶。

"发光的山顶"是诗人对"那里"的又一次描述和阐释，而且是星空之下的山顶，显然这山顶是和星空，和道德律有着某些关联的。"言为心声"，她要看见，她要歌唱，她要向人们指出，神就在那里。在《星辰》一诗中，她写到高于屋顶，高于山顶的，她自身也成为其中之一的星辰，她知道自己为什么要成为星辰、善意、抚慰。当诗人自身也成为星辰，也在高处，也在那里时，神的最终面目，也显露出来。是的，那神，就是诗人，就是你，就是我，就是他，就是众心之心、万众之心：

如果我明白了星辰在屋顶
走动的善意
知道它，它们在更高处
高于我所见，所知
山顶的积雪
一边融化，一边被星辰抚慰

——我就知道，河流从远古
流到至今

河流远去，带着雪的清新
睡梦之中

我看见星辰走动，看见星辰
在屋檐上走动

我就知道，我成为其中的一颗：
——是为了什么。

星辰抚慰了积雪，积雪成为河流，河流则安抚着整个大地。我想，这就是诗人之所以愿意成为星辰的原因。诗歌本质上指向的是我们的生存处境和生命状态，处理时代、历史、人类终极命运这类宏大的命题，可以通过小小的切口，或者切片，进行对人类生存境况的洞察和烛照，发微入幽地探究、探察人性。显然在个人性和人性之间，灯灯选择的是人性。这一点让她的作品获具了更为宽阔的情怀和广阔的视野，也具有了星辰般恒久的品质。

虽然灯灯的诗歌大多短小，有的诗仅有区区数句，但我们读来不但没有单薄之感，反而有着洪钟大吕的感觉，比如仅有六行的诗歌《鸟叫》：

鸟的叫声里有沙发、光线、窗户
我们各求所需
鸟的叫声里，有救护车，轮渡，弯道

树枝在上
我们在下

鸟啊，一直忽上忽下……在鸣叫。

在诗中她也写到了这种类似的高处，但这里的"高处"是隐含的，它表现为"树枝"，它是"上"。在诗中她没有说这是什么鸟，也没说它为什么叫，她把沙发、光线、窗户这些日常我们习见的事物，放到了鸟的叫声里，把救护车、轮渡、弯道，也放到鸟的叫声里。鸟和人的这种不对称，一个在上，一个在下，我们各求所需。一个"求"字，将人与鸟的处境点明了。人想到高处，鸟想要落下来。人去高处，有危险，鸟落下来，同样有危险。这我们，是单指我们人类，还是人与鸟，诗人没说。鸟所求的，和人所求的，我们每个人所求的，都个个不同。如果说沙发、光线、窗户，是静的，是安宁的，是静物的特写，而救护车、轮渡、弯道，则明显是动的，是急切的。树枝在上，我们在下，树枝，就是鸟的所在，就是"高处"，这自不待言。全诗的点睛之笔，在于末句，"鸟啊，一直忽上忽下……在鸣叫"，语气里，潜台词是省略的，我们能分明感觉到的是其中所带着的喟叹。这是写的鸟，还是写的人，或者亦鸟，亦人。忽上忽下，有落差，也有矛盾。诗人对高处的鸟的这种异乎寻常的关注，让诗中的鸟和鸟叫都充满了一种弹性，和美学张力。当然，以上所有这些只是我一厢情愿的理解。有一千个读者，就有一千个哈姆雷特。一首好诗，就应该具有这种自足性，它是多向度、多意义的，它是单元的，也是多元的，有着非常丰富的可阐释性。

一个抵达者，或者一个在途中的人，灯灯，她说出了她的所见、所思、所感。说到底，一个什么样的人，就会说什么样的话，站在什么高度，说什么话。只有洞悉，看到了事物存在的症候，你才能说出它，表达它。对于灯灯而言，其实她并没有什么特别高明的技艺，她只是感觉到了，她理解了，她懂得了。她真实地面对自我、面对亲人、面对世界，她的诗基于生命的疼痛，来自心灵的撞击。比如《我的男人》：

黄昏了，我的男人带着桉树的气息回来。
黄昏，雨水在窗前透亮
我的男人，一片桉树叶一样找到家门。

一年之中，有三分之一的时光
我的男人，在家中度过
他回来只做三件事——

把我变成他的妻子，母亲和女儿。

《我的男人》一诗，她是在普遍经验中提炼属于自己的独具个性的生命意识和体验，呈现和表达自己的心，写的是男人，其实表现出的全是女人。一个现代女性在男人面前的三种身份。"妻子，母亲和女儿"这三种身份在女人身上合一了。题目明明写的是男人，内容实际上写的却是女人。灯灯在《我的男人》一首中，成功塑造了一个女性的最高典范：第一，她是一个好妻子，第二，对男人而言，她身上洋溢着母性的光辉，第三，她能唤起男人潜在的父爱意识。千种柔情、万般恩爱和温暖，在最后一诗句中袒露无遗。《我的男人》并不是只写我和男人，它也揭示了当下的这个时代。是什么原因让男人一年之中只有三分之一的时光在家中度过？那三分之二的时光，男人在做什么？作为社会中的一个家庭，竟然一年只有三分之一的时间可以称之为"家"。一年三百六十五天只有三分之一的时间可以享受到家的温暖。对男人如此，对女人亦然。这也是何以，女人要在三分之一的时间里向自己的男人同时扮演女人、母亲、女儿这三种身份。这也是何以男人要在这三分之一的时间里，把自己的女人变成"他的妻子，母亲和女儿"。在那些茂密的甜蜜、幸福和恩爱里，其实还包含着辛酸、悲伤、眼泪和深深的叹息。男人为了生存而在物质世界里奔波，女人在家中在精神世界里苦守。这是现代人生存的真相。在关于此诗的一个创作谈《温暖的存在》里，灯灯这样说：

> 如果我在这个只有七行的短诗里，多多少少显示我的意图的话，它应该会留下一种追问，即，究竟是什么，让我们的男人，一年中，只有很少的时间在家中度过？究竟是什么，让男人把自己的女人，看作母亲，妻子和女儿？在这不同身份的转换中，它所对应的，现实给予男人的伤害，责任以及欢乐究竟是什么？又究竟是什么让我们的男人，以这样的方式寻求自我安顿和自我疗伤？
>
> 当然，在这首诗里，我所表现的"男人"，是坚强又脆弱的，"我"是脆弱的，当我们残酷的接近一种生存真相，它也是脆弱的。我们每个存在的个体，在巨大的生存背景下，对于自己的命运，无可选择也无可逃避。
>
> 而温暖作为一种存在，恰恰显示在那声叹息之间。

而在《你在巴黎，我在晒棉花》中，她着力地去表现了一种女性单一妻子身份的坚忍和不悲伤：

> 阳光大好。忧伤可以忽略不计。
> 一只蚂蚁拉出天线
> 一只云雀开始唱歌
> 这些窗前的小电影，慢慢放大，如果我向前一步
> 再靠近窗户
> 枝条就能握住我的手，那么激动，颤动的手
> 多久了，我没有握住过一双手
> 多久了，你在天上飞

我成了留守的鸟，没有翅膀的鸟

露出了更多的冬天

你在巴黎，你在埃菲尔铁塔，你肯定不知道

一只鸟的冬天，你不知道一只鸟怎么变成云雀

你更不知道，埃菲尔铁塔上的星星

竟然变成了立冬后的暖阳

你肯定心疼，欣慰。片刻，又涌起异国的悲伤

我不悲伤，阳光领着孩子们出门

我不悲伤

我想起什么，就晒一晒棉花。

悲伤的时候，就在阳光下晒棉花。不怨，不尤，坚忍，善良。不扯男人后腿的留守居家女性形象跃然纸上。读这首诗，我们很容易会想到孙犁的《荷花淀》中美好而勇敢的叫水生嫂的女人。诗人的诗歌视野、内心格局、人格力量，决定了一个诗人能到达哪里。灯灯身上有这些品质，她也写出了这些品质。

灯灯近年来的诗歌作品中，还有着一种不易被人觉察的平等心。她不轻慢任何事物，总是力图在书写中突出每个事物的个体价值。因为有段时间生活中的她正在练习打鼓，学习打鼓的经历和经验让她开始关注到鼓，并写下了另外一首堪称经典的作品《非洲鼓》：

鼓面每拍打一下，便能

从中，听到一只豹子的哀叫

雄性，或者雌性的豹子

一次次，在鼓声中跑动起来，鼓面

长满茸毛回到它的身体

如果鼓声欢快起来，一只豹子

正穿过非洲的热带雨林

跟随它的，不是我的手指

不是雨点

不是月亮

不是贫穷的风不是人类，更不可能

是猎枪——

一定是它的亲人
左边，或者右边

那时，我在地球的这边：
还没有通过
一只非洲鼓，了解它的一生

读到《非洲鼓》时，我首先想到了里尔克那首著名的《豹》：

它的目光被那走不完的铁栏
缠得这般疲倦，什么也不能收留。
它好像只有千条的铁栏杆，
千条的铁栏后便没有宇宙。

强韧的脚步迈着柔软的步容，
步容在这极小的圈中旋转，
仿佛力之舞围绕着一个中心，
在中心一个伟大的意志昏眩。

只有时眼帘无声地撩起。——
于是有一幅图像浸入，
通过四肢紧张的静寂——
在心中化为乌有。

（冯至译）

　　只是与里尔克那头困在巴黎动物园铁栏中的豹不同，灯灯诗中的豹，
是一只困在豹皮制作的非洲鼓中的诗人想象中的豹，或者说是一只真实
之豹的镜像。和人类的杀戮、贪婪相对的，是拥有美丽皮毛的动物。鼓
皮囚禁了一只曾经在非洲的热带雨林中自由驰骋的豹子。
　　如果说里尔克是将关在铁笼中的豹子的客观形象抽象上升成了人在
当时社会环境下精神的苦闷、彷徨、孤独和忧郁，或者演化成了诗人内
心对世界和现代文明的某种古老恐惧和敌意，那么灯灯则是将一只豹子
从以豹皮为面的非洲鼓内还原了出来。里尔克做的是向内心的收缩，灯
灯做的是向外部的打开，她做的是对人类的控诉和谴责：一只豹子也有

亲人，一只豹子也有本该属于它的完整的一生。但是显然从目前既定的事实上，豹皮已经被制作成了鼓面，猎枪中断了它的生命和生活，它和它的亲人阴阳两隔。为了所谓的进步、文明和音乐，人类屠杀了它。里尔克从豹子的目光和眼神中看到了自身被异化了的影子，而灯灯则从非洲鼓的鼓声中听到了"一只豹子的哀叫"。从精神强度上，我把这首诗看作是诗人向里尔克的《豹》致敬的一个作品。而且在诗中，我也依稀看到了或者感觉到了昌耀那首广为传颂的《斯人》：

静极——谁的叹嘘？

密西西比河此刻风雨，在那边攀援而走。
地球这壁，一人无语独坐。

显然也不同于昌耀"地球这壁，一人无语独坐"的孤独和苦闷，灯灯表达的是"那时，我在地球的这边：／还没有通过／一只非洲鼓，了解它的一生"。一种深入骨髓的疼痛，非洲鼓背后的那只豹子的死，令人扼腕。

一只鼓的前世今生。在灯灯这里，只用寥寥数行，就全部展示了出来。同时展出的还有人类的罪恶、贪婪，诗人的悲伤、无力。是的，诗人表达出的那种无力感，一直深深地刺疼着我。同反战诗一样，这是一首反对屠杀的诗。是一种倡导平等的诗。人与动物、人与自然、人与环境，要怎样和谐共处。最令人悲哀的是，人类杀死了豹子，还用它的皮来制作乐器——鼓。这真的是让人无语，让人嘘叹。一面非洲鼓，一种普通的乐器，在诗人灯灯这里，上演的却是一场惊心动魄的追杀与猎取。一面鼓，成了人类谋杀动物的罪证。诗人，面对鼓，作为使用者，一个还在拍打它的人，潜在地，成了"猎枪"的同谋和帮凶。这无疑是人类的原罪。这是一个梗，诗人无法消化，也无法去除。它会一直存在诗人的喉中，直到这世间没有了罪恶和杀戮。

灯灯近年来思考了很多，也处理了很多更广阔的，从自己个体生命出发的题材，这是非常令人称道的。我们知道，所有的生命体是交织、交错而并非单线、单个层面的，对于一个成熟的写作者，或是自觉写作者来说，怎么把审美经验和生命经验融合在一起，向更深的内部去探索，可能是每个写作者都需要认真面对的一个问题。而要从写作的常态进入到非常态，不但牵扯到对成形的固有写作模式和写作习惯的舍弃，还意味着要重新进行无边的挑战，改变对诗人而言需要具备相应的勇气。破，立，是二元的，又是一元的。这个一，就是我们的本心。文学的美，就在于它的不断重构和建构。文学真正的希望，就在于它总是不断地抵达，又不断地重新出发。灯灯一直在进行这样的挑战，她不断地达到，又不断地重新出发，向着她心目中的更高处。

长久以来，我们失去了信、失去了仰望、失去了追问的勇气。我们以为神不在那里。可是灯灯名下的这些散发着光亮的诗篇，仿佛有着一种奇异的力量，它让我们重获了谦卑之心、同情之心和悲悯之心。是她的诗，是星辰、高处、山顶、盲女孩的歌声、小男孩的眼睛，让我们确信了神的存在。对于生命、生活、永恒，灯灯有着自己的理解。不论是对叙利亚盲人小女孩的赞美，还是对尼泊尔小男孩的倾心，她都是真挚、诚挚的，那是一种阅尽人世沧桑后的澄明。她用她的深情，抚慰着自己，也抚慰着苍凉的世界。这是真正的生命之诗、心之诗。读这样的诗歌，总是让人感到亲切、感到温暖。

我们以为神不在那里。那只是我们的想当然。一个优秀的诗人，有无中生有的能力，让我们看见、感觉到、遇见那神迹。其实神就那里。当然这个神，并不是真正的神，它是我们自己的心，是人类共同的信仰和梦想。一个诗人处理某个题材，或者说某首诗，归根到底，是处理心的问题。把自己的心处理好了，安放好了，一切都会迎刃而解。有一颗什么样的心，就会写什么样的诗。诗合心，心印诗。用诗证心，用心写诗，应该是一个诗人毕生的修炼。

灯灯一直坚信诗歌的作用是让人向上，而不是向下。正因如此，她的写作一直是温暖的、宽大的。她用她的作品证明神就在那里。她如今写下的诗篇，应该是时光的馈赠，也是她个人努力寻找、求索的回报。我愿意把这些馈赠当作是自然和万物在她这里所产生的回声，是她美好的心灵和灵魂同这个世界相遇时，产生的给人无限鼓舞和信心的神迹。

[作者单位：山东胶州市文联]

一个当代女诗人的视野与胸怀

——浅谈灯灯近期的诗歌创作

符 力

灯灯是从网络诗歌论坛（BBS）时代成长起来的优秀诗人，她坚持走到了今天，并且越来越成熟，越来越出众，而跟她同在国内各个论坛上交流多时的一些诗人，写着写着，就消失不见了。作为一个普通读者，我对灯灯的诗，对灯灯这么多年来与诗有关的、近乎特立独行的生活，颇有兴趣。这几日，细读她近期创作的二十多首短诗，试图通过她的诗，也就是通过她的话语，去了解她的思想与行止，认知她作为一个女诗人的语言艺术追求和创造成果，进而拿她和她的诗去观照其他诗人，以衡量其存在的意义与价值。可是，这并不容易，毕竟，我没有读透灯灯所有的诗歌，我的了解、理解都很有限。下面，是我对灯灯和她近期诗作的一些粗浅看法，与大家分享，也请大家批评指正。

一、独行侠：清醒而又自觉地要求自己

女诗人写爱情诗，是再正常不过的事，更是应当的、必须的事——人是肉身的，不是砖头、铁块或竖在旷野里挂着冰凌的电线杆，纵使不经历爱情，也总是有激情、有欲望的。毫无例外，2006年4月13日晚上，灯灯在她创建的新浪博客上发布第一篇博文《我说嗯》，文中贴出三首短诗，第一首是《我说嗯》："我喜欢你。轻轻地/叫我宝贝/我假装没听见。你就急急地叫/压抑地叫。/像蜜蜂蛰在花瓣上。/我红着脸。我说嗯。"这是女性特点鲜明的，足以令人心跳加速、体温上升的，充满情欲和趣味的迷人小诗。

在这里，我提到这首为灯灯的诗人身份烙上鲜明印记的短诗，是想重新确认灯灯在2018年9月成为首都师范大学驻校诗人以前的诗歌创作，大部分都是贴着生活、身体和内心感觉的。比如，《我的男人》：

"黄昏了，我的男人带着桉树的气息回来。/……// 一年之中，有三分之一的时光 / 我的男人，在家中度过 / 他回来只做三件事——// 把我变成他的妻子，母亲和女儿。"又如，《母亲》："她在厨房忙碌，蓝围裙下 / 一颗用旧的心脏 /……/ 她依旧把豆子爆得火热，给生活加上两把辣椒 / 无人时，呛得自己 / 热泪盈眶，她烧上几个拿手好菜 / 端至儿女面前（儿女们难得回来）：/ 她笑着 / 双手放在蓝围裙下面。"再如，《外省亲戚》："他敲门的声音，像一树炸开的石榴 / 风声扑面而来，年轻的，带着乡间的泥土味。/……/ 在夏天的客厅里，空调在响 / 他一直站着，一直冒汗 / 他的手不知道往哪儿放"。灯灯的这些诗，写得朴实、精准、传神，且不乏灵动之气，情味饱满，意涵较丰富，符合豪尔赫·路易斯·博尔赫斯对"诗歌的任务"的看法：一是传达精确的事实，二是像近在咫尺的大海一样给我们实际的触动。从这一点上看，大约在十年前，灯灯就已经是一位很出色地完成"诗歌的任务"的诗人了，只要她乐意，就可以安心坐在她的诗歌树荫下乘凉，看诗江湖上的风起云涌了。

然而，灯灯是一个自觉追寻、积极探索的独行侠，内心运行着一个非同一般的小宇宙，有着很强的突破意识和超越精神，是很多同行难以比拼的。那么，在这里，也许可以问一下：这是灯灯身子清瘦、目光锐利的原因吗？问题的答案，可以是否定的，但应该没有人会不同意这一点：灯灯是一个有思想、有定力的诗人，她安静，她清醒地"要求自己"去蜕变，去提升。请看灯灯近作《鹧鸪叫着》末尾几句：

种子钻出地表时，我也在等
我要求自己
具备这样的听力：鹧鸪叫着，雪又一次
覆盖喜马拉雅山——

是的：我将听见自己
书页中

又一次醒来

这首诗通过鸟叫、水流、雪崩、种子钻出地表等意象，言明诗意所指的时间是大地复苏、万物醒转的季节，进而隐约传达了作者的哲思和诗的意涵：这时候，生命如果不复活，创造力如果处于沉睡甚至死寂状态，那么，存在本身就只能是枉然耗费了。看到这一点，就容易理解诗人为何在"看见神灵／我流下眼泪"和受到神灵启迪获得"感知"之后，"在等"的同时，"要求自己"，期许自己，相信自己将从"书页中∥又一次醒来"，在文艺劳作的园地中获得新的飞升。灯灯的这首《鹧鸪叫着》，容易让人联想到奥地利诗人里尔克的著名诗篇《秋日》。那首诗诞生的大致背景是：1902年8月28日，里尔克开始漂在巴黎，一个月的奔忙，使他尝到了两手空空的焦灼感和无家可归的孤独感，迫使他追问自己：秋日到来之时，自然界将有自然界的所获，比如：秋风吹过田野，果实饱满、成熟，人们可以拿最后的甘甜压进浓酒；那么，一个人在生命的秋日，如果仍然孤苦无依、一事无成、居无定所，将会面临什么样的境遇？9月21日，诗人写下这首《秋日》来回答自己。那一年，他二十七岁，他在诗中表达了对丰收季节的渴求，更重要的是，他写下了对自身存在的警醒乃至喝令："谁这时没有房屋，就不必建筑，／谁这时孤独，就永远孤独……"

可见，清醒而又自觉的人，当然明白自己必须在什么时候做什么。在诗人灯灯这里，她用近一年时间创作的，有宽阔的自然与人文视野，有思想深度和情感温度的诗篇来回馈自己的"要求"。其中，不乏语言精简，诗句强悍，意涵丰深、精妙之作，一些诗有宽泛的解读空间和多种理解可能性。她的这些诗，在语言和诗意上，既延续又明显有别于她以往的诗作，是她在诗艺道路上收获的创新硕果。

二、从明朗晓畅趋于深奥玄妙的写作

在2006年4月13日晚上，灯灯发布的另一首短诗是《那时候》："我看见鸟翅拍打的黄昏／一个太阳／浮上浮下。黄河的水，要在风里伺／机上岸／我看见人群越走越远，先是一团／后是一点／在暮色里，比一滴水／消失得更快"。诗中两次用到"我看见"，表明她最初的诗歌表达，所走的是经典而又恒久的途径：触景生情、托物言志、借物喻理。其实，这是正常的、自然的表达方式，毕竟，人类的表达，最基本的是所见、所闻、所感、所悟、所思、所想。看看，古希腊第一位女诗人萨福在《暮色》里写的是"所见"："晚星带回了／曙光散布出去的一切／带回了绵羊，带回了山羊／带回了牧童回到母亲身边"（水建馥译）；《诗经》开卷之作的首句描述的是古人的"所闻"："关关雎鸠，在河之洲"。可见，灯灯的路子，是纯正的，也是寻常的，有风险的，因此，值得秉持，也值得警惕并且创新。灯灯在《那时候》里传达的，是对人物迅速消失于时空之中的观察和理解，可以直追孔夫子的认知和感叹："逝者如斯夫！不舍昼夜。"也可以跟宋代大文豪苏东坡对上话："寄蜉蝣于天地，渺沧海之一粟。哀吾生之须臾，羡长江之无穷。"灯灯的这首诗，语言简约，诗意明朗晓畅，易于解读，跟她此后写的很多诗差别不大："微风之远，远到呼吸／不可能再远了／油菜花开到近处，几只粉蝶／扑闪着／消失在隐约的中年，我的一生都在湖水里倒映／几欲哭出声音／像群山，温柔地厌倦。"（《微风之远》）；"石头动了凡心，流水在玻璃上／有了情欲……那时，时光忽明忽暗，桃花变脸成梨花／在高高的屋顶，明月高悬／高悬的明月／像赐予人间的药丸。"（《春天》）；"月亮和我一样野／它翻过土墙，看见院子里／两株桃树……／十一月，某个夜晚／像你们看见的那样／公路上，奔跑着三种事物／只奔跑着三种事物：／我，月亮，以及呼啸的北风。"（《月亮和我一样野》）。

在最近的一年里，灯灯的诗作，更多的还是延续以往的语言方式，即通过对世界（自然存在）的观察，获得精神层面的认知、理解或领悟。比如《小鱼》："岩石撞击溪流，溪流不死。／昏厥的小鱼／在第二次昏厥中，又长了一寸。"《红河》："它高烧不愈。嘴里含着泥沙。／它没有说出的话／使我的琴弦颤动，野花喊住／前倾的悬崖。"《哀牢山下的石头》："这些丢失四肢的石头，血性的石头／在山下／它们睁着血红的眼睛／望着整个哀牢山／一片肃静——／风又一次吻过碑文的额头。"《石头》："石头不会说话，一说话／就领到崭新的命运：或滚落，或裂开／挖土机开到山前／采石场彻夜不眠……／我看见月亮下面，山冈，河流，房舍／各在其位／各司其职／是的，是这样／就是你想的这样：／碑石寂静，而牛眼深情……"

有必要一提的是，灯灯的少数几首诗并不像以前那么明朗、那么容易进入了。这类诗作，是诗人新的探索和实验的结果。比如《春天》："栾树用褐色之心，守着一湖寂静。／鹳鹈划出的波纹，圈住／垂钓人的一日，圈住飞鸟颠簸之苦……／／春天，有人出生。／有人离世。／无限的时辰，寂静在最高处：／／水如众僧端坐。／水如众生匍匐。"又如《三次，以及樱花》："有三次，我看见樱花要飞。／有三次，樱花分饰三人：你，我，他。／／有三次，春雷响过／屋顶生长雨水，死去的人／在梦中，鲜活的脸／告诉我生的意义／／雨水闪如勋章。／／——我在中年。我看见／樱花飞／樱花落下：你们，我们，和他们。"

这两首诗作的特点是，简省、约略，带着隐喻，似乎什么都没说，却又说出了一切。谓之深奥、玄妙，并不为过。类似的诗作，还有《鸟叫》：

鸟的叫声里有沙发、光线、窗户
我们各求所需
鸟的叫声里，有救护车，轮渡，弯道

树枝在上
我们在下

鸟啊，一直忽上忽下……在鸣叫

如何理解这首诗？前几日，我特意带着问题去找诗人交流，试图读懂这首诗，以接近、理解诗人创作这首诗的初衷和本意，而我得到的回应却是——作为读者，你怎么理解都是可以的。

既然这样，我只好自发自愿地去理解这首诗的意蕴了：鸟叫，是诗人遭遇或者观察并确认的一种现实存在：空灵，有生命迹象和生机。鸟叫的世界里有光明，有可以让人舒服歇息的凭借，有空气流动并且看得见远方的出口，有可以承载、救命、渡人的工具，等等。在这样的世界里生存，"我们各求所需"，且求而有得，说明诗人所发现或指认的这个世界没有什么缺少或遗憾，是有暖意的地方，是心存希望就可以实现的地方，可以给人带来满足感和幸福感的地方。显然，这样的表达带有对现实的肯定乃至赞美之意。

然而，诗人到底想通过这首诗告诉读者什么？或者，诗人的用意是否止于提供一次可见可闻却又难以言说的视听观察？抑或，像佛祖拈花一笑那样，点到即止，任由众僧去心领神会？其答案，并不明朗，却也恰好反映了这首诗的魅力之所在：内涵和外延皆宽泛，有多种阐释的可能。

三、日常视野与人文胸怀

如前文所述，灯灯的诗歌创作从一开始就走在经典的路子上，她通

诗探索16 理论卷 2019年 第4辑

过对景物和人事的观察，去传情、言志、喻理，等等。这一途，跟曹操写"白骨露于野，千里无鸡鸣。"（《蒿里行》），李白写"青山横北郭，白水绕东城。"（《送友人》），杜甫写"朱门酒肉臭，路有冻死骨。"（《自京赴奉先县咏怀五百字》），李绅写"四海无闲田，农夫犹饿死"（《悯农二首》），等等，皆是一样的。

读灯灯近期通过这一途所写的短诗，无端想到朦胧诗代表诗人舒婷的名篇：《致橡树》和《神女峰》。那两首诗，分别写于十年浩劫结束后的 1977 年（有一说是写于 1975 年）和 1981 年，诗中震响的，是一个女子的心声："我如果爱你——/ 绝不像攀援的凌霄花，/ 借你的高枝炫耀自己……我必须是你近旁的一株木棉，/ 做为树的形象和你站在一起……"；"沿着江岸 / 金光菊和女贞子的洪流 / 正煽动新的背叛 / 与其在悬崖上展览千年 / 不如在爱人肩头痛哭一晚"。在那个特殊的年代，人们狂热又盲目，惯于紧握拳头、大声宣誓和喊口号，所发出的声音几乎都是关于集体、国家、政治的，而极少关于个体，关于肉身与灵魂之冷暖及痛痒。不同的是，生活在我国东南沿海的、正值恋爱大好时光的诗人所张扬的，是一个女青年对爱情的理解和立场，是新的历史时期中国女性的人生的觉醒，是对告别折腾、趋于平静的烟火人间的宣言。这样的觉醒和立场，又何尝不是一代男青年的心声？！这声音的深处，或者核心，是青年一代对"为何活着""如何活着"等问题的思考与决定。难怪，这两首诗一经面世，便引发了广泛而强烈的共鸣，流传至今。也就是说，诗人舒婷所发出的声音，有普遍性和代表性，有实质的引爆爱情观认同的作用，因而很轻易地就触动了千千万万颗年轻的心灵……

绕了一大圈，我想说的是：从灯灯出生的 70 年代至今，四十年间，世界的面貌和人的思想观念都发生了极大的变化，当代的女诗人在经历什么样的生活？她们内心的呼声是什么？她们跟舒婷那一代人有什么区别？显然，眼下的世界纷繁复杂，人心千差万别，我的这些问题太大了，太难以说清楚了。于是，我把问题拉到灯灯一个人的身上，细读她的文本，发现她的这些颇费苦心的作品，足以反映诗人的视野之所及和胸怀之所容，从而体现诗人的态度立场和思想境界。比如，《燕山下》："野枣在枝头 / 守住内心的红。杏林用青涩 / 说出酸楚"；又如，《蚂蚁》："蚂蚁在镜头里 / 捶胸顿足，我要把镜头放到更大 / 一只更小的蚂蚁 / 才会出现，蚂蚁在我的镜头里 / 悲天跄地，直不起腰 /……/ 如果我把镜头放到最大，我就会看到 / 一张人脸，我就会看到每一天 //——每一天。都有一张相似：/ 悲伤的人脸。"再如，《浪花》："每一天都有浪花冲上悬崖，带着 / 赴死的决心……/……每一天都有白云 / 降下白旗，那么多浪花 / 死在赴死的路上……// 冲上天空，一个人看见浪花冲上天空 //——在大海面前，和大海一样：保持了平静。"《玉渊潭》："天寒，万物退让其身。要给 / 寒冷让路，也要给 / 清晰让路 / 残荷把倒影留在水面，鹈鹕把头 / 埋于水中，它们都是 / 我在人间的知己……// 银杏树下 / 少年的笛声清新，落日盛大 / 盛大的落日 // 和落叶的光芒连成一片：我和所有，均是重逢。"《喜鹊课》"喜鹊的叫声并不喜庆….// 喜鹊带着烧焦的声音……/ 越飞越高的喜鹊，在叫声中 // 给我换了一张苏醒的人脸：/——我日夜推滚石，我心藏雷霆的愤怒 / 我做不了别的 /……// 喜鹊越飞越高的时辰，也就是 / 我和你 / 看见白杨摇曳的时辰：//——皆有苦楚。皆有来历。"

灯灯善于以我观物、察人，请看她的近作《看叙利亚盲童在废墟上歌唱》：

她看不见的天空，是我们看见的
我们以为神不在那里
但一个盲人女孩相信了，她抬头
确信歌声
去了神的居所

我从她的笑容里取出花朵，从废墟里
取出哭泣
我从我中取出自己
——毫无疑问，我是盲人，而她不是。

这是一首自觉反思之作，也是一首对美和崇高的赞美之歌，写得干净、利索，语感很好。这首诗的语言张力和诗意震撼力，来自于这个通常的艺术表达方式：对比；也来自于诗人对"我"和"我们"的虔诚的审视、辨认和反思，以及悲悯情怀。诗人拿"我们"跟"叙利亚盲童"对比；拿"我们看见"跟盲童的"看不见"对比；拿"我们以为神不在那里"跟盲童"确信歌声 / 去了神的居所"对比，拿"她的笑容"跟我的"哭泣"对比，从而形成多重语言关系，使表达张力发挥得很到位，使读者领会到：低俗无知的现实存在，让人低俗，让人无知；眼中无神，神就不再那里；有信仰的生存，能让人把自我从尘埃中提升到接近神灵的高度；有信仰的人，能在废墟中遇见鲜花，甚至能通过歌声与神灵对话。反之，没有信仰的人，无异于盲人，看不见天空，看不见神的居所，也不信歌声能够飞升，直至天堂。想想，这是多么大的差距啊！想想，这能不令人内心感到震颤吗？

一首好诗，就是要有可感而知却又难以描述的能量或力道，使读者"达到悟性的高峰，就好像登上塔尖，心灵有所震撼"（郑敏）。由此看来，灯灯应该为自己感到高兴，因为她灵感一发，就俯拾即得一首动人诗篇。

灯灯也能以物观我，全面、客观地看待并拥抱现实世界和人世生存，使人生表现得富有弹性，充满吸引力，让人着迷。在短诗《红的问题》里，诗人思索、关怀的是生与死的问题：

> 和我一直争执的柿子树
> 把红的问题，举到天庭，把落叶的问题
> 交给大地
> 我一辈子都在想，这么多
> 落叶，那么多落叶，每一片
> 都在风中
> 有一颗颤抖的心
> 每一片落叶，都向死而生，我蹲在地上
> 仔细端详，它们
> 也用同样的怜悯，望着我——
> 我眼睁睁看见自己，被风吹得到处都是：
> 柿子树红啊，它依然
> ——这么红

把红的问题，举到了天庭。

柿子红时，落叶在风中颤抖时，所隐喻的是生命来到了穷途末路，死亡不再有商量的余地。那么，濒死之心，反而变得柔软起来，有暖意起来，"都向死而生"。这是参透死生之后的睿智与平和，良善与慈悲："每一片落叶，都向死而生，我蹲在地上 / 仔细端详，它们 / 也用同样的怜悯，望着我——"这意味着，在诗人心目当中，落叶之心即为人心，落叶也能体察、关怀人心之悲苦。

那么，天地到底是不是视万物为刍狗？天地对万物之死亡究竟作何感想？有没有一点像落叶对人类的怜悯之情？在柿子红透、白雪即将飞舞的冬天，诗人通过诗歌把这些无解的疑问提给天地来作答——我在自己有限的阅读范围内，似乎没见过这样案例，但愿是诗人灯灯的天才首创，如果属实，那就是前无古人之举了！

从以上这些诗篇来看，就很清楚了：时代更新，现今的女诗人已非四十年前的女诗人，现今的诗人灯灯没有为爱恨情仇哭哭啼啼，没有为鸡毛蒜皮愁眉苦脸，她已经把心灵和情怀提升到观照自然万物、悲天悯人的高度，她能从一只蚂蚁、一片树叶那里看出人脸，能从风吹鸟鸣那里听见人声，她把万物视同人类，把天心比人心……她在观察水中鱼类的时候，会为弱小生命顽强活着而心生同情与悲悯，于是，她在诗中歌唱又悲哭："岩石撞击溪流，溪流不死。/昏厥的小鱼/在第二次昏厥中，又长了一寸。"（《小鱼》）认知世界，理解存在——其实也是认知自我和理解自我的存在——才有可能在精神上抵达宽容人世、体谅事物之境。认同这个道理，才好更深地认识一天到晚都面带笑容，活得像青春少女一般单纯、烂漫，而又内敛、谦逊、羞涩的诗人灯灯，也好明白诗人为什么不是紧绷、苦大仇深、歇斯底里，而是慈善、宽怀、包容。她那比较平静的发问，就有这样的力量——让急于赶路的人慢下来倾听，让大声嚷嚷的人意识到某种不妥，转而把声音放低，甚至立即住口："你为什么要责备云朵呢//深河之中，每一滴水破碎/破碎到无法/认领，每一滴完整的破碎/你在其中，你为什么要责备深河呢。"（《责备》）

此外，包括以上提到的《春天》《三次，以及樱花》《鸟叫》，灯灯的这部分诗作，显示了诗意从感受层面向思想核心进入，在一定程度上反映了诗人所具有的思想的深度和丰富性，也反映了诗人试图通过诗歌去展现美和伦理思考的努力。帕斯卡尔指出："人是一根能思想的苇草……纵使宇宙毁灭了他，人却仍然要比致他于死命的东西更高贵得多，因而，我们全部的尊严就在于思想。"有思想的人，是可贵的；有思想的诗，值得细加思索与品味。灯灯有这样的一句诗观："写诗，就像流泪一样，你说不出它是痛苦抑或快乐，但很幸福。"她的确是对诗歌心怀纯情和敬意的诗人，她在个人思想修为和诗艺探索方面必将越走越远，值得诗歌同行怀着比昨日更大的热情去期待，像期待夜幕下降，群星上升，银河璀璨。

[作者单位：中国诗歌网]

走进灯灯的光影中

武兆强

　　读罢灯灯这二十二首诗作，跃上心头的第一感觉就是"灵动、柔美而又富于深意"。诗人似乎有意把自己隐匿于诗行而不外露，总是轻手轻脚、时断时续地给读者悄悄做些指引，然后风一样闪开，躲在任何一棵树后而又大睁一双好奇的眼睛，期待着人们做出他的品评。由此我想说，灯灯是一位内心低调、善于隐身而又具有人格内在能量的诗人。诗，看似单薄，但内里很有力道。仅此而言，就与其他女诗人有着很大的不同。与其说她的诗是由日常生活场景捕捉而来，还不如说她更加注重生命体验与瞬间灵感相碰撞，更加注重人间真相的深度书写，而且每每喜欢于诗的结尾处，以"冒号"为标志导引出某种具有独到性质的哲学意味。事实是，从每首诗的开端她就非常在意意象的选择，同时注意用尽可能精练、简约的诗句呈现此时此地对生命存在的感知，显示出对事物的敏锐把握能力。看似轻描淡写、无所作为，实则含有深刻的生命体验与人生智慧。

　　《看叙利亚盲童在废墟上歌唱》就是一首典型的以直击生命存在为核心内容的优秀诗作。它虚实结合，写得极有层次，如回廊曲折，既有视角的变换，又有情绪上的转折和波动。而这一切又都由那个"盲人女孩"这一客体与以诗人为代表的"我们"这一主体之间的深刻对比所产生的，"我们"与那个"盲人女孩"虽然生活在同一片天空下，但"她看不见的天空，是我们看见的"，"天空"在这里作为一面巨镜，不但洞悉两者生存状况的截然不同，而且也照见彼此内心的丰盈与虚弱。诗人进一步挖掘，引申出"我们"与那个"盲童"在精神维度上的巨大差距，为此她写道："我们以为神不在那里／但一个盲人女孩相信了，她抬头／确信歌声／去了神的居所"。由此可以看出，在诗人的指认中，这个有着生理残疾的"盲童"比我们这些看似体魄健全者在精神上更接近天空（洁净、深邃、无限），更有信仰，也更具人性。她仿佛在告诉我们，那个"盲童"的生命与天上的神明是息息相通的，我们不相信的东西她相信，我们漠视的东西恰恰被她热烈的给予"确信"。她确信神在天上，确信她的歌声去了神的居所，确信神接受了她的歌声，因为他以及她的歌声原本就是献给神的。在这儿，我想特别指出，所谓的神，在诗人那里会不会就是人世间至高无上的终极真理？至此，灯灯又以女诗人特有的细腻情思十分悲哀地写道："我从她的笑容里取出花朵，从废墟里 / 取出哭泣"，紧接着笔锋陡转，让诗句直抵人心："我从我中取出自己"，似乎诗人意欲以掏空自己的方式填补世界的空虚，并深深反省"——毫无疑问，我是盲人，而她不是"。这种把情绪推至高潮而又陡然转至克制与含蓄的写法，让细腻的情思与阔大的悲悯相互交织，共同奏出一曲净化灵魂的歌唱。先是那个盲童用她的歌声洗涤了诗人的心灵，而后诗人又用他的诗句洗涤了我们的心灵，这当中诗人表现出的精神彻悟，其实也是不言而喻的读者的彻悟。

此外，我们注意到，整首诗几乎完全避开了对"盲人女孩"以及她歌唱场景的实写，唯独选取了"她抬头"这样一个看似普通却动感十足的生活细节。事实是有无这一细节对全诗影响极大。有了这一细节，既可使"我们""盲人女孩""天空""歌声""神的居所"等等意象获得了带有动感的内部关联，也让读者对"盲人女孩"有了某种实感，似乎刹那间看到了她仰望天空的脸庞，细腻的美感由此产生。缺少这一动作，便失去了对"盲人女孩"的所有正面描述，这或许将丧失整首诗的现场支撑，所以它不可或缺。但又仅有三个字，可见诗作何其精练何其简约。

纵观全貌，灯灯的诗明显具有十分鲜明的现代性特质，这当然与她的语言运用、意象捕捉、视角选择、表叙方式有关，但同时或许与她的诗思常常带有某种寓言性质有关。所谓寓言性质，当然是现代寓言，我指的是当她面对客观世界，当她要写诗的时候，她不像更多诗人那样对生活场景或多或少，或隐或现会有一些起码的关照，而她采取的似乎是有意的规避，取而代之的则是寓言性的形象抓取，以此进入诗的境界，并在整体上寻求某种哲思的呈现。换句话说，好像她总是希望她的诗能够通过挖掘具有哲思特质的意象，从而更加有力地触及现实存在中最本质的生命形态与生活真相，无论是面对个体命运还是面对万事万物。这从她一系列作品诸如《小鱼》《鸟叫》《石头》《蚂蚁》《燕山下》《像爱》中都可寻见端倪。仿佛她在通过自己的诗作向我们讲述有关人世与生命的现代寓言，当然这种讲述不能不烙有她的人生观念和业已成熟的

诗探索16 理论卷 2019年 第4辑

诗意提取。以下，我想就《小鱼》《鸟叫》粗略谈谈我的看法。

《小鱼》写得很特别、很新异，在我看来是一首完全摆脱了公共化、模式化的优秀之作。它给我们讲述了一个经得起摔打与撞击，一而再再而三虽致昏厥但终究不死的小鱼的故事，其底色犹如一则现代寓言。一开头它就故意制造颠倒，不说溪流撞击岩石，反说"岩石撞击溪流"且"溪流不死"。那么被溪流裹挟的小鱼呢，其命运又当如何？诗人的回答肯定而有力："昏厥的小鱼／在第二次昏厥中，又长了一寸。"显然，此中的小鱼是世上一切弱小生命的象征。它在恶劣的环境中生存，虽屡屡昏厥而不死；非但不死还屡屡又长了一寸。诗人就是这样通过"昏厥的小鱼"这一艺术意象，以寓言式的言说表达出她对一切生命形式及其生命力的赞颂。

期间，她把视角拉开、扩大，用一系列生灵纵身跳下山崖，表达为求生存而勇于赴死的行为和决心："我目睹山崖上的山花、蚁虫、蟾蜍／一个接一个跳下来／我目睹蝴蝶挣脱救援的手／跳下来"，或许是求生，或许是赴死，或许是逃离，或许是迎击，或许是溃败，或许是胜出，在这皆有可能的结局之前，最最重要的起因就是触目惊心的集体性"走投无路"。诗人在这里写道："这些走投无路的生灵，我怀疑它们／也藏有一张人脸，也有一颗／怒的心，也把比死更难的活路／留给人间:"（"人间"之后有冒号），由此引出核心意念的重复：

——溪流不死，小鱼在昏厥中
又长了一寸。

不难看出，诗人在把这些生灵的命运推至"走投无路"的绝境之后，以貌似疑惑、实则强调地指出它们也"藏有一张人脸"，也怀有一颗"愤怒之心"，以此喻出世间万物无不遭遇着"比死更难的活路"，但它们又都在一次次的打击中一次次地重获新生。

我们说，诗人每写一首诗，都必须在自己的心里来一次清零，否则，容易陷入自我复制的泥潭。在此我们再看《鸟叫》，由于立意不同，尽管仍然坚持以生活为中心的创作立场，坚持现代寓言式的创作风格，但总体上比起《小鱼》要轻松许多，释放出灯灯的另一种状貌。可以说，无逻辑是这首诗的最明显特征。如果说诗人在这首诗中是用鸟鸣象征生活中的美好，那么当诗人将这种美好与日常生活中的景物完全无逻辑地组接在一起，首先笔法大为简练，一下子就呈现了多种可能的场景，其次诗的张力也就此产生："鸟的叫声里有沙发、光线、窗户"，"有救护车，轮渡，弯道"，而且可以让人们"各求所需"，勾勒出了相互依存、平静有序的生活境况。但很快她又提醒"各求所需"、处于悠然间的人们：

树枝在上
我们在下

鸟啊，一直忽上忽下……在鸣叫。

　　如果可以硬解的话，我愿把"树枝在上"大体理解为大自然是第一位的，而我们人类只是借寓其中。而且，我们的生活并不平静，一直都处于某种动荡不安的忽上忽下中。.

　　从整体上看，灯灯的诗不乏诗意、理性与节制，很多地方都表现出内在的想象力和精神追求。然而在写作中又设置不解或难解，隐秘的玄机，难测的密码，让我们难以找到解读的钥匙。我们总希望有一条清晰的道路可以通向诗的内部，但遗憾的是又被层层障碍所迷惑。"有三次，我看见樱花要飞。/ 有三次，樱花分饰三人：你，我，他。// 有三次，春雷响过 / 屋顶长满雨水，死去的人 / 在梦中，鲜活的脸 / 告诉我生的意义 // 雨水闪如勋章 // ——我在中年。我看见 / 樱花飞 / 樱花落下：你们，我们，和他们"。我之所以引用全诗，是想知道诗人到底要给我们提供什么？如此写来，它能给我们带来一点点所谓"樱花飞"的感受吗？技巧是技巧，密码是密码，两者不可等同。不能说难解或不解的密码就是诗的技巧。如果这样理解，不但是对诗艺的误解，也是对诗歌的偏读。现在诗歌之所以难以走进大众，恐怕和这一老生常谈不无直接关系。其次想提醒一下灯灯，一定要让内心和笔下拥有更开阔的世界，尽量不要拘泥于一己的所见所感，应该把个体生命的内心世界向着万事万物、向着人生和社会、向着甚至茫茫天宇敞开，把更多的事物囊括到自己的诗歌里。另外就是力避重复，主旨上的，诗意上的，视角上的，修辞上的，力求每首诗都能写出一些新气象。

　　灯灯值得期待，所以写下以上这些话。

夜光杯中的灵透之水

——灯灯诗歌印象

陈 朴

一只杯子的价值，往往取决于水的质地和纯度。一首诗的成败，关键在于诗人的经验和天赋。读灯灯之诗多年，犹如观望一面湖水多年，虽能在纸上素描出其样，却始终不知湖底形成之状。如果以诗歌为杯子而论，玻璃杯易碎，不锈钢杯过硬，而灯灯的诗歌就如陶瓷杯——光亮中不缺质地，同样的一只杯子，倒入不同的水，一个人的口渴感也会大有差异，灯灯的诗歌语言迥异于自来水的平淡无味，远胜于灌装水的喝一百瓶如喝一瓶之悲，颇有山涧密林覆盖的岩石下泉水之少见和灵透，使人暗自心服。

灯灯是心如明镜的人。一个只有对生活清心而为、剔除杂念的人，才会写出澄明之诗、光亮之诗。一个心有烛火的人，从不嫌弃光芒的微弱，她只会在白昼里打开门窗，在暗夜里发出微光，在微光里吹旺火焰，像一盏灯辐照身下的辽阔与阴影。通观灯灯多年来的诗歌之路，可以看出她在诗歌这条持续提升万难的路上，她的写作是清醒的，更是低调、沉稳的。

中年对于身体可能是人生的分水岭，而对于一名诗人而言，灯灯并不视岁月为杀猪刀，透过她的笔下不难发现，岁月对于她其实就是一个储蓄罐，在她人忙着储蓄金银、储蓄脂粉的时候，她则正忙着储蓄诗歌一步一步中自然生成的力量，以期灵感降临时，成就出自我的诗学追求与精神世界。

> 害怕深夜接到电话
> 害怕深夜接不到电话
> 害怕清晨醒来
> 你的手

已离开我的手

……

害怕琴声远走他乡

寻找它的琴

琴声里的孩子们，赤脚，穿旧衣服

他们拉我的衣角，向我乞讨，叫我阿姨

害怕披头散发的老人

拄拐杖，端瓷碗

暮色中

喊我闺女

——《中年之诗》

关于中年之际，忧愁失败的人说是"黄土已经埋到腰际"，而业有所成的人多认为中年正是大展宏图之时。但不管如何说，每个人中年时期所面临的"上有老，下有小"的家庭现状却是基本一致的。灯灯这首《中年之诗》虽然也是从"忧愁"起笔，但须知她的所忧不是个人的"黑发减少，白发渐生"之忧，她忧的是血脉情感（害怕清晨醒来／你的手／已离开我的手）以及这个人间和社会（琴声里的孩子们，赤脚，穿旧衣服／他们拉我的衣角，向我乞讨，叫我阿姨害怕披头散发的老人／拄拐杖，端瓷碗／暮色中／喊我闺女）。以"阿姨""闺女"可以看出灯灯作为女性诗人细腻温情的一面，而以"琴声里的孩子们""披头散发的老人"更可以看出灯灯关心民间疾苦、胸怀宽阔的另一面，这另一面在许多成熟型男性诗人的诗作中也尚不多见，而灯灯能有此等见解和气概，实为不易。由后再向前看，"害怕深夜接到电话／害怕深夜接不到电话"则和鲁迅先生的"院子里有两棵树，一棵是枣树，另外一棵也是枣树"颇有异曲同工之妙。如果有人说这句诗是自相矛盾的，那我只能说他一定是门外汉，对诗丝毫没有认知。当然，鲁迅先生是睿智的，而灯灯则是纠结、煎熬的。这种纠结和煎熬是每个中年诗人都要经历的一个过程，灯灯同样无法逃离。这首诗的出色之处也就重要在于灯灯对于中年之境的深刻洞察和深入剖析有着过人之处，再由"个体"到"人类命运共同体"逐步延伸，写出了"一沙一世界，一叶一菩提"之隐忧和愁苦。

灯灯的诗歌虽然已引起了广泛的关注，但对个体经典作品的探究目前还有所欠缺。我个人印象中，除那首可称为代表作的《我的男人》影响较为深远外，其他的作品目前还没有引起足够的重视。通过对灯灯诗歌整体的阅读，我认为主要原因就是灯灯的作品整体质量较高，因此造成了"高原多高峰少"的境况。而反复读其诗歌，我发现高峰实则并不少：

> 鸟衔着种子在飞，落下大的
> 叫岛屿
> 落下小的叫森林
> 还有两颗，不知道为什么
> 停止了生长，也不知道为了什么
> 发不出声音
> 在北风中，像我们一样
> 挨着：没有血缘，却胜似亲人
>
> ——《亲人》

灯灯这首诗题为《亲人》，但却没有写到父母、孩子或兄弟姐妹们中的任何一个具体的"亲人"。她仅以两颗"种子"为意象，简单几句就勾勒出了"亲人"的亲密关系，语言的灵透度（鸟衔着种子在飞，落下大的/叫岛屿/落下小的叫森林）源自于自身的天赋和修为，炉火纯青，自有风范。拿这首诗与雷平阳那首著名的同题诗《亲人》来对比，虽然切入角度不同，但整体的诗意相差并不明显。这首诗到底是被诗人自己的那首《我的男人》所遮蔽了，还是被雷平阳的同题诗所掩盖了，我想时间会给出我们一个答案。

灯灯诗歌的特点可以简单概括为"语言突出，意境深远，衔接紧凑，整体饱满"。通过一些推送灯灯诗歌的微信公众平台留言板，我更加坚信地确认了我对灯灯诗歌的主要认知——"语言的灵透性"：

> 他敲门的声音，像一树炸开的石榴
> 风声扑面而来，年轻的，带着乡间的泥土味。
> 一个硕大的白色编织袋，开始在他的肩上，现在
> 它站在地板上，里面装满了花生，和那些
> 来不及褪泥的土豆
> 在夏天的客厅里，空调在响
> 他一直站着，一直冒汗
> 他的手不知道往哪儿放

他叫我小婶子

他让我红着脸，想起了我的身份。

——《外省亲戚》

这首诗没有精心营造高深的意境，也没有显现出想要清秀脱俗的欲念。诗人只是就生活中发生的一幕，用诗的语言加工后记录了下来，本身并没有太多卓异之处，而若细细读来却如春风拂面，给人一种语言层次面上的清新感。诗人从这个"外省亲戚"敲门写起，经过层层铺垫后笔锋转向直接深入到了一具器物的内在纹理——我。在这首诗里，"外省亲戚"就是引燃物，而"我"就是助燃物，诗人通过这一燃烧的过程，寻到了火焰根部（外表看不到）的真相——"我的身份"。

"炸开的石榴"显示出了诗人对于意象的苛刻要求，"他的手不知道往哪儿放"源自于诗人观察的细致入微，"他叫我小婶子／他让我红着脸，想起了我的身份。"则对于诗意的无限扩展起到了推波助澜的作用。长诗常以气势和思想压倒人，而短诗要想出类拔萃，就必须在语言和意象的有效融合中胜出。短诗的语言提炼度太高，每个字都如同光头上的虱子一目了然，稍有瑕疵就会导致全盘皆输。这首诗如果只有"编织袋""花生""土豆"这些俗词点缀其中，那无疑这首诗也就必成庸诗。

当下网络自媒体时代是一个诗人遍地的时代，同时也是一个庸诗泛滥的时代。众多初出茅庐的诗人们在未能搞清楚"诗为何物？""如何写诗？""写什么诗？""什么是好诗？"的状态下就已经迫不及待地跃跃欲试，不求以一首诗一鸣惊人，只愿四方奔走混个脸熟。在这等可悲之状下，很多缺乏生命体验又阅读匮乏的诗人在不知道"写什么诗"的时候，就看见了眼前的高楼、屋内的绿萝，想起了故乡的河流、苍老的母亲。他们已被浮躁膨胀迷失了心智，全然忘记了"诗之要义"——"诗歌是献给无限的少数人的"（西班牙诗人希门内斯语），殊不知世间万物皆可入诗，但"功夫在诗外"。世间的芸芸众生，每个人都有自己的母亲。一座山或一条河是面对大家敞开的，而每个人的母亲都是每个个体一生的财富。基本可以断定，每位诗人都写过关于母亲的诗，但读诗多年，印象中此类诗却常常佳作难觅。

我的母亲从不知道拥抱为何物

她没有教过我

和最亲的人张开双臂，说柔软的话

她只告诉我

要抬头，在人前，在人世……

她说，难过的时候，就望望天空

天空里什么都有——

到了晚年，我的母亲开始学习拥抱疾病，孤单，和老去的时光

开始

拥抱她的小孙子——

有一次我回去，看见她戴上老花镜

低头翻找她的药片——

那时，天边两朵云，一朵和另一朵

一朵将另一朵

拥入怀中

仿佛这么多年，我和母亲

相互欠下的拥抱。

——《拥抱》

灯灯这首诗可以说是万绿丛中一点红。我说"一只杯子的价值，往往取决于水的质地和纯度。"在众诗人都拥有了诗歌这只杯子（诗歌写作的基本条件）后，拼到最后就是拼水的质地（水源以及流淌的过程——经验）和纯度（语言、思想）。灯灯这首诗在取材不够新颖的背后，她就更加注重了诗性的纯粹理念。一个人与母亲的情感是随着岁月的流逝逐步加深的，这一过程无可替代，没有捷径。从"一朵和另一朵"到"一朵将另一朵"的转换中，虽一字之别，诗意却更加入木三分。70年代出生的灯灯，和丈夫和孩子的拥抱自然是较多的，而"这么多年"和母亲的拥抱的"稀缺"在她的内心则成了一种情感的"欠缺"，她的这一经验是符合国情的，因此才能在读者中引起内心的共鸣。

所有的羊都在吃草。所有的青草

都在等待被啃食。

牧羊人在远处，手中没有鞭子

风中，所有的风都经过风

所有的风吹过，都是抚慰

青草只管绿，羊群只顾吃草

牧羊人只等
羊群肥美

我在意那些
从不可能改变命运的事物，在意
从不曾
将我在意的事物：
单独的
另一只羊

——我们因为彼此看见，而深深的原谅。

——《另一只羊》

　　这首诗沿用了灯灯诗歌谋篇布局中常用的句式——"结尾处一行或两行的瞬间杀伤力和一招制敌之功"。没有意犹未尽的味道，却给人留下了反复回味的空间。"我在意那些／从不可能改变命运的事物，在意／从不曾／将我在意的事物"。人有浮尘之心，才具海天之才。"单独的／另一只羊"虽不曾在意"我"，"我"却没有因它对我的无视而无视它，相逢即是缘，诗人站在羊的弱态一面道出了自我的心声。

　　灯灯诗歌的语言质地在当下诗坛是一道可口的菜肴。若说"灯体诗"自成一家或许有点夸大其词，但她自我坚定不移的诗学追求却是难以掩饰的。她众多诗歌结尾处的闪光之笔并不是刻意而为，也并不是固守城关，而是诗意的自然流淌，水到渠成。"把我变成他的妻子、母亲、女儿"（《我的男人》），"他看着我们／想起什么，就冒一冒清烟"（《春天里》），"——溪流不死，小鱼在昏厥中／又长了一寸。"（《小鱼》），"黄昏寂静……命运落下灯盏。"（《黄昏》），一位成熟的诗人写万物可以信手拈来，对于诗歌节奏的把握也就游刃有余。作为印象式的述评，本应对她那首流传最广的诗歌《我的男人》重点剖析，但因众评家对于那首诗评点太多，此文我选择避其锋芒绕道而行，以求更加全面细致地对灯灯的诗歌进行解读，以便为更多彻骨爱诗之人形成一份有效的参考报告。

　　灯灯的诗某种程度而言，可以治疗当下诗人自恋爆棚的怪病，更可以为一些初学诗者指引迷途。在汉语诗歌的超市货架上，众多形色各异的诗歌杯摆在一起，她的诗歌不一定粗壮，却一定圆润；不一定鲜艳，

诗探索16　理论卷　2019年　第4辑

却一定闪光。白天令人刺眼，夜晚则可以替代星月行"灯光"之事，像一只只漫天飞舞的萤火虫，给人以生活的希望和力量。以此般质地的容器为底色，再加上灯灯诗歌语言之水的清澈灵透，无疑她未来的诗歌之路是值得人们热切期待的。任何一位诗人都是以自身的生活经验来炖诗的，那些试图画饼充饥的诗人只会留下诗歌的笑话。蝴蝶飞翔的翅膀之下必有沉重的肉身。依我个人的诗歌审美而言，灯灯若能在生命苦痛方面提取出一些诗果，对于她写作的覆盖面定会有所裨益。但我深知对于此，绝不能强求，更不能虚伪而行，没有刻骨铭心的痛写痛便是作茧自缚，便是自寻伤痛。这一点我想灯灯是清楚的，更是会以对文字和诗的敬畏之情去潜心自然而为的。

[作者单位：陕西省宝鸡市渭滨区石鼓镇范家庄小学]

诗意的观察者

——灯灯诗歌中的窗子意象

宋云静

阅读灯灯的诗歌，会发现在她的诗歌文本中出现了很多窗子意象，透过窗子意象，诗人在观察着世界，思考着人生。在诗作《离开了那一天》《在路上》《桃花》《窗口》等中都出现了窗子意象，这一意象以"窗帘""车窗""窗口""窗前""百叶窗"等具体的形态出现。正是因为窗子意象的大量存在，才扩大了灯灯诗歌的表现空间，使诗歌容量变得丰富。灯灯诗歌中的窗子的意象不是固定不变的，它们以多样化的形态存在，或者提供了一个观察角度，或者作为一个意象陪衬。透过窗子意象，我们能够感受到诗人灯灯对于生活的观察、思考与体悟，她于平凡的生活中诗意地栖息着。

一、透过窗子，诗人在观察着生活

灯灯诗作中的窗子意象提供了一个观察生活的视角，诗人是一个诗意的观察者，正是因为窗子意象的存在，诗人才能透过窗子，观察窗外的世界。窗子具有透明性，这一特征使得诗人能从窗外的世界抽离，以一个旁观者或者局外人的身份存在，保持距离地对窗外的世界进行观察。而这种保持距离的观察，只有借助窗子才能实现。在诗歌《桃花》中，诗人以一个认真的观察者形象存在着：

河对岸，有几株桃树
开花了
粉粉的
静静的
一直站在窗口

诗探索16　理论卷　2019年　第4辑

的视线里

我已经很久没有一个人

长时间远望一种树木

饱含热泪

我总是低着头在屋里

想着屋子里发生的事

而现在

微风轻拂过

水面

我竟有些担心

我担心我会忍不住

露出锁骨

　　"我"站在窗口，观察着窗外的世界，河的对岸，桃树正开着粉嫩的花朵。在春天里，看到这么美的景色，"我"的眼眶里蘸满了泪水，因为"我"已经许久不曾观察过窗外的景象，许久没有亲近过自然。诗人从自己在窗口的观察写起，窗口提供了一个观察的视角，正是透过，诗人才能观察到窗外的景色，也才会情绪涌动，触景生情。一直以来注意力被屋内之事吸引，忽略了窗外的风景。此刻远望着微风吹拂的水面，思绪也暂时从屋内世界脱离，可以短暂地欣赏窗外的景致。于是内心里起了一种和窗外世界比美的心思，忍不住想"露出锁骨"。借助窗子意象，诗人方能从屋内的生活跳脱出来，欣赏到窗外的景致，短暂地逃离生活的琐屑与庸碌。同时这也在提醒我们，为生活忙碌的同时，不要忽视了窗外的美丽风景。灯灯的诗歌语言十分克制，哀而不伤，上一秒还饱含热泪，下一刻又能生出和自然比美的心，真实而又自然，她的诗作有一种特殊的美感。

　　透过窗子观察窗外的世界，在诗歌《怀念》中也能够看出来。原诗如下：

梅花开在很远。旧屋檐。旧天气。

旧的一张笑脸。

她有宽大的院子，和一群不会说话的植物

院子里满是星辰，这时候猫睡了，狗也睡了

她薄薄地站在窗前

·灯灯诗歌创作研讨会论文选辑·

没有风，门环碰落寂静。

　　虽然同是日常生活的记事，但是和诗歌《桃花》不同，《怀念》带着时间的久远以及记忆的悠久。无论是充满怀旧气息的院落，还是旧时的天气，都使得整首诗寂静而又满是怀念，带着淡淡的古典气息。诗歌从"她"站在窗前的观察写起，梅花在远处静静绽放，现实中的梅花和记忆中的梅花不断重叠，思绪也跟着往记忆深处漫溯。由眼前之景想到了记忆中的景象，旧时的屋檐和旧时的天气，还有照亮记忆的明晃晃的笑脸。窗子仿佛是一个时光隧道，穿越其中，不仅看到了窗外的梅花，还将眼前之景与记忆之景进行了串联。此时，窗外有宽敞的院落，有安静生长的植物，猫狗已经入眠，抬头看天，星辰正闪烁。"她"站在窗前，细致而又安静地观察着，从白天延续到黑夜，在这寂静与闲适的观察中，孤独与落寞也生长出来。不过这孤独也即将停止，不起风的时候，门环的轻响传来，打破了这寂静，或许"思念"的人刚好来了。动与静的结合，回忆与现实的交织，变与不变的混融，都借助"窗"的意象得以联结与伸展。

　　在一些诗作中，诗人将窗内世界和窗外世界同时纳入一首诗中，窗里和窗外的世界形成了鲜明的对比，或者二者之间互相观照，构成了一种既相互区别又互相联系的二元诗歌世界。在这种互相对照中，诗歌的表现空间被扩大了一倍，透过诗歌可以看到窗内与窗外两个不同的世界。以诗歌《恍惚》为例：

　　　　拉上窗帘
　　　　我们就拥有黑暗
　　　　是我喜欢的
　　　　那种恍惚的黑暗
　　　　我熟悉你身上
　　　　蔓延的
　　　　青草的气息
　　　　我们不断地温习昨天
　　　　还有前天
　　　　有人在窗外拉着木锯
　　　　你抱着我
　　　　天黑得很快

在这首诗中，诗人将窗外的世界和窗内的世界联系到一起，同时纳入到这首诗中，形成了窗外世界和窗内世界的对照。诗歌一开始就将窗内世界和窗外世界隔离开来，"拉上窗帘"，窗子以内就和外界隔离了，在窗帘后熟悉的黑暗里，"我们"相拥而眠，幸福地拥有此刻，同时也回忆着美好的过去。诗人没有局限于窗内的世界，她再次将窗外世界引入，"窗外"拉木锯的声音传来。在这和谐静谧的氛围中，拉木锯的声音十分清晰，我们幸福地生活于窗内，窗外的劳动者也在辛勤地劳作着。于短小的诗句中，淡淡的幸福感四散着，灯灯写出了小女人的幸福与知足。时光的脚步在不知不觉中加快，温馨的氛围也在蔓延。窗外世界的引入诗歌中隐藏的男性形象变得立体，光是熟悉的青草味还不能建构起一个丰富的男性形象。窗外拉木锯的声音和"你"身上的青草气息互相映衬，顿时这隐藏的男性形象变得形象而又生动，他是勤劳的，是充满力量的。窗子意象的使用，使得诗歌的表现维度被扩大了很多，在窗内与窗外的对照中，诗歌中的主人公形象也变得鲜活。诗歌调动视觉、嗅觉与听觉等多种感官，向我们传达了闲适而又幸福的情感。灯灯总是能从平淡的生活中发现诗意，于清新平淡的诗歌语言中，我们能够看到灯灯对于生活真诚而又恭敬的态度，透过她的诗笔总能读出淡淡的幸福感。

在另一首诗歌《一封信》中，诗人也进行了窗内世界与窗外世界的二元呼应：

在打开的书页间，又被我重新折叠，安放
小盒子在更大的盒子里
这个清晨
除了窗口露出一片草
雪后的新绿
我几乎嗅见了，那落在冬日河面上
甜甜的晨雨

诗人由对一封信的安放写起，"我"将原来放置在打开的书页间的信重新折叠，先放在小盒子里，再将小盒子放在大盒子里，从这细微的动作中可以看出"我"对这封信的珍视。在一连串动作之后，"我"将对信的关注发生了转移，注意力由窗内转移到了窗外。透过窗，"我"看到了早晨的窗外世界，雪后的小草露出嫩芽，呈现出一抹新绿，冬日的河面上下着晨雨，一幅冬末春初的景象跃然纸上。看到这样美丽的景色，多种感官都变得活跃了，不仅视觉，嗅觉也被带动起来，"我"好像闻到了晨雨的甜味。甜味怎么能闻到，雨水又怎么可能是甜的，真正散发甜味的是"我"此刻的内心。通感手法的使用，使得读诗的时候对诗歌意境的感受变得更加深刻。"我"在窗内世界整理着信件，窗外的世界是一片清新而又充满希望的冬末春初的景象，这预示着春天的到来。在窗内与窗外的互相对照中，"我"此刻甜蜜、幸福的心境是不言而喻的。

二、诗意的点缀——窗子意象

窗子也作为一个个具体的意象，出现在灯灯的诗歌世界里，并起到一种诗意的点缀作用。正是因为窗子意象的存在，才使得诗人情感的传达更真实、更生动。以诗歌《离开了那一天》为例：

那一天就不属于你，也不属于我
无形的海在夜晚露出滩涂
在它上面，你看不见棕榈树亲密的身影
但我仍然被那一天的波浪引领，在欢乐的一侧
痛苦的一侧
众多风声叫我的名字，皮肤上，血液里
我在波浪之上，在波浪之下
在短暂的相爱里：窗帘虚动，花香遇果盘更冷。

短暂的爱情结束之后，曾经相爱的人最终走向别离，夜深人静，"我"一个人来到海滩，看滩涂在海水的拍打中消涨，独自畅饮一个人的孤独。海滩上看不见棕榈树的"亲密的身影"，"我"看景时的心情发生了很大的改变。心绪像海上的波浪翻涌，在半是欢乐半是痛苦中煎熬，爱与痛交织中"我"仿佛得了癔症。四面八方的风声仿佛都在叫"我"的名字，这声音穿过皮肤与血液，直接抵达我的心上。叫"我"的不是风声，而是想象中的爱人，一切都是虚幻的。"我"是一个爱情病者，在爱情之浪中起伏，不得平静。诗歌最后，诗人从情绪中跳脱出来，冷眼旁观这短暂的爱情，窗帘意象的使用使得这种孤独感变得更加深刻。窗帘动处没有家的温馨，花香和果盘本是温馨而舒适的环境，营造出来的却是"冷"，看到这里身心仿佛置身于严冬。正是在窗帘意象的衬托下，才

诗探索16　理论卷　2019年　第4辑

显示出这段感情的冷寂，以及"我"在这段情感中的孤独、被动与寂寞。"窗帘"虚动处，"我"由混乱的情绪回到现实，曾经炽烈的情感还是得回归一室冷寂。

窗子作为一种意象的点缀，也出现在诗歌《冬天赋》中：

我肯定也染上了某种寒意。十一月，北风向南吹
关闭了长江两岸
沿途敞开的窗户，树木落光近一年的叶子
政府忙碌，在突来的金融危机中长话
遍遍。亲人们更少了，母亲更老了，发誓要用余生
远离股市，远离疾病
我在大风之中，我在马路中间，我肯定也染上了某种寒意
我偶尔也会像你们一样，在微笑中露出冰凌。

冬天到来，北风开始呼啸，季节变换，位于我国南方地区的长江沿岸，树木也在不知不觉间落下了叶子，这是冬天到来常见的景象。诗人在表现季节转换的时候使用了"窗户"意象，这一意象的使用新颖而又别致。关窗是一种和人们生活紧密联系的行为，是出现于日常生活中而又去诗意化的行为。人们一般都会通过自然界的物候变化来表现季节的推移，无边落木萧萧下，树木落光了叶子，季节随着时序交替。在这里诗人将"窗户"的意象引入进来，长江两岸窗户都纷纷关闭，这使得季节的变化由自然更迭变得和人们的生活紧密联系起来，使季节变化的自然属性降低，生活气息更浓。由自然回到生活，于是也就有了诗歌后面对于社会的议论，以及"我"此刻心境的展现。

三、房间外的窗子——行走的思想者

在灯灯的诗歌中，窗子意象又不仅仅局限于房间里的窗子，像车上的车窗等也是其诗歌中窗子意象的重要组成部分。无论是驻足还是旅行，灯灯一直在观察着生活，她的观察摆脱了日常生活的庸碌与匆忙，是真正在生活的某一个时刻对生活以及生命进行凝视。在她认真的凝视与观察下，我们能透过纷繁与杂乱，直接看到诗人关注的对象或者场景，看到生活中的细节，并进行相应的思考。灯灯一直在用她的诗笔，引导我

们去观察与思考，去认真而又虔诚地对待生活与生命，不断发现生活中美的一面。通过其精心构建的诗歌之"窗"，能够荡除心头的尘埃，直视生活与生命，思考生活与生命。以《在路上》为例：

> 被风带走叶子的树上
> 结着桃花。这最后的预言。此时若有蝴蝶
> 贴着车窗飞
> 我的眼中有泪，温暖而潮湿
> 或者。我们还能停下来。在花粉包裹的空气里
> 轻轻转身。
> 想想花，想想比花
> 更美的草原。流云覆盖去年。你只身
> 去过很多地方
> 那时我抬起头，以为天很蓝

诗歌《在路上》刻画了诗人在旅途中的心境，孤独与寂寞将诗人笼罩，"蝴蝶"意象成了牵引思绪与回忆的媒介，而"车窗"意象一方面作为"蝴蝶"意象存在的条件，另一方面也构成了一种镜像。这种镜像具有伸缩性与延展性，在玻璃的反射中一个是"我"此刻的状态，另一个则是美好的回忆，车窗将现在与过去隔离，同时也将现在与过去连接。诗歌不仅仅局限于"我"和车窗以及此刻窗外的事物，在时间的连接与空间的延展中，美丽的草原、蓝蓝的天空等都被纳入进来，还有去年"我"愉快的心情。去年的心情和此刻的心情是截然不同的，借助窗子这一媒介，刚好对心情的变化进行了比较。此外，"车窗"作为一个意象，也渲染了"我"的孤独，一人临窗看风景，然而又无心欣赏景色，任眼泪流下，沉入回忆中，"我"和"车窗"一起构成了一幅充满悲伤的画面。

灯灯诗歌中的窗子意象不完全是现实中的窗子，有些窗子更是诗人的想象之窗，是虚拟的窗子。正是这些虚拟的窗子的存在，诗歌才变得立体而又具有多维性，如同具有不同侧面的多棱镜。如诗歌《如果没有你》：

> 这世界是暗淡的，黯淡的世界
> 所有的哭泣仍存在修辞学中
> 我要为冬天保留一个月亮

为月亮保留那些星星，为星星保留那些梦

我在梦里，也在梦外

我相信你就在月亮之中，不是水中的月亮

不是纸上的月亮

我相信你为春天准备了窗口，如同窗口

为我准备远方

你始终都在，在我的相信里，你又让怀疑减少几分

　　诗歌一开始呈现了一个"黯淡"的世界，因为没有"你"的存在，孤独感也油然而生。对于"我"来说你是如星星、月亮般的存在，可以照亮"冬天"，照亮"我"的梦。然而对于这段感情"我"却始终带着怀疑与不确定，缺乏安全感，不知道"你"是否一直都在。诗句反复强调"你"是真实的存在，这样的强调反而令人生疑，像是一种自我安慰。在"我相信你为春天准备了窗口，如同窗口为我准备远方"中，诗人将虚拟的"窗口"意象引入，这虚拟之窗的出现，反衬了"我"爱的卑微与不安。在"我"的认知里，你是如神明一般的存在，可以带来春天。借助"你"准备的"窗口"，"我"就找到了远方，也就有了方向。虚拟之窗将"你"拔高与神圣化，实际上"你"也只是一个普通人。正是在想象与现实的对照中，才使"我"的不安加剧，同时也将"我"慢慢拉回现实。诗歌最后，"你始终都在，在我的相信里，你又让怀疑减少几分"，连"我"都怀疑"你"是否真的存在，"我"一直在进行不断的自我安慰，排解内心的不安与焦躁。此外，这首诗还带有一种童话色彩和孩童的天真，读来清新而又带着一点朦胧。

　　虽然灯灯诗歌中有大量的窗子诗歌意象，但是诗人灯灯却没有被诗歌之窗以及现实之窗局限。她既能站在窗子以内看世界，又能跳出窗子，走向更广阔的生活。读她的诗作，我们能够感受到诗人诗歌世界的丰富性。同时灯灯对于自然、对于生活有着敏锐的感悟力，她能于平淡生活中产生犀利的洞见，通过一个个诗行，我们总能寻觅到不一样的诗意。

［作者单位：首都师范大学中国诗歌研究中心］

诗来自于"一个普通的早晨"

——关于林东林的诗

霍俊明

诗歌不是文化，不是常识，不是知识，不是"隐喻"也不是"口语"，更不是一些早已死掉的"词"的无意义重复，而是在重新的动能中使词语和事物以及自我在命名中复活过来。在这个意义上，诗歌是"动词"化的动态过程。关于诗的题材和"诗意""诗性"，林东林曾说过这样一段话："没有什么是不能入诗的，跟其他文体一样，诗歌并不需要特别的题材和内容。如果愿意，我完全可以写一个沐浴中的女人、你家的狗死了、我父亲二十二岁时的照片、在克拉马斯河附近或者铁匠铺和长柄大镰刀——就像卡佛那样，也可以写酩酊大醉的酒鬼生活、应召而来的摩登女郎、一辆红色保时捷、在窗外读圣经的超短裙少女——就像布考斯基那样。然而问题在于，我既不是卡佛，也不是布考斯基，同时也不是我不能成为的任何一位诗人。换句话说，我只能成为我自己这样的诗人，而你也一样。"①

诗人的这段自陈回复到了个体写作的起点，与个体的感触和生存最大化的边界或极限相应的才是诗。这让我想到了一句话——你生活的边界也可能正是语言的边界。正如林东林的一首诗题为《一个普通的早晨》（林东林本来想将这首诗作为最新诗集的名字）："吃了没？吃了／去买菜啊？去买菜／一个问，另一个答／热切，庸常，毫无意义／但是被你听到并记住了／接着他们就消失在相反的方向／／空空荡荡的街角／你停留在原地／看着墙边上的一只猫／从楼房的阴影部分走进了阳光／并伸了一个懒腰就像她／就像她以前那样／／你停留在原地／站立着不动，就那样站立着／想着以前／这是一个普通的早晨／你拥有一个普通的早晨／但你想着另外一个普通的早餐"。诗歌真实不虚地是从日常情境和自我感受生发出来的——当然诗歌的发生机制是多样化的，它们关乎一

---

① 参见林东林诗集《三餐四季》的封底，文化艺术出版社2019年版。

诗探索16 理论卷 2019年 第4辑

个人的感受方式以及语言边界，二者在优秀的诗人那里恰恰是相互打开甚至彼此校正的。当这种"日常"的细节化与精神性、象征性和修辞化融合在一起的时候，我们就会发现这种更为接人气、地气的"内在的及物性"话语方式的重要性。这就是在"已知"中寻找"未知"，这是在"惯性"中寻求"挑动"，如果这些诗作涉及日常生活以及公共空间的话就是"日常的语言文化再生产"。这最终形成的是诗歌"风箱"内部的黑暗与精神天空的闪电所达成的互补性空间。

尽管在严苛意义上林东林从2014年才开始诗歌写作——此前的十几年林东林写下了数量可观的随笔体文字，但是他对诗人身份以及诗歌本体的自觉认知显然已经非常成熟，林东林并不是一个具备"大师""大诗"写作野心的人。在他这里，我没有看到这个时代诗人们的通病——大词癖和小词癖，没有"技术派""修辞狂""大师狂想症"的症候，而是实实在在地建立于个体主体性基础之上的"个人之诗""身体之诗"和"日常之诗""此刻之诗"。时至今日，很多阅读者们并没有意识到"身体"与诗歌的真正关系，至于"身体"的精敏度、感受力对写作的重要性就更无从谈起，"我们置身的水域不同／却拥有着同一种被环绕的感觉／水面之下那纯洁的羞耻感／应该也是一样的／游累了就出来，就上岸／就在夜色中窸窸窣窣地穿上衣服／就告别了我们短暂拥有的动物之身"（《裸泳》）。感同身受、由此及彼、道同肉身，正是诗歌的必经之路。无论诗人是天才还是朴拙的普通人，都必须说"人话"——日常精神。值得注意的是林东林并不是一位观念写作者和刻意的风格制造者。质言之，在林东林这里，"诗人""诗歌"乃至"诗性"并不是外挂式的附着物，而是从内心、血液、发肤和骨头缝里一次次压榨和冲涌出来的，来自于真实不虚的存在境遇和同样不可或缺的精神视界。确实，林东林诗歌中的"诗性"或"反诗性"的完成都是来自于可靠的个人感受和日常的现实体验，来自于一个人的个人化的日常想象力和修辞能力。这两个方面缺一不可、相互倚赖，而任何执于一端的写作都会导致偏狭或道德化的可能并沾染上雅罗米尔式的精神疾病的气息。正如当年奥登所说的："诗歌不是魔幻，如果说诗歌，或其他的艺术，被人们认为有秘而不宣的动机，那就是通过讲出真实，使人不再迷惑和陶醉。"

通过诗集《三餐四季》的四个部分——"静物""叙述与抒情""旁观者""三餐四季"，我们能够目睹一个人的生活边界以及语言边界。显然，在林东林这里，与诗歌直接贯通的不是别的，正是"我"和"日常"。

当年庄子的"道在屎溺"实则印证了无所不在的"道"与日常生活

的本质关联，而就诗歌而言"诗性""诗意"甚至现在已大抵流行的"非诗性""非诗意""反诗性""反诗意"的发生也大抵与此相同，差别只是在于诗人不同的诗歌观念、写作态度和语言差异。但是，这并不意味着"日常""及时感受""真实感受""此刻经验"就天然具有了一种写作上的道德优势和诗人发言的优先权，关键还是在于诗人处理"日常"的眼界、方法和精神态度，以及"词与物"的内在共振与彼此发现。实际上，我更愿意听到诗人对写作和生活之密切关系的理解，"事实上，无论你所拥有的是哪一种生活，这种生活在真正的诗人那儿也都能一一对应到——总有真正的诗人会拥有，我的意思也就是说，真正的诗人就在你们之间——他们并不在你想象的那种地方过着一种和你完全不同的生活。"（林东林《诗言我》）

这些诗既是林东林的个人之物，同时又具备了传递给每个普通命运体的精神势能，我们在他的文本中也同时目睹了这个时代的普适性的命题和不容回避的整体情势，在此语境下所产生的"我"就同时具备了肉身感和寓言体的双重质素。

由第一辑的"静物"——很大程度上是为了便利地与第三辑"旁观者"对应——我想到当年闻一多的一句话"忽然一切的静物都讲话了"。静物处于一个位置上，需要一个空间和一个时间背景（比如午后、傍晚、夜晚），更多的是长时间的搁置，这需要写作者在方位感中提供凝视的状态。值得提及的是林东林的这些"静物诗"呈现了比较突出的描摹（描述）和呈现的赋形能力，这既是物理的本来面目的揭示同时又是精神的现象学还原。这是自然性（物性）和心性的彼此对应和校正的过程。其中林东林的个别诗——比如《一只杯子》《咖啡馆里的一盏灯》《秩序》——总是让我想到当年的韩东和杨黎，以及更早年间的新小说派的阿兰·罗布－格里耶。

无论是对细节的关注，还是对整体氛围的感受，这都需要诗人具备一定的修辞学和认知层面的格物致知的能力，当然这更多是来自于心理真实和观察角度以及心态、心境的特殊性——"内心深处的某种秩序"，"一些枯干的桉树／一些被砍掉树冠的桉树／一些幼小的桉树／以及一些枝叶茂盛的桉树／出现在一条笔直的乡村公路左侧／／那时候我们骑着摩托车／正穿过那条公路／和那些桉树，那些桉树／静静地立在微风中／完全不像它们在诗歌中那样／散发出桉树的气息／／也许我们还年轻／它们散发出的桉树的气息／要等到很多年之后／才能抵达我们"（《桉树的气息》）。

有时候诗人处在日常现场（比如卧室、窗口），有时又对"日常"有适度的距离——比如天空、海边、山谷、咖啡馆、列车，这样得以进一步地辨认、审视、返观甚至诘问，甚至有时候林东林在诗歌中会故意设置猜谜式的模棱两可的情形或似是而非的情绪。这不是完全的否定也不是完全的肯定，既是对已然消失的部分的重现又是对当下生活秩序的内在不满，而最终也必然落实到"把我还给我"。诗人面对这些"静物"时不是摄像机和镜像式的直射而是带有折光和滤镜的效果。值得注意的是诗人在此过程中发挥了突出的眼力和耳力，那些被日常惯性遮盖的褶皱被重新打开来，那些幽微不察的细节在语言的擦拭中闪烁出微光，而那些外界的自然声响——包括噪音、内心的潮汐之声以及想象性的声音都得以辨析。这本质上回复到了"词与物"的有效关系以及各自应有的活性状态——"书写不再是世界的散文；相似性与符号解除了它们古老的协定；相似性已让人失望，变成了幻想或妄想；物仍然顽固地处于其令人啼笑皆非的同一性之中：物除了成为自己所是的一切以外，不再成为其他任何东西；词漫无目的地漫游，却没有内容，没有相似性可以填满它们的空白；词不再标记物；而是沉睡在布满灰尘的书本页码中间"（米歇尔·福柯：《词与物：人文科学的考古学》，莫伟民译）。

　　这在一定程度上汇聚成了日常的寓言或戏剧化的结构——比如《把一只苹果藏在衣柜里》，一切都是日常化的，但是一切又都是心象的对应和对位的过程，日常的时间、秩序和结构得以重组，日常的和反日常的部分就同时以亮光和阴影的方式交织、驳杂在一起。实际上这最终构成了日常化的寓言化的叙述方式，或者更确切地说是"日常化的抒情方式"。

　　在"叙述与抒情"这部分诗中，诗人非常明确地设置了一个与主体进行对话的场景和事物，在这一部分文本中诗人参与的程度比"静物"中的那些诗更高，诗人的判断、表态和发声也更为明显。这些诗歌同样印证了"身外无物""心外无物"的道理，尤其是那些偶然到来甚至猝然降临的事物（比如小狗、气球、女孩、女人、冰块儿、折下来的栀子花、瓦松）在某一刻改变了日常的惯性结构和秩序——《四方形的》，诗人的神经也得以被一次次地挑动，得以对自我、时间（此刻与过去、未来）以及这个世界（对面、上游、此岸、彼岸）投入关切的目光。诗人的目光必然会经由自我和切近之物来关注那些遥远的、隐匿的、旁人的事物，由此诗歌的共振点会越来越多，热气腾腾的"现场之诗"经过冷凝化的处理以微寒的水珠的方式完成提醒和刺激的功能。

诗歌是验证人心渊薮以及晦暝世事的最有效的手段，观物正心而直抵要义，"他的老婆在摇蜜桶 / 他的一儿一女，在搭积木 / 他在外间捋起裤管 // 他把抓来的几只蜜蜂 / 放在膝盖上，让它们蛰 / 他曾经抓过几千只蜜蜂 / 放在膝盖上，让它们蛰 // 他说，他的骨折 / 就是被这样蛰好的 / 那时候，他在呼伦贝尔 / 现在，在红水河边 / 他准备采用同样的方式 / 来治疗一下前列腺 // 他是如此贫穷，多病 / 乃至于浑身充满甜蜜"（《养蜂人》）。这样的话语类型和精神取向的诗实际上同时抵达了"诗性正义"和"诗人正义"，是语言良知和社会道义感的混合交响。值得强调的是这些具备"痛感"的诗作与流行的底层写作、打工写作的伦理趣味并不相同，它们也正是诗人在游走或静观过程中看待这个世界的时候必备的那一部分——客观对应物或精神象征物，而不是着意被放大的暗影或亮光，"所以，我不愿意去多写疼痛、底层和悲悯，因为我没有沉重、陡峭和苦难的生活经验，也不愿为了要写而去接触它们，轻逸、平坦、幸福的生活尚且不值得炫耀，何况其反面？"（林东林《诗言我》）

对此，我深表认可。

是的，诗歌往往来自于一个个普通的早晨，诗人都是普通人。

这个，我信。

[作者单位：中国作家协会诗刊社]

局外人，或声音谱系的创制者

——读林东林的几首诗

杨庆祥

我曾经读过一首林东林的《养蜂人》，当时印象深刻。全诗短短十五行，起笔即三个动作：摇蜜桶、搭积木、捋裤管。然后聚焦在最后一个动作的施动者身上——无名无姓的养蜂人。接下来镜头继续缩小，动作继续："他把抓来的几只蜜蜂，放在膝盖上，让它们蜇"……此时荡开一笔，原来这不是一次性的行为，而是具有重复性的持续性行为——"他曾经抓过几千只蜜蜂，放在膝盖上，让他们蜇"——从这一句开始，行为变成了诗歌，因为诗歌正是要在"即时"中寻找某种"恒定"之物。在养蜂人这里，"恒定性"是他从呼伦贝尔到红水河，他都要通过他的养殖之物为自己疗伤。主客体在这里有了一种戏谑式的互置，"养蜂人"和"蜂"，谁是主我？谁又是他我？这看起来不说话的蜜蜂，似乎又有无穷的话可以说——但是坚决不说，让事物按照它自己的逻辑去完成，于是，不仅仅是诗歌，是更好的一首诗歌出现了：在简洁的篇幅中，语言通过其"能说"和"不能说"，将人物、动作、身份、社会关系和意识形态的内容呈现为一幅版画式的风景。

这首诗几乎是静默的，容易让人想到韩国导演金基德的一些电影，静默是一种巨大的内部的声音力量——于无声处听惊雷——几乎可以毁灭我们。与此相反，在林东林的另外一些诗歌里，他直接处理巨大的声响：《噪音聆听者》《局外人》和《巨响》。这三首诗的排列很有趣，第一首写的是工地上的噪音，是可以用分贝衡量，几乎每天发生在我们身边的具体的声响；第二首则写午睡时候听到的拨浪鼓的声音，隐隐约约，想要捕捉然后很快就消失了；第三首最为奇怪，以"巨响"命名，但实际上只是一堆书的蓄意倒塌，是完全被诗人想象和构建出来的一种声音。从可听可见的声音到隐隐约约的声音痕迹到完全是"空无"的声音，这三首诗形成了一个独特的"声音谱系"，而这一"谱系"的创制者，正是那个自觉为"局外人"的诗人个我。林东林以这种方式试图重新在他的诗歌里面建构起来一个"专属"的现世生活，这一生活世界和"现存的生活世界"并不完全隔绝——那是浪漫主义者的诗歌——而是和"现存的生活世界"千丝万缕相连，但是在最内在的质地上，却因为某一种视觉和听觉而有了本质化的区别，既在世界之中，又在世界之外。这好像只有诗歌能够做到这一点——当然，又只能是好的诗歌才能做到。

上述几首的分析不过是管中窥豹，读者如果对林东林的诗歌感兴趣，自可以去读他即将出版的诗集《三餐四季》。这本诗集里面有一首短诗《坐在橘子树下吃橘子》，在滚落的满地橘子和带有一点强迫症似的不停地"吃"之间：

突然为一树的橘子
只有我一个人吃感到难过

这仅有的"一个人"，就是好诗歌的发生学。

［作者单位：中国人民大学文学院］

［附］：

养蜂人

林东林

他的老婆在摇蜜桶
他的一儿一女，在搭积木
他在外间捋起裤管

他把抓来的几只蜜蜂
放在膝盖上，让它们蛰
他曾经抓过几千只蜜蜂
放在膝盖上，让它们蛰

他说，他的骨折
就是被这样蛰好的
那时候，他在呼伦贝尔
现在，在红水河边
他准备采用同样的方式
来治疗一下前列腺

他是如此贫穷，多病
乃至于浑身充满甜蜜

并没有那阵风，那个手指

——读林东林的《巨响》

耿占春　　纳　兰

　　林东林的这首《巨响》，虽描述了日常生活中的一件小事，却能引领读者进入一种形而上的思考。他不是在做书本或知识的叠加，而是一种思想的叠加和力量的蓄积。这种"叠加"和"蓄积"既有着西西弗推着石头到山顶的"徒劳"，也隐含着一种聂鲁达所说的"黑色一击"的决绝和悲壮。

　　每一本书都是构成"通天塔"的一层阶梯，每一本书都是一个必须逃离的思想的舒适区，每一本书都是一个必须跨越的思想的雷区。从这角度而言，东林是在进行着一种对未知领域的探索，是从思想的写作转换到意义的写作，进行着一种从诗学的大地到哲学的天空的转换，一种合乎美学的思想的越界。换句话说，诗人的每一句诗都是一次思想的灌注，整首诗随着最后一行的写就，已经完成了灌注，一首诗变成了一个稳固的空间结构，它呼唤"无限多的少数者"用内心的风暴对抗诗中的风暴。

　　"七十六本书就那样摞在地板上"，七十六本书搭建的七十六层的梯子，把"我"从可见的现实世界抬升至不可见的精神世界。或许，往庸常里说，书的叠加只是无聊的游戏，这种行为本身没有意义。就像诗人写诗，要避免被贴上玩弄修辞和词语堆砌的标签，就要把词语和经验，词语和肉身联系起来。"这时候，一阵风吹过来 / 或者是用手指轻轻点一下 / 它就会轰然倒塌"，诗的第一小节，随着这几句诗的展开而变成了"有意味的形式"，一阵风，就是令幡动和心动的契机；手指，就是那根点石成金的手指。诗本身不是一个封闭的结构，而是一个开放的系统；诗本身是不确定性不稳定性的语义链，正如那堆不明所以轰然倒塌的书本。诗的能量结晶体渴望与外界进行一场"象征交换"。东林在诗的第一小节，无形中完成了一次搭建，即史蒂文斯在《论现代诗歌》中

诗探索16　理论卷　2019年　第4辑

所写的"它必须重新搭一个舞台……一群无形的观众,正在倾听这声音"。诗人自身既是舞台的搭建者,也是唯一的倾听者,他有足够的耐心为"一群无形的观众"制造那光辉的一瞬和雷霆万钧的"巨响"。一阵风和手指,就是释放束缚在安静中的巨响的"钥匙"。诗人斩钉截铁地说:"但是并没有那阵风,那个手指",所以"认出风暴而激动如大海"的场景也并没有出现。

　　"巨响一直隐藏在安静中",就像诗人的一颗火热跳动的心,隐藏在一首诗中。这句诗,就是这首诗的核心和诗眼。书的矗立和倒塌,倒塌之时可曾有人听见,这些已经不再重要。重要的是诗人已经靠着"想象"制造了巨响,也听到了巨响。我们可以感知东林凭借着想象力展现了一种积极自由的思想过程。整首诗,彰显了诗人一种在知识荒漠中寻找思想的绿洲和积极自救的行为,一种安隐的状态,一种敢于对荒诞、失序和无意义的现实发出狮子吼般的"巨响"的担当和勇气,哪怕这只是一种有意义的徒劳。

〔作者单位:耿占春,河南大学文学院;

纳兰,牡丹江师范学院文学院〕

〔附〕:

巨　响

林东林

把一本书放在地板上
把第二本书放在第一本书上
把第三本书又放在第二本书上
接着是第四本,第五本
直到第七十六本
七十六本书就那样摞在地板上

这时候,一阵风吹过来
或者是用手指轻轻点一下

· 133 ·

它就会轰然倒塌
但是并没有那阵风，那个手指
巨响一直隐藏在安静中
整整一个下午

晚饭之后我出了门
再回来时那摞书已经倒塌在地
那轰然的一声谁听到了？
可能有人听到了
也可能没有
此刻我坐着，想象着那一声巨响
在这个安静的冬天的夜晚

诗言我

林东林

一

具体哪一年我已经忘了，反正是十五六年前的一年。应该是秋天，选择这个季节对应着我们对当时举行的活动的某种认识，经过漫长的征稿、筛选和评比，一场诗会在我们那所大学的某间阶梯教室里进行，彩色气球环绕在黑板四周，黑板上书写着一行歪歪扭扭的粉笔字——"十大校园诗人"诗歌朗诵会和颁奖晚会，台下坐着的是和即将上台的那些所谓的诗人一样懵懵懂懂的青涩学生。接下来，我居然也人模狗样地登了台、朗了诵，忝列"十大"之间，接受了舞台灯光巡礼般的照耀和女生们声嘶力竭的呐喊。夸张一点儿，我或许还可以这么说，这让我收获了不少女生暗暗滋生的情愫。

需要指出，虽然被认定成了诗人——还是"十大"之一，但那时候我们对诗人的认识可能和台下的观众一样是错误的。更多情况下，我们会把留长头发、穿破洞牛仔裤的人当成诗人，会把穿着翻领毛衣、摆出一副忧郁表情的人当成诗人，会把发表了一些小豆腐块诗作的人当成诗人，甚至会把经常游走于一段废弃铁轨上的人当成诗人，却从来不会把人群中一个写得很好却完全不像"诗人"的人当成诗人。这是因为，那时候我们都还很年轻，还没有写出过一行真正的诗句，我们在伤春和悲秋之间踟蹰徘徊，对浪漫这种东西还死揪着不放，我们对诗人的理解并不比把肉欲等同于爱情更深刻。

很多年后，我们对诗人的认识已经有了很大改变，但不幸的是，就本质而言却依然没有多大改观。不是这样吗？看看铺天盖地崇尚的都是什么诗人？一个个农民诗人，一个个打工诗人，一个个矿工诗人，一个个残疾诗人，一个个底层诗人，一个个获奖无数的诗人，我们宁愿把他们当成诗人甚至好诗人（他们也未必不是，但这不是重点），却不愿把人群中一个写得很好却完全不像诗人的人当成诗人——更不会当成是一个好诗人，这说明我们聚光的小眼睛盯着的始终只是一些我们当年就看见过并在意过的东西——标签、猎奇、励志、流量和光环，却从来不会去关注诗人和诗歌本身。这是因为，在我们根深蒂固的观念中，压根儿就不存在真正的诗人和诗歌这种东西。

你拥有一份糊口的工作，你拥有一个任性的女儿，你拥有一双年迈而多病的父母，你经常在上司的白眼和下属的巴望之间无所适从，你需要周旋于一日三餐、人际应酬和还没来得及实现的抱负之间，你还拥有一个去乡下买地盖房子种田的梦想，或者反过来说，这些你都不拥有，你所拥有的是一种另外的生活。事实上，无论你所拥有的是哪一种生活，这种生活在真正的诗人那儿也都能一一对应到——总有真正的诗人会拥有，我的意思也就是说，真正的诗人就在你们之间——他们并不在你想象的那种地方过着一种和你完全不同的生活。更直接一点说吧，真正的诗人有可能就是你自己。

当然，你知道的，我并不是说随便写点儿分行文字你就能成为诗人。要成为一个诗人，一个真正的诗人，你还必须要有相应的训练、相应的观念和与之相应的独特感受。如果你只是人云亦云、陈词滥调地写些酸不拉唧的小诗，只是为了享受身为诗人一员的殊荣、享受发表和获奖时那种虚假的感动，那也不是不行，因为很多人和越来越多的人正在这么做，但我还是劝你趁早算了，那并不比结实有力的生活带给你的快乐更多。坦白说，如果你没有玩儿命写出点好东西的抱负和与之匹配的努力，诗歌是不会在黑暗中寻找到你这种拙劣骑手的。但是，如果你真这么干了，我想早晚有一天缪斯会在窗外看到你，她会破窗而入，降临在你的桌面上，到了那时候，你也不会再想着诗人不诗人的这点破事儿了，你唯一需要做的就是做一名她最忠实的记录员。

二

世界的甜不一定都是甘蔗的
那一折就断的甜
只适合在嘴里
舔了又舔
我所要的甜

诗探索16　理论卷　2019年　第4辑

也不是雪中送炭的那一种

一袋大米

一对红联

灯笼一挂

欢天喜地的

纸屑

有些甜

看似一张旧报纸满墙贴

其中，墙上的人

就算你打着灯笼

找个遍

不如睡个觉

在那里

见上一面

这首诗的名字叫——《世界的甜不一定都是甘蔗的》，作者是卢辉。我把它复制在这里，并不是为了证明它有多么好，而是想说明好诗的某些基本特征——读上一遍你就知道我所说的是什么了。时至今日，我已经忘记最初是在网上还是一本书中读到它的了，但可以肯定的是，这是为数很少的我第一次读到就喜欢，至今仍然喜欢，或许将来还会喜欢的诗之一。第二次读到它是在几年前的一个下午，在一列飞快移动的火车上，在污浊不堪的空气中，我默默念出声来，似乎有一根斑斓的绳子从那些句子中穿过，将它们按照某种秩序串在一起，在火车的晃动中，每个字都因此而叮当作响。

事实上，这样的诗并不多见，充斥在我们周围的是另外一种：它们频频出现在诗歌杂志的目录上、朋友圈制作精良的公号里、无数奖杯和获奖证书的作品栏，出现在它们的作者赠送给你又即将被你丢弃的诗集内页，出现在庄重之中又带点儿滑稽色彩的舞台上，出现在一个对诗歌的理解永远停留在门外汉程度的姑娘声情并茂的朗诵里——总有这样的诗歌，总有这样的姑娘，也总有这样的诗歌被这样的姑娘选择。一句话，它们是我在前文所说的那些对诗人抱有不切幻想的人成为蹩脚诗人之后写的诗。

我想我已经具备了这样一种能力，在距离它们三米开外的地方，我就能闻到这种需要捏着鼻子才能写完的诗，它们总是散发出一股在冰箱放了至少半月以上的食物的味道，换句话说，它们是坏透了的诗。不过，这些坏透了的诗给你带来的教益也并不比那些好诗更少，即使不更多，至少也绝不亚于后者。你无数次读到、听到这样的诗，而它们唯一同时也是最大的作用，就在于时刻警醒着你永远不要写得像它们一样坏。

位于坏诗以上和好诗以下的中间层的那些诗，就不用说了，虽然它们在诗歌金字塔中的占比并不小，但无论再怎么说，它们也只是用坏诗和好诗勾兑出来的那种东西。

来说说好诗，从金字塔的中间层往上走，走到塔尖儿上之后，你就能看到它们了。它们也是食物，但是是不能放到冰箱里的那些食物，或者说，它们是即使放在冰箱里也不会放坏的那些食物，无论放了多久，再拿出来时，它们依然都会保持着最初的样子，依然能散发出最初的味道。它们从泥土里发芽，被阳光扶助着生长，在雨水和季节的馈赠下收获，在一个阳光灿烂的早晨，它们成熟的表皮上挂着几滴晶莹剔透的露珠，一双巧手将它们摘了下来，递给你。于是你看见了并将会品尝到这样的食物，在它金黄色的表皮上，在它那些被微风轻轻吹动的绒毛之中，潜藏着整个世界的秘密。

不过，你并不是总能拥有与一首好诗相遇的机会。事实上，它们藏在暗处，藏在高处，藏在一切人迹罕至的地方，藏在一本真正的发行量不超过一千册的诗集之中。需要澄清的是，我绝不是在说此时此刻你手头上正在翻阅的就是这样一本诗集，而是我们要建立起对好诗的这种认识。朋友，只有具备了这样的认识，我们才能谈谈什么是诗什么又不是诗，什么是好诗什么又是坏诗，否则我们还谈论些什么呢？你的时间非常珍贵，而我的时间也不是大风刮来的，我们还不如去哪儿喝上一杯，聊点儿别的。

三

我真正开始写诗，是2014年从北京来到武汉之后。如果把"真正"这个词定义得严苛一些，那么这个时间点还应该往后再推迟两年。直接原因是受了一帮诗人朋友的影响，而深层原因则是我想从文化写作中逃离出来。此前我写了十几年随笔，这显示了浪漫、修辞、文化、知识等传统美学在我身上的劣根性。那种写作是无我的，也是无效的，而诗歌给了我一条有我之路，让我用简单的语言去发现、接近和抵达我的日常

诗探索16　理论卷　2019年　第4辑

以及日常的我。如果说我之前的写作用的是右手，那么我的诗歌写作用的则是左手，右手用习惯了就换左手试试。左手是陌生的、新鲜的、不听使唤的，但用多了你会发现，右手是大家的右手而不是你的，只有左手才是你的——而你原来竟然毫无发觉。

诗在日常，我在诗中所写的也无非是我的日常，这没有任何问题。事实上，也没有什么是不能入诗的，跟其他文体一样，诗歌并不需要特别的题材和内容。如果愿意的话，我完全可以写一个沐浴中的女人、你家的狗死了、我父亲二十二岁时的照片、在克拉马斯河附近或者铁匠铺和长柄大镰刀——就像卡佛那样，也可以写酩酊大醉的酒鬼生活、应召而来的摩登女郎、一辆红色保时捷、在窗外读圣经的超短裙少女——就像布考斯基那样。然而问题在于，我既不是卡佛，也不是布考斯基，同时也不是我不能成为的任何一位诗人。换句话说，我只能成为我自己这样的诗人，而你也一样。

所以，我不愿意去多写疼痛、底层和悲悯，因为我没有沉重、陡峭和苦难的生活经验，也不愿为了要写而去接触它们，轻逸、平坦、幸福的生活尚且不值得炫耀，何况其反面？我也不写那些充满抽象、思辨和知识性的玄而又玄的诗歌，知识分子式的写作我在懵懂无知的年纪曾经有所尝试，但我现在忌惮它的语言打滑——言不及义或因言害义。坦白说，我的生活简单、随性、重复，就像日子本身一样，我更愿意贴着这种生活去写——无论写诗还是其他，它们未必奇崛、深刻或者神圣，但一定是我个体的真实感受和即时感受，不拔高，不虚饰，我的每一句诗都不违背这种真实和即时。

现在，很多诗人都学会了这样一句话——写诗就是说人话。这说起来很简单，但是要做到这一点却并不容易。如果没有这样的训练，你也学着写下一堆分行的"人话"，当你再看第二眼时，我保证你会被它们弄得意兴阑珊：这也能叫诗吗？这也配叫诗吗？确实，你写下的并不是诗，仅仅是一堆狗屎。不过没关系，我也写过狗屎，事实上我也不能保证现在写出来的就不是狗屎。我要说的是，说人话仅仅是写诗的第一步，它并不能保证你写出来的就是诗，而要让"人话"成为诗，这个路途还相当遥远。

在一次访谈中，王单单说我的诗属于"有篇无句"，整体感很强，完成度也很高，但很少有名句，他问我是否为了维护整体感而刻意消解名句？他问到了问题的本质。老实说，我也想写过名句，也为写不出来焦虑过，但现在我避免写出名句。写名句，其实还是传统美学的那点儿东西在作祟，那是一种古典做派，而非新诗应有之举。相比之下，我更倾向从整体上去观照一首诗，让它呈现一种事实的诗意甚至反诗意的诗意。所以我用日常语言写作（不仅仅是口语），也即把每个汉字都当成单词甚至字母，去修辞，去意象，去传统，让它们像自行车链条一样咬合在一起，像砖块一样层层垒砌出一个空间，呈现出什么都没说又什么都说了、一无所见又清清楚楚的质地。

我就是这么写诗的，我用我的方式写只有我才能写的诗——在很大程度上尽管这还只是一个目标而非现实。几十年来，中国当代诗歌的公众特征开始（已经）被诗人的个人性和具体性所替代践行，众人之诗让位于个人之诗，传统之诗让位于当代之诗，这当然是诗歌现代性的必由之路。事实上，我一直也觉得个体性就是现代性——至少是它的一部分，也即，要到空旷地带去写而不能在集体或某几个人的美学阴影中去写，要作为一个人去写而不要作为一个诗人去写，要为了自在和表达本身去写（不要"写诗"，而要写"诗"）而不要为了一种"为了"去写，作为一个诗人我们要写出的是个体表达和个体感受，因为最小的个体中也始终隐含着最大的集体，一个人就是人类。

这也就是说，相比于言志和言情的历史传统，我认为诗（新诗）最本质性的一面是言我——无论形式还是内容上——用我的方式写出来我的感受（没有感受也是一种感受），也即把我从千篇一律、陈词滥调的我们之中拎出来，把我从历史的和未来的我们之中拎出来，而又以这种拎出来的方式去补充着整体和全部意义上的"我们"。而至于到底是不是这样的呢？我姑妄言之，你且姑妄听之，也可以只当是一阵耳旁风。

[作者为诗人]

诗歌塑造心的新天新地

——李少君诗歌阅读记

张绍民

诗探索16 理论卷 2019年 第4辑

从心里来的，要流回心里。心怎样，诗歌就怎样。诗歌怎样，心就会怎样。真理的投影在心上，那么，说出来的诗歌就是生命的妙影。好影就是好的璀璨画面，就像天堂的投影。诗篇要唤回迷失的灵魂。人的修为为了什么呢？为了心重新回到光里面，与光同在，超越肉身的有限。

李少君的诗歌，着重于人的内心，着重于源头与外在人生、世界的联系，最终是为了人心正本清源，让人性在真理生命的本体里面完善。人只有回到生命里面，才会有超越人生局限的无限生命。

一、诗歌是黑暗前回到父爱里面的通道

父爱如高天的湛蓝。高天之上的父爱是一种唯一光明。黑暗来临之前，人是有很多机会的。人有机会在黑暗覆盖之前，回到父爱里面，儿女回到父爱的怀里，就安全了，就幸福了。在人生里如此，在人类的历史长河里面也如此。末世的黑暗来临之前，能够回到崇高处父爱怀里的人，就不会被黑暗所捆绑，就能进入人类最终期待盼望的永恒光明之中。

《傍晚》是一种深度水墨话（水墨画），写出了一种能够对抗黑暗的父爱，或者说父爱能够让人在黑暗面前、在漫漫长夜面前，能够坦然无惧地穿越任何暗黑，得到永恒的黎明之光。"傍晚，吃饭了／我出去喊仍在林子里散步的老父亲／夜色正一点一点地渗透／黑暗如墨汁在宣纸上蔓延／我每喊一声，夜色就被推开推远一点点／喊声一停，夜色又聚集围拢了过来"。到时候了，对父亲的呼喊，是要请父爱来完善团聚，求请父亲来完成黑暗来临之前的事业。家人在父爱里面，才是完善的。阿爸父，对你的呼唤，是深情的，就像失散的羊要回到自己出发的地方，通过大牧者的找寻，要回到父爱里面。黑暗对父爱的包围，说明了黑暗

对父爱的嫉妒。

"我喊父亲的声音／在林子里久久回响／又在风中如波纹般荡漾开来／／父亲的答应声／使夜色似乎明亮了一下"。父爱对儿女的回答，是首先父亲爱了儿女，儿女来呼喊父爱，只是对父亲首先爱了孩子的一种响应。父爱是一种恩典，是一种爱的救赎，是把儿女招呼回来的方式，而儿女在终极黑暗来临之前，能够呼唤父爱，这是爱的行为，这是爱的回应。唯有来自光源的爱，唯有来自心上以光源为王的爱，才能在漫漫长夜发光，照亮前行。

《夜深时》一诗写出了穿越长夜的心灵景象。夜深的时候，心里是黎明；夜深时，曙光在呼唤；夜深时，最难熬；夜深时，要记得醒来。这首诗写道："肥大的叶子落在地上，触目惊心／洁白的玉兰花落在地上，耀眼眩目／这些夜晚遗失的物件／每个人走过，都熟视无睹"。长夜漫漫里，有遗落的鲜花，有在黑暗里失落的生命，而人们、看客、围观的冷漠，导致悲剧的黑暗、麻木不仁。大自然也是如此——大自然失去昂贵的部分，都是人的欲望蹂躏所导致，大自然在被人掠夺之后，不能维持平衡性运转，大自然就成了患者与废墟。

"这是谁遗失的珍藏？／这些自然的珍稀之物，就这样遗失在路上／竟然无人认领，清风明月不来认领／大地天空也不来认领"。人没有能力让自然变好，相反，因为人的堕落，导致宇宙、自然、万物蒙羞而成为废墟，让自然处于岌岌可危之中，人是掠夺与索取的动词，人的肉体是欲望的容器，要让容器干净，就要让光来擦拭。

那么，如何清理人心处于漫漫长夜中产生的遗憾、失落乃至于内心的垃圾、废墟？这就需要内心的光作为清洁工、搬运工，光在内心最勤劳，让光成为内心之王，心就有了慈悲，心有慈悲，落花就有了慈悲。

二、在记忆里醒来，就是春风归回

发芽，就有记忆醒来，活过来。春风如同复活的洗礼。

诗歌从正确的源头而来，就会走正确的途径，回到其使命派遣而要回去的地方。诗歌如是，就是心的路线图，就是心的立体风景。

《和父亲的遗忘症做斗争》写出了回忆与遗忘在父亲身上做出的时间性比较。回忆就是再次出现原来的内容。这首诗讲述事情的缘起："回忆，是父亲生命延续下去的通道／遗忘，则是愈来愈可怕的一个塌陷黑洞／所以，我要乘高铁不断地回家／一次又一次地提振父亲的记忆功能／和他加速的遗忘症做斗争"。遗忘对记忆的清扫是真正的封杀，就像封闭一个空间，这个空间里再也挖掘不出记忆内容。

这首诗讲述了父亲的记忆如何维修，才能让记忆保鲜。诗歌讲述："在父亲的记忆深处，排在第一的是亲人／因此，他会一遍又一遍地询问儿子们的情况／现在哪里，工作如何，身体可好　然后是孙子、孙女和媳妇们／同样重要的，还有荣誉／每次，他都会搬出他的各种获奖证书／在我面前一一历数人生的辉煌时刻／告诉我每一个证书后面的故事"。记忆对于一个人而言，是一个说明自己曾经活过的证据。记忆是一个人在时间里呈现的拷贝部分。记忆的力量是爱的力量。父亲的记忆通过爱的能量得到修复，爱是记忆最大的保鲜剂。维修父亲的遗忘要如何做呢？需要亲人的不断在场，实际上，就是爱的付出要更多，才能让父亲的记忆春风一样醒过来。

所以，诗歌如是写："父亲每隔十来分钟，就会把同样的话题重复一遍／我每回答一次，就会更有信心／父亲的记忆之河还未干涸，还在绵延不绝……"记忆是人的源头不丢失的良心保存档案，记忆最重要的是记得人的起源、人得到的光是从源头而来的。记忆是对爱的本体的保存。爱的重复就是最好的良药，爱是耐心。春天在重复，但春天很新鲜；发芽在重复，但发芽都具有唯一性。

爱是恒久忍耐，爱是恩慈，爱是无私，爱是不断回到同样的爱的本质上。

爱的本质才能把人从遗忘的深渊里救出来。人的记忆最重要的就是对源头性的记忆，记得最初的约定，记得生命的第一次交代。

诗歌的记忆就是保持对爱的本质的记忆，人要接受爱的本质对人的找寻，就像流浪的浪子接受了父爱的寻找，确认父亲是唯一的父亲。

三、时间在肉身人生的容器里留不住，
诗歌说出留得住时间的永恒

一张纸的两面隔着中间的裂缝摩擦。人与自己的摩擦是灵与肉的斗争。一个人在身体的容器里面有多少个我、多少分裂撕碎的自己进行摩擦斗争？

时间在人肉身的容器里面保留不住，时间在人生里不能保险，人生没有永恒新鲜的时间，这是人的罪性、人的原罪、人的欲望、人的有限、

人的死亡导致的。人渴望长生不老，渴望永恒的生命，渴望永远新鲜、留得住的时间。人想用手抓住春天，抓住早晨，把它们拉橡皮筋一样，拉长，延长。

《摩擦》一诗形象生动地深度思考了时间、肉身、人生的关系，揭示时间的本质，就说出了人生的本质，也就展示了历史的本相。人生、历史、时间，在这个暂时的世界上，都是有始有终的、有设定性的，是一个时间、历史的计划与蓝图。人生也是设定在生死之间，超越生死，就全靠灵魂得救，进入永恒生命。

这首诗的描绘是修辞很大的成功："身体一生都在与时间摩擦／有时会擦出火花／偶有动心乃至动情的瞬间／虽然短暂亦如火花一闪"。人身上的火花，都是光的种子发芽，都是光的恩典，都是光在寻找可以脱离死亡黑暗的人，把人从死亡的黑暗里捞出来。

这首诗的排比效果很好："有时则会擦出火焰／呈现星空一样的绚丽／沉淀为此生美好记忆"。光的种子就像火柴一样，亮了以后，为人带来光明。要知道，光的种子为了开花，就先死掉了，死了，复活，重新变为光。人生有光的璀璨之花，是得到了光的安慰。

"也可能会擦成火灾／浓烟滚滚伤及全身／严重者遍体鳞伤甚至屋毁人亡"。在这里，我们看到了人生的另外一种贬义词的火焰，这是欲望之火造成的危害与严重的后果。人就是一根火柴，在时间的火柴皮上擦一擦，就会出现不同的情况，欲望的脑袋易燃烧，人也成为危险品。

时间有病毒数据库，那些疾病、罪孽、悖逆源头……的数据，来自人的堕落。"但大部分的时候／身体是在与时间的摩擦中逐步老化／眼花了，背驼了／腿疼了，人老了／身体渐渐在与时间的摩擦之中／磨损报废"。肉体人生是易碎品、危险品，但是可以转换为奢侈品、永恒品、永生品。

超越有限的容器，进入无限的永恒，人能够有永生。那么，是对时间限制的生死的超越性突破，这只有时光的光超越我们，携带我们一起进入永远的新鲜时光之中，这就是灵魂获得了拯救，人更新了旧我，获得了永恒的新我。

四、欲望让环境成废墟，但人在自然里找到天堂

在内心，在不如意里面，寻找安宁，犹如种子在黑暗里说出一个光的出路。

欲望，巨大的海，人随身携带，就像携带自己的脚印一样。要让这样的大海消失，人能够苦海消失，只要人跟随光，进入光海，就脱离了苦海、欲望沸腾的大海。人在苦海里就是用石头砸自己，如何避免这样的行为？那就伸开手，接受心里的光，光就会帮助人不毁灭自己。

海岛是苦海的鞋子，脱掉这鞋子。

诗人超越了人性贬义词之海，拿出了光海就是人性褒义词之海。

《并不是所有的海……》一诗很巧妙地写到了纯洁的自然来自纯洁的源头，残存的美好自然依旧是天堂，是天堂保留在这个世界上残留的美好博物馆、保鲜馆。

诗歌贵在说出真相，这首诗开始就说出严肃的真相："并不是所有的海／都像想象的那么美丽／我见过的大部分的海／都只有浑浊的海水、污秽的烂泥／一两艘破旧的小船、废弃的渔网／垃圾、避孕套、黑塑料袋遍地皆是／和我们司空见惯的尘世毫无区别／和陆地上大部分的地方没有什么两样"。诗人说出了客观存在，说出了这个世界的遗憾。世界的遗憾是魔鬼、人的欲望对自然的掠夺，人把黑暗的欲望排泄在自然里造成的。

把海水也变为了污染的土地，这是诗人所痛心疾首的。诗人看透了人的堕落，懂得了在堕落世界珍惜美好生命的恩赐。

肉体的人要超越肉体的局限，就依靠信心、内心的光来照亮。人在废墟上看到天堂之美，是因为天堂一直在养育这个废墟，供应给废墟。

心在天堂，天堂就在人间，废墟里欣赏天堂，就有了真正的诗意——"但这并不妨碍我／只要有可能，我仍然愿意坐在海滩边／凝思默想，固执守候／直到，夜色降临、凉意渐起／直到，人声渐稀、潮声渐小／直到，一轮明月像平时一样升起／一样大，一样圆／一样光芒四射　照亮着这亘古如斯的安静的人间"。人心里的光源，在我们的一生，在我们的经历中，会重建完美的山水，会重建一个全新的新天新地。

我们看到的是盼望的美，我们看到的是另外一个天地展示了高于废墟的美，高于废墟的美重建了我们的内心，重建了一个更新的永恒空间。

人把自然变为了废墟，是人的堕落与罪孽造成的，人对自然的蹂躏戕害，是人性的黑暗、人性的罪孽、人的魔鬼化行为。

《某苏南小镇》一诗给人震撼，以小写大，突出地反省了人在自然面前、人在自己面前的暴力行径。这首诗是一首反暴力的杰作。

诗歌描绘："在大都市与大都市之间／一个由鸟鸣和溪流统一的王国／油菜花是这里主要的居民／蚱蜢和蝴蝶是这里永久的国王和王后／

深沉的安静是这里古老的基调／这里的静寂静寂到能听见蟋蟀在风中的颤音／这里的汽车像马车一样稀少"。

诗歌平静的描绘之中看到了人诗意地栖居的一个镜像，人只要不继续堕落，人只要悔改，就有喜乐的生活。

自然在蹂躏面前很脆弱，人的掠夺自然、人的索取自然，人把自己的意志都强加在自然的身体上，就是人心里的恶、心里的魔鬼，采取的暴力毁灭。

诗歌警醒道："但山坡和田野之间的平缓地带／也曾有过惨烈的历史时刻"。对历史、对人的暴力遍地，进行深刻的反省，对堕落、黑暗进行谴责："那天清晨青草被斩首，树木被割头／惊愕的上午，持续多年的惯常平静因此打破／浓烈呛人的植物死亡气味经久不散／这在植物界被称为史上最黑暗时期的'暴戮事件'"。人依靠力量而获得肉体的生存，人类也因为自己的力量而被毁灭，这种中了魔鬼的招，表现人的堕落，要十分警醒，才有机会恢复真善美。

"人类却轻描淡写为'修剪行动'"。人类把自己所为的合理暴力来进行掩盖、美化，这是诗人揭示出来的真相，可见诗歌的珍贵。

诗歌提供了另外一个自然就是新天新地的珍贵所在，爱的本体就是新天新地的创作者、建设者、设计者。美好的诗歌是美好的自然新天新地的说明书。

五、圣洁生活塑造内心的安全天堂

肉体欲望引发的人性黑暗，是罪与恶，而慈悲是化解的单方。

圣洁生活，对于人生是一种很大的幸福，人脱离了罪的辖制，也就脱离污秽，需要光明给予的信心照亮。

人要在信心的鼓励下重生而获得新生，全新的日子是永恒新鲜的永远的好日子。圣洁生活，需要人对抗、反击堕落、欲望、黑暗的人性。这是心的斗争，心上，光明与黑暗、欲望与圣洁都在交战。

生活里，欲望的征战更是第一现场。尤其是在现代化的城市更是欲望为王的城，是欲望的巴比伦，所以，内心要建设一个永恒之城。

《她们》一诗巧妙地、不动声色地写出了强大欲望城市与单薄弱小的女性的对比。

这首诗角度十分犀利。诗歌冷静地叙述："清早起来就铺桌叠布的阿娇／是一个慵懒瘦高的女孩／她的小乳房在宽松的服务衫里／自然而随意地晃荡着""坐在收银台前睡眼蒙眬的小玉／她白衬衫中间的两粒纽扣没有扣好／于是隐隐约约露出些洁白的肉体／让人心动遐想但还不至于起歪心"。

诗歌里面有油画，用摄像机的精准语言，展示了两位女性的性存在，这是对一个欲望城市、欲望时代的敲醒警钟。

诗歌用词准确，凸显冷静的力量，冷静里面有仁慈。

善良的担心也是一种慈悲的怜悯："这些懵懵懂懂的女孩子啊／她们浑然不知自己的美／但她们模糊地意识到自己的弱／晚上从不一个人出门上街／总是三三两两，勾肩搭背／在城市的夜色中显得单薄"。去掉欲望的城市，才会是一座新城。对人性之美有觉悟的城市，才是一座新城。

真正的新城、生命的新城、圣洁的新城在哪里？在心上，在光的本源里面。唯有光，才能塑造出、重建出新城的伟大。

六、光源是一切中心，一块胎记是一个具体中心

光源如父，光源如母。我们早晨起来就看到，带来黎明与光明的，明亮的晨星实际上才是一切的中心，是黑暗中呼救的中心，是一部救护车。救护车上的"十"标记，红色的，是永远的人得到拯救的标志，是一个生命永远的胎记。我们感恩那些奔跑的救护车，给人拯救的好消息。

《敬亭山记》是一首让人想到登山的课堂珍贵的一页。

登山，听课，登山，把灯点亮在山上，而不是把灯收藏在桌子下面。在上行，在山上，看到了谦卑的重要性——

温柔的人有福了……

诗歌正是在如此意境里面写道："我们所有的努力都抵不上／一阵春风，它催发花香 催促鸟啼，它使万物开怀／让爱情发光"。美好的风随着自己的意思吹。唯有那光源里面吹出来的风，把人带回光源的故乡。

能够回家的浪子有永恒的归宿，人有终极归宿就最幸福，其他苦难根本不算什么。"我们所有的努力都抵不上／一只飞鸟，晴空一飞冲天／黄昏必返树巢／我们这些回不去的／浪子，魂归何处"。诗歌深刻地揭示了回家的重要性，说出了没有归宿感的警示。

人要让自己成为一只让光擦拭的容器。"我们所有的努力都抵不上

／敬亭山上的一个亭子／它是中心，万千风景汇聚到一点　人们云一样从四面八方／赶来朝拜"。人唯有敬拜光源，更是对生命起初出发点的怀念。

世界上的风景，成为经典的风景，也是时间里相对存在的存在，人在这个基础上，升华，敬畏永恒，那么，亭子作为经典艺术，就起到了桥梁作用。

怀念前人做出的努力，完全应该："我们所有的努力都抵不上／李白斗酒写成的诗篇／它使我们在此相聚畅饮长啸／忘却了古今之异／消泯于山水之间"。诗歌的排比，一再要求的谦卑，就是温柔礼仪的内心，向崇高致敬，敬畏那高处的果实。

光源在可能任何看不起眼的地方，就像泉眼在一些出人意料的地方。人寻找到灵魂的空间，寻找到灵魂得到洁净的空间，是一种幸福。

《我有一种特别的能力》说明了对灵魂有妥善的安顿，因为人的特长都来自生命的恩典、赐福。诗歌说出了一个人只要接受生命的拣选，接待光的本源，就能够使用光的能量，真正地为光所用。这首诗写道："我有一种特别的能力／总是能寻找到一处安静的角落／就如动物总是能寻回自己的巢穴　将身体蜷缩起来……"不喧哗，安静，更能说明一个人的修为，更能说明一个人能够看到自己内心的真实面貌，内心有光作为镜子，就能把自己的灵魂看个明白。

"这个小亭子位于高台的一侧／新月初映，几个星星挂在树梢／映亮两岸站立的树木——静穆中，树枝垂落水里／清洌的河水冲刷着岸边的沙石"。人的内心结构是怎样的呢？人的内心结构最重要在于有光谱一样的秩序性。

"我就隐身于亭子里僻静的暗处／夜色中，湍急的水流声／掩盖了高台上欢宴的喧哗／使此刻更加安静"。一时的喧哗，一时的风光，比不上内心归于光永恒的安宁，唯有心归回永恒，胜过世界上的所谓热闹。

人回到终极泉源，得到活水，就能够归回而安宁。

七、人是心上游子与心上归客

人生就是异乡，人生就是异乡客旅，人是自己肉身的游子，是自己心上的客人，自己在自己身上做客。在有限的肉身，人是因为自己的罪孽而成为自己的异乡，从自己身上，从自己的心上，要还乡，要回到故乡，回到永不朽坏的生命本体源头。

姿态与尺度

《异乡人》一诗速写了漂泊、游子的沧桑与需要得到的温暖。这首诗呈现了独在异乡成为异客的情景："上海深冬的旅馆外／街头零星响起的鞭炮声／窗外沾着薄雪的瘦树枝／窗里来回踱步的异乡人／越夜的都市越显得寂寥"。环境就是心情，环境从人的心里流淌出来情感的味道。

　　这是重大节日在异乡的旅馆里面："这不知来自何处的异乡人啊／他在窄小的屋子里的徘徊／有着怎样的一波三折"。孤独的游子感觉，孤独是一种痛苦的酒，而需要用酒来沐浴。如何解答孤独的异乡这道题目？

　　答案是酒："直到他痛下决心，迈出迟疑的一步／小酒馆里昏黄的灯火／足以安慰一个异乡人的孤独／小酒馆里喧哗的猜拳酒令／也足以填补一个异乡人的寂寞"。

　　人在这个世界的游子身份，今生的客旅身份，让人在大地上，要坚定对信心中的故乡的盼望与热爱。人是时间的过客，人看自己如同看客人。如何让一个客人成为自己？这是这一首诗提供的重要问题。

　　我们看到诗人回到内心，那就是：人应该在自己的内心回归，回到自己内心光的怀里，在光的怀里取暖，也能回到光的生命中。

八、诗歌密码牵引人回到生命树谱系

　　人的理想是不断恢复自己生命本源的关系，不断修正自己失去的内容，以便于重新回去。

　　古代汉语的咏怀诗歌与今天的抒怀诗歌有什么不同呢？今天的诗歌更在于表达回到生命本身的树下的重要性。

　　《抒怀》是一首本质性的、接近源头性的抒情作品，惊醒世人从物质的现代化环境里面，要看到内心的迫切。人们遗忘了回到生命树的体系里获得生命，而疯狂在物质与金钱的偶像里面去获得伪生命。这首诗具有深度刻画，描绘了回到生命树的根本性何等迫切。

　　诗歌如是说："树下，我们谈起各自的理想"。人丧失了理想，而有理想的人就要唤醒更多的人重建对未来的热爱，而不是着眼于当下被物质、金钱等肤浅的偶像所捆绑。人最大的理想当然是战胜死亡，成为生命树体系永恒的生命。

　　一个人的理想是："你说你要为山立传，为水写史"。真正的山水诗在于重建与更新被人的堕落、悖逆、原罪所毁灭的自然山水宇宙体系。

真正的为山水创作，是成为创造光谱的那种原创作即元创作的回声与致敬的呼应。

我们来看理想的图景："我呢，只想拍一套云的写真集／画一幅窗口的风景画／（间以一两声鸟鸣）／以及一祯家中小女的素描／当然，她一定要站在院子里的木瓜树下"。云的写真、窗口、孩子的素描——在树下的孩子，这实际上，包含了一个永恒天国、具有永恒幸福之家的描绘。

这样的气质是永恒云上崇高的光明所能喜悦的保鲜生命，就是没有时间流逝的光谱境界。人从树上掉下来，埋在泥土里，然后，复活，重新回到永生的境界，就是理想的那棵树下，永远地成为没有时间流逝的幸福生命。

九、诗歌提供解渴的学问

当今物化的时代，人要恢复自然性的人际关系，不再是人与人冷漠的紧张的人际关系。

《山中》是心中的理想田园，与我们最终的新天新地境界如同同一份文件一样。人回到自然状态里面，远离了尘世城市的繁华。这首诗是对现代文明失落人性的审视，是对没有山水的水泥钢筋禁锢之下人性的哀鸣。同时，是唤醒人们内心山水的善意。

诗歌绘画："木瓜、芭蕉、槟榔树／一道矮墙围住／就是山中的寻常人家"。理想田园的内心生活，理想人生外在寻找，现代文明之下是不是还存在田园？被遗忘的伊甸园是失落的田园范本。现代文明之下的废墟，遗忘了田园对人心的安慰。

"我沿旧公路走到此处／正好敲门讨一口水喝"。人生漫长的肉身之路，人生的河流居然没有水，那么，寻找水源，人才能让自己身体里的河流重新被激活。人生的河流不能只流淌水泥沙子钢筋玻璃钞票，更需要活水拯救灵魂。生命的江河流淌出来的活水，是白白给予的，只要来取，只要来喝。来，来喝这生命的活水吧，给低头的灵魂解渴。

当代乡村具有现代文明美好的地方，但是，大量人口进城，导致乡村的寂静化。乡村之门成为生锈的火焰——鲜花燃烧哑语："门扉紧闭，却有一枝三角梅／探头出来，恬淡而亲切／笑吟吟如乡间少妇"。

这是一首等待谜底的诗歌，是解渴了？当然，希望是能够如此。还是空空荡荡寂静地燃烧寂静？回归自然的生活是奢侈的生活，人在城市里，就回不去了。人回归到自己的内心，让内心干涸如公路的河流复活成为活水奔涌，这才是最重要的。

敲门，就开门。人只要听见了活水的呼唤，就去找到活水的地址，敲响地址的旋律，光谱被敲响，光谱的窄门就会开门，人进入窄门，进入站起来的一截道路，进入天梯之门，就能够彻底解渴，解渴是免费的，活水是免费的。人给万物标价，给水标价，金钱的偶像对人奴役到了十分严重的地步，成为物质生活的奴隶。

人，要让灵魂回到家，喝到活水。人再次得到活水，是失而复得的种子复活，心之光的种子死掉发芽，获得光一样永恒的生命。

十、心上有神就有好土地，诗歌把光的种子撒种

宇宙，都是神的土地。神降临、护理在任何地方。真正的神在哪里，哪里就是爱的土地。人污染了的，神来洁净。

《神降临的小站》写出了一个人的内心，一个人在这个世界上的行动，都是在自己的心的活动。这首诗讲述了自己一次北方之行的空间感受。诗中写："三五间小木屋／泼溅出一两点灯火／我小如一只蚂蚁／今夜滞留在呼伦贝尔大草原中央的／一个无名小站／独自承受凛冽孤独但内心安宁"。在自己的心上旅行，人的一生都这样，人生就是一个小站，让这小站充满温暖，充满光的种子，那么，人的心里就会发芽，长出大树。

让自己吃草，吃光线一样的草，吃永恒的粮食，就可以抵抗任何寒冷。唯有内心的光与青草地，才是温暖的原材料。灯如种子发芽，长出光的葳蕤。蚂蚁之小，小如种子，蚂蚁发芽，也可以长成狮子。寒冷下的格局，也就是寒冷之下的世界，唯有树木与森林不惧怕寒冷，他们是生命的形象，是生命的信息。

"背后，站着猛虎般严酷的初冬寒夜／再背后，横着一条清晰而空旷的马路／再背后，是缓缓流淌的额尔古纳河／在黑暗中它亮如一道白光／再背后，是一望无际的简洁的白桦林／和枯寂明净的苍茫荒野／再背后，是低空静静闪烁的星星／和蓝绒绒的温柔的夜幕"。寒冷下的世界格局，河流的象征讲述人的历史，所谓河流如一道光，这就是河流的历史。所谓历史，的的确确，只是讲述光的故事，光对黑暗中、寒冷中

诗探索16　理论卷　2019年　第4辑

的芸芸众生进行灌溉、拯救、护理，这就是光的本体的故事。种子来自高处，种子就像星星一样，光的种子撒种在土地里，撒种，才会有三十倍、六十倍、一百倍的收成。

"再背后，是神居住的广大的北方"。诗歌在这里，强调了神的广袤无边无际性，神的无限性大于人的认识。人只有在心里的无垠土地上，让神成为主宰，让光来统帅，内心的土地让神来管理耕耘，我们的心就会心神安宁，就会有最大的安慰。

结语

李少君的诗歌十分讲究把外在的人的生活与人内在的本质联系起来，人们称之为"自然诗人"，因为其很多诗歌都是把外在的、人依托肉身生存的自然环境作为诗歌的在场以及空间表达。

在其诗歌里，外在的人在本质上而言，都是内心的景象。其诗歌更是从内心本质上来看待人。他的诗歌有机智、睿智的布局，在呈现的诗歌景象里面，看到人生活在内心，需要让内心有真正的气象，让内心说出光的照亮。

其诗歌擅长继承汉语几千年传统诗歌简洁、大气，以及复杂的内容、巧妙的表达的优势，与今天的当下存在融合，形成一种现代气息浓郁的创作。

[作者为湖南诗人]

· 姿态与尺度 ·

立足于大地而向天空敞开的境界

——沈家庄诗歌创作刍论

任京生

沈家庄在诗词方面具有深厚的理论研究功底和创作底蕴。这些年他接连有新作问世不奇怪，奇怪的是他怎么能够把旧体诗和现代诗都写得那样出神入化、意蕴悠长？人们知道，旧体诗注重格式、韵律，被人形容为"戴着镣铐跳舞"。而现代诗则讲究自由奔放、不受拘束。鉴于这一旧一新两种诗体分属于不同的思维模式，现实社会中，写旧体诗和写现代诗的人各写各的，分类出两大不同的人群，井水不犯河水，尚未听说有谁把两种诗都写得大放光彩的，连许多著名诗人也不例外。就像打乒乓球，虽然人们有两只手，但所有人都用一只手打球，就连世界冠军也如此。

思索着沈家庄这样一身独门绝活，我的脑海中浮现出了一幅假想图——在一个乒乓球台前，一个运动员两手各持一个球拍，左手直拍，右手横拍，在那里双臂挥洒自如地左推右挡，上下翻飞，好一个令人眼花缭乱的双枪将！

青山绿水筑诗魂

有感于沈家庄这颗诗心如何造就，与其相约，杯盏之间听其娓娓道来，思绪渐入诗境。

沈家庄最早写诗始于小学五年级，那是在1958年大炼钢铁的年代。虽是小小年纪，学校也要组织去洪江市郊的铁矿去挑铁。好在班主任老师爱好写诗，每次挑铁回来都要求学生们写诗，写四言七句，讲究押韵，但不讲平仄。写着写着，童年时代的沈家庄就爱好上了诗韵，时常都有押韵的诗句脱口而出。也就在这个时候他心头埋下了古诗词的种子。

到了初中以后，农活渐多，社会上时兴起写民歌，沈家庄也跟着写

诗探索16　理论卷　2019年　第4辑

起来，也写一些新诗。到了高中，沈家庄因其才气被选为学生会干事，专门负责宣传，负责出黑板报、墙报，还有学校的广播站。有了发表作品的小小园地，激发了他的创作冲动，开始不断地创作新诗，新诗的种子又在他心田播下。他很早便在《湘江文艺》、省刊《红领巾》《湖南教育》等刊物上发表新诗和儿歌了。

1965 年他考上了大学中文系，开始认真地研究和创作古诗、新诗。但就在第二年，"文化大革命"开始了。没两年，他们这些大学生们就被发配到了湖南湘西张家界的农村去接受再教育。那时的张家界还是贫困的山区，但迤逦的地形地貌令他震撼。每天劳动之余观望眼前每一寸山川风物，都有诗魂在他胸中跳跃。难怪古人那么多神来之笔都是在游历大河山川之际喷薄而出。从此，他的诗歌与张家界结下良缘。

《三支翅膀》开篇之作就是《灵感湘西》（组诗）。且让我们来欣赏组诗第一首《青岩山写意》：

一群古老的岩峦
跳起迪斯科
铁的骨骼石的外壳
将雄崛和奇峭，挣扎着写上苍穹
编钟乐舞的神韵里
旋起刚健明快的节奏
峥嵘崔嵬地上升
谱一串立体楚声交响的化石

封闭的景观封闭的奇迹
在亘古的荒蛮悠长地封闭
美在深涧人不识的青岩
锈蚀了，连同将军岩畔的金鞭
搅动古栈道的流霞
模糊着岁月的年轮

几声拉长的鸟唱，在四面响起
是山谷回应铁骨骼起飞
也是鹰的盘旋也有松的矗立
绿的踊跃和力的黑弧

让褐黑相间的驳杂
腾起生命的希冀

上世纪冰川的擦痕
喷溅并未沉睡的潜力
用断裂岩层的折皱
写下大地的呼吸和脉象
沉重地静卧
这时间与空间浇铸的
是华夏五千年叹息的沉默

突起在群龙鏖战后沉下的尸骸
在这里，生长出新的萌芽
掬起一个荒蛮之梦
一如将巨幅素绢涂抹
演绎出张大千的泼墨山水
融含沈从文的闲谈话题
解构成一幅黄永玉画幅的雕塑群
地球造山运动遗忘的杰作
显像在今天的灵感里
横七竖八地抗争着
　　浮躁的年代

拥有奇山异水全部外形和内核
是庄严、突兀、挺拔和不屈
将变幻的太空和喧嚣的尘寰
永远地扛在肩头和踏在脚底
此时
天的注视之冷峻和思索之肃穆
感染着我，站在青岩山的一侧
踏实地
变得

　　力大无穷

诗探索16　理论卷　2019年　第4辑

这首诗是他离开张家界二十余年后，与几位发小重游故地时所写。谈起这首诗，沈家庄感慨道："我当年在张家界劳动，经历了很多事。二十多年后再到那里，想到了接受再教育的情景。再看改革开放后中国的今天，那种要腾飞，要腾起的磅礴，好像是万箭齐发，突然就想到了青岩山，本来是个穷乡僻壤的山，现在跳起迪斯科，走向了现代化。与中华民族五千年的历史结合起来，我想从小处着眼张家界，从大处着笔写出我们时代的一种呼声。"作者在这里通过眼前的自然景观而联想到现代化改革，从今天的改革联想到华夏悠长的历史与渺小个体的关系，浮想联翩，思路跌宕拗折，正如刘勰所谓："写气图貌，既随物以宛转；属采附声，亦与心而徘徊。"①

　　我尤感他的《从前，这儿有一口井》这首诗，这使我想起了艾青的《大堰河——我的保姆》，青年时代的感动一直延续至今。《从前，这儿有一口井》写得情真意切，感人至深，一幅妈妈在井边带儿的温馨场景浮现在眼前：

·姿态与尺度·

呵，妈妈，从前那口井呢
那口曾经涌出全村的生命与希望的井
那口铺满苔藓长有星子草的井
那口天亮时常有一只小鸟在唱歌的井
那口旁边有一棵高大槐树的井哟

妈妈
从前，这儿有一口井呀
长辫子的小姨清晨常来这儿挑水呢
赶车的贺大爷中午常来这儿喝水呢
砍柴的呼山哥傍晚常来这儿歇气呢
童年的伙伴黑夜常来这儿听故事呢
妈妈，那口井呢

从前，这儿有一口井
月半嫂的豆腐店每天用这井最多最多
黑胡帮人杀猪总把这井煮得鼎沸鼎沸

---

① 刘勰：《文心雕龙·物色》，周振甫注释本，人民文学出版社1981年版，第493页。

我捉泥鳅回家总要在这井边洗净洗净呵
酿大爷夏天做凉粉说是非这井水不可
妈妈，您忘了吗
从前，这儿有一口井

井水甜呵，流溢出满村子的山歌
井水深呵，涌淌出古老好听的故事
井水清呵，照得出村子里年轻衰老的容颜
井水静呵，像我们千百年的生活没翻动泡沫
妈妈，那口井呢

从前，这儿有一口井
那井里有许多小虾呢
那井里有许多水草呢
那井壁的小洞里还蹲着只小青蛙
我想把它救出井时它又蹦进了水里
妈妈，我救过的那只小青蛙呢

从前，这儿有一口井
井边的凉风　悠悠地哩
现在太阳直勾勾地照着
井边的槐树　绿茵茵地哩
现在的黄土干巴巴口渴
妈妈，凉风呢树荫呢

从前，这儿有一口井
现在每家有个水龙头哩
从前，井口有一株槐
现在每家果树绿葱葱的哩
从前，井里有小虾
现在山塘水库鱼多多地哩
从前，故事在井边慢悠悠地讲
现在九十集电视剧故事　活鲜鲜地哩

诗探索16　理论卷　2019年　第4辑

……现在，不在井里

妈妈说

从这首诗中，可以看到作者对往事的眷恋，更表现了对青山绿水良好生态的一种回归的呼唤和回忆。经沈家庄介绍，更知道这首诗中蕴含着更深刻的时代大背景的立意，要呼唤人们重视现代化建设过程中对于自然生态的破坏。

沈家庄表示："我不否定改革开放使得农村产生了巨变。过去我们在大树下讲故事；现在每家都有电视机，人们在电视里看故事。社会要文明要进步，现代化进程不可阻挡。如果我们老是沉淀在过去的生活中，就是井中之蛙，看不到大千世界的变化。现在也有一些人在井中跳不出来。我想通过这个形象化的一口井，表现我们现在不是在井里，我们已经跳出井了，已经有大千世界了。可是，当我们再回头看的时候，当然要注意保护我们的生态，保护我们的青山绿水。"沈家庄用这种构思来呼唤环境的保护，用慈祥妈妈的口来代表一种社会价值观的取向，表现出一种超乎寻常的思想格局和文学造诣。

悲天悯人抒情怀

《舞者之殇》是沈家庄2014年发表在《环球华报》上的一首长诗。当时我在该报负责文学版的编辑。甫读诗的开篇，便有一腔悲悯之情涌上心头。读完全诗，已使人激情难抑。于是我不假思索地以整版刊登了这首诗。

佛说：孩子啊，站起来，我跟你说话。

他不能说话了他说不了话
他不能站起来了他站不起来
他躺在血泊中血泊中他躺着
反正都一样
碧血模糊了他的回忆模糊了他的思维
模糊了他前倾的姿势只是不能模糊
他手上的镣铐他脚上的镣铐他心上的镣铐

他死了

是一个现代舞星

他吃力的舞姿已冻结不像冰凌像一只泥塑

扭曲的四肢强直地模糊着凄惨的死

他死于车祸　他的摩托车

辉煌的坐骑已躺在修理间

不能修理的脑颅碎裂了的生命躺在太平间

他真正的不能跳舞了他太平了

镣铐还戴着

　　以上是这首诗的开头。全诗描写了一个年轻人从贫困中站起,在拼搏中倒下的悲惨历程,仿佛一生都是戴着镣铐在跳舞。

　　沈家庄介绍道:"舞者之殇是我八六年写的,我当时就看到了,我们国家有很严重的官僚主义和腐败,很多有志的青年、有创造性的人才出不了头,被那些腐败的官僚压制着,让他们戴着镣铐跳舞。所以这个舞者代表了那一批被压制的青年。那时的这些青年,是现代化改革的闯将,是现代企业家代表人物。他们有的人后来得到了实惠,发展起来了。可真正发展起来呢,有的就变质了,又出现了其他一些问题。但是还有很多人被压抑了。直到今天还是有很多人是在带着镣铐跳舞。"

　　这首诗是沈家庄现实主义的杰作,他发现了现实社会中存在的问题,不是泛泛地指责,而是以艺术的形式来表现一个草根人物、一个弱势群体的社会沉浮,以此来呼唤人们通过制度来保证真正的改革开放顺利进行,来保护有志向的青年和改革家不被社会所淘汰。

　　他的这首诗写于1986年,在当时没有获得发表,因为不可能被宣传部门所通过。直到他来到了加拿大才能得见天日。但实践证明,他早在那个年代的忧思是有前瞻性的,以致后来发生的各种事件表明,没有良好制度的保护,就会有更多的舞者带着镣铐死去。

　　沈家庄在性格中具有悲天悯人、仁民爱物的情怀。他一生都在密切关注草根、关注弱势群体、关注国家前途、关注人类命运,并把他的这种关注融入诗中,以艺术形式表现社会重大题材。著名诗歌理论家吴思敬先生看到了沈家庄诗歌的这种内涵和特质,他说:"真正的诗人不但要真实地抒写自己的内心世界,而且还要透过他所创造的立足于大地而又向天空敞开的诗的境界,展开自觉的人性探求,坚守诗歌的独立品格,

诗探索16　理论卷　2019年　第4辑

呼唤自由的心灵，昭示人们返回存在的家园。"这就是沈家庄先生的诗歌带给我们的启示。①

看到猎人对鸟的射杀，沈家庄写下了《鸟之死》，以此来呼唤对动物的保护。看到街头拉平板车的老人，沈家庄想到了他们儿子今后会怎么样？想到了中国以后哪里去找这么多劳动力？想到了建大厦的基石该从哪里去采集？中国不考虑这个问题，几十年后确实是个大问题。他还想到在加拿大做工的人，不仅工资高，还受人尊重。中国社会什么时候也能对弱者给予更多平等的尊重和人性的关怀？于是写下《街头，无言》，以此来表达对于下层弱势群体的关注。

此心安处是吾乡

沈家庄从广西师范大学中文系退休之后，便夫妻一同赴加拿大温哥华与女儿一家团聚，开始了海外新生活。加拿大山清水秀的自然环境、自由和谐的多元文化社会令他耳目一新，又给他的创作提供了新的源泉。他不仅个人创作，还成立了加拿大华人诗词学会，带动了当地华人的诗词创作。他还在当地的菲莎文化讲坛多次举办讲座，传播中华传统文化。

在加拿大生活期间，他的诗词，包括他的新诗，都是写加拿大的生活。他说："我发现加拿大这个多元社会真的是很包容，我们也要向加拿大学习这种包容。如果每个人都能够像这样包容，社会就不会有那么多的敌对。我很爱加拿大，对这种多元文化的社会我是相当认可，我认为加拿大是整个人类社会最好的一种社会模式。尽管他发展效率不很高，政府办事效率不很高，还有很多问题。但是加拿大的这种整个的社会模式，是真正的人类典范。"他有感于加拿大对环境的保护，写下了《加拿大雁，你听我说》《鹿湖，邂逅秋鹭》《傍晚，邂逅浣熊》等诗。在《加拿大雁，你听我说》这首诗中，通过跟加拿大雁的对话，来把中国的传统观念，融入到加拿大的多元文化之中。这是他对于多元和谐共享的人类社会经济共同体由衷向往之拳拳深情的诗意表达。林楠先生评价道："多元文化本是一个涵盖许多社会和哲学理论的大概念，这个本应属于学者关注的文化命题，在加拿大，在移民生活中，不仅成了一个频密出现的社交短语，似乎可以说，也为我们远离故土的中华儿女酿成了一种心灵感悟中存在于内心深处的暖乎乎的热土，一种氛围，一种归属感，

① 吴思敬语，见《三支翅膀》封底，陕西人民出版社 2018 年版。

姿态与尺度

一种心灵依托，一种情感场域，一杯冬日捧在手中的热茶……于是，在多元文化这面飘扬的旗帜下，母文化的种种精彩，就逐渐摆开了阵势。谁能说舞狮不精彩，谁又能说腰鼓不该敲出来？但这毕竟是传统节日中的民间、民俗活动，是娱乐型的街头演出。在这种大气候下，沈家庄教授赫然举起了中华诗词的大牌。"[1]

《海之恋——夏威夷畅想曲》是一首长诗，沈家庄表示，这首诗主要是反映了他的一种蓝色思维、海洋思维。他的这种思维来源于当年令他信服的蓝色畅想曲。畅想曲中提出了黄色思维和蓝色思维的问题。中国自古以来就是在黄土地上建立的黄色思维，只有拥抱海洋思维、蓝色思维才能让自己走向世界、立足全球。他把整个新体诗作为第一支翅膀，以《海之恋》来作标题，是有目的和深刻寓意的。写夏威夷畅想曲，就是要表现一种对整个民族精神和其个人精神的深层思考。诗中特别讲到了夸父追日，怎样以现代理念，放开我们的胸怀，扑向蔚蓝的大海。

诗中以睡莲子代表中国的一种传统思想观念，"在含有盐分大海的母腹中催芽"，直至发芽成长，开出一朵雪莲花，让世人惊诧。沈家庄以此来展现一个全新的自我，怎样把陈旧的落后的思维和观念彻底埋葬以后，扑向大海，真正迎来一个灿烂的明天。这就是一颗睡莲子在大海上漂流了那么久，最终发芽了，长成了一朵莲花，让全世界瞩目，这就是他对未来的希望。

温哥华是个群龙聚首之地，世界各地的许多著名作家都在这里留下靓丽倩影。著名旅加台湾诗人洛夫、痖弦都对沈家庄产生过一定的影响。痖弦先生赞扬他写诗是左右开弓，新诗旧诗俱佳。沈家庄通过与这些老一辈诗人的交往，为自己的创作找到了新的滋养。

沈家庄的一首诗名《其实，我很脆弱》。他表示，他敬畏天、敬畏地、敬畏人。因为人是渺小的、虚弱的、无知的，一定要有敬畏之心，所以他崇拜英雄，主张包容不同的宗教信仰，追求自由、民主，并为之奋斗终生。

旧诗新词交响乐

沈家庄于 1969 年毕业于湖南师范大学中文系，1982 年于湘潭大学获硕士学位，1998 年于浙江大学获博士学位。退休前为广西师范大学

---

[1]　林楠：《三支翅膀》序，《名作欣赏》2018 年第 19 期。

中国古代文学教授，博士生导师。他在中国文学史研究中，偏重于唐宋文学；于唐宋文学中，偏重于词学研究。他出版的书籍有：1994年广西师范大学出版社出版《竹窗簃词学论稿》，1996年漓江出版社出版《宋词三百首》新注今析，2001年人民文学出版社出版《宋词文化与文学新视野》，2004年漓江出版社出版《宋词三百首》图文本，2004年漓江出版社出版《小学生必背古诗70篇》，2005年湖南人民出版社出版《宋词的文化定位》，2017年上海古籍出版社出版《王鹏运词集校笺》（全二册）［国家社科基金后期资助项目］（沈家庄、朱存红校笺），2018年陕西人民出版社出版《三支翅膀》，2004年漓江出版社出版《成语故事》（二人合著，第一作者），2004年漓江出版社出版《高中生必背古诗文40篇》（二人合著，第一作者），1989年广西人民出版社出版参与主编的《中国古代十大悲剧传奇》《中国古代十大喜剧传奇》，1992年广西师范大学出版社出版《中国古代诗话词话辞典》（副主编），2003年接力出版社出版《语文教学新思维》（主编）。

再看他在各类学术刊物上发表的论文，更是不计其数。他在中国传统文化的翰墨园中勤耕细作数十载，身上浸润了中国传统文化的深刻烙印。在他身上既有儒家的温文尔雅，又有道家的超凡脱俗，还有佛家的悲天悯人。

《三支翅膀》中的格律诗，是记写作者的个人经历、游历生涯、心灵历程、友人交往、社会重大事件的雪泥鸿爪。作者遵从白居易"文章合为时而著，歌诗合为事而作"的现实主义创作理念，其诗词作品不仅有叙事、抒情、议论、喟叹，也有唱和、酬赠、言情、描述……还有深层的哲学思考、民生关注。例如《浮槎行》《打虎行》，以新时代乐府抨击官场腐败。作者认为，诗学的最高信念，是"敬畏天地人，践履风雅颂"，写作要关注民生，关注人的心灵，具备民胞物与的高尚情怀。所以他走到哪，都会把所见所闻描摹成诗，跃然纸上。这是他的功底。如其《齐天乐·端午》：

国魂难逐江流去，年年又回重五。角粽香盈，菖蒲叶老，依旧荆南风土。人争济楚。喜排浪龙奔，撼天舟鼓。画扇褶裙，紫蓝红绿遍江浒。谁知贾傅怨苦？夜深来吊月，哀辞如诉。世论纷纭，人间底事，扬子居然反赋？是非谩语。渐引入田田，芰荷深处。写入春盟：晏时休醉舞。

同题的还有一首《点绛唇》：

事越千年，芳魂还系江边树。喧阗舟鼓。都道楚声苦。香粽菖蒲，情黯怀沙赋。心如煮。问天不语。争渡群龙舞。

正如农雪玲《三支翅膀·跋》所云："端午和屈原，这是古今多少文人骚客已烂熟于心的话题，然而先生这两首词用典自然，内蕴深涵，独有一种斯人已越千年的感而不伤、氤氲于心间之敦敦情怀，带上了今生今世的缱绻柔情，便不陷激发、不落愤恨，读完仿佛就有远峰一点挥之不去，余响回旋，似有若无，久久动人……沈师的古体诗词最妙处大概便在于此：不似山中一瀑直泻入潭，却如缓步穿林，转折间就见千顷碧波，粼粼之光，风拂云朗，令人心折。"[①]

在集子中，我竟然看到了他的一首《读京生兄＜宝刀不老志为刃＞感赋》。这是我 2014 年出版的一部论文集，他接到我的赠书阅后不久写下的，想不到竟也收录到了书中。其中两句颇受鼓励，诗云："雅量不随时令减""壮岁挥毫著六韬"。

沈家庄一生都在进行诗词的教学、研究和创作，读他的"翅膀第三，曲子词"，细数竟然涉及了数十个宋词词牌，例如：浣溪沙、念奴娇、金缕曲、蝶恋花、水调歌头、桃园忆故人、沁园春、西河、临江仙、破阵子、雪梅香、眼儿媚、望海潮、酷相思、西江月、齐天乐、翠楼吟、忆江南、点绛唇、八声甘州、踏莎行、风入松、木兰花慢、千秋岁引、鹧鸪天、千秋岁、浪淘沙、忆秦娥、暗香、江城子、八声甘州、南乡子、满庭芳、寿星明、满江红、水龙吟、满庭芳、梦江南、石州慢、汉宫春、金缕曲、采桑子、钗头凤、玲珑四犯、生查子、法曲献仙音、长相思、祝英台近、西吴曲、思佳客、贺新凉、眉妩、春从天上来、菩萨蛮、高阳台，等等。大率都是"寄身于翰墨，见意于篇籍"[②]的美篇佳作。

读着词中连篇的佳句，真如观潮听海，读者在无法躲避的阵阵潮澜之外，心灵也随之举翼远翔，思绪被拉回到旷古幽思之中。其词之凝练、精美，不知道的人，有时还真分不清是古人还是今人所写。他的词牌选用如此广泛，恐怕古代词人也为数不多，这彰显了作者文学大家雄厚的功底。在读其词作时，不仅让人感受那遣词造句珠玉闪烁，字字铿锵，且能够品赏出其中的沉雄的思虑和峻立的风骨，整体上具备一种旷放闲适、飘逸俊爽、浑成厚重的艺术审美品格。哪怕一首小令或中调，也能给人百转千回、绵远逶迤的意境暗示。透出一股如宋词般阴柔委婉，或

---

① 农雪玲：《三支翅膀·跋》，陕西人民出版社 2018 年版。

② 曹丕：《典论·论文》。

明朗俊爽的隽永真味……

综言之，沈家庄无论新体、旧体诗，还是填词，都能信手拈来、挥写自如，诚如诗歌评论家孙晓娅所云："汇通古今。不仅指诗歌观念，尤显圣于语言、意境、情绪、声音、节奏等诗歌技艺的操持和锻造。沈教授的《三支翅膀》为当代汉语诗坛承奉出卓然独特的新境，它立足当下生活，博雅中西，融贯新旧，哲思敏悟，悲悯万象，从多个维度打通并营构了新诗与旧诗的活态现场，彰显出古代与现代汉语诗歌丰饶的诗心魅力、灵动的日常生活审美与警示谏谕的思想深度。为新诗和古典诗词在当下的写作路径和范式提供了典范。"[1]像这样对于一本诗词集的评价，在当今诗歌界是少有的。

让我们祝贺作者挥动他特有的三只翅膀，在诗词的天地间盘旋九霄！

[作者单位：加拿大华裔作家协会]

姿态与尺度

---

① 孙晓娅语，见《三支翅膀》封底。

诗界 "领航员"

——论谢冕 1980 年代以来诗学研究

陈　卫　蔡丹阳

1980 年代，一个高质量诗歌喷发的年代，诞生了不少著名诗人。但是，受到诗人们尊敬，在同行中也被当作领袖的评论家并不多。谢冕应该是得到公认的一位，这跟他所在的北京大学有关，更跟他的行动能力有关。

在这批学院评论家中，谢冕的经历相对丰富。1932 年出生于福州，1949-1955 年，他是一位驻守海疆的解放军。复员后，1955 年考入北京大学。他喜欢写诗，也写报告文学，在北大时，任《红楼》刊物的诗歌组组长。1958 年，与同学一道编写《中国文学史》；1959 年，曾是 "诗刊社" 组织的《新诗发展概况》的写作组成员……这些经历和爱好，使他对于工作，不仅认真而且不甘落后。在中国当代歌研究界，对谢冕是可以不问年龄的，他一直像一位领航员，勇立潮头，辨别、指引着中国新诗的方向，而且勤恳热忱、精力充沛，走路也总是走在最前头。

一、"新潮诗" 的研究

1980 年代初期的诗歌界，任何风吹草动，都与政治有着千丝万缕的关联。北岛、舒婷他们的新潮诗（谢冕的命名，他不称 "古怪诗"，也不称 "朦胧诗"）的出现，在当时被当作政治事件。1980 年 4 月 8 日，有一个被中国当代诗歌史记录下来的会议，即南宁召开的第一次全国诗歌理论问题研讨会，谢冕作了一个《新诗的进步》的发言，针对新潮诗不被理解，他提出，"读得懂或读不懂并不是诗的标准"，有人追求朦胧效果，应当允许，他还指出 "编辑部和批评家不应该对不同风格流派的诗怀有偏见，看不懂的东西不一定就是坏东西。在艺术上即使是坏东西，靠压服和排挤是不能解决问题的"，这些观点在今天可能不新鲜，那时，就是第一声春雷。一个月后，这篇文章，以《在新的崛起面前》为题发表在《光明日报》上。与此同时诞生的，还有他同班同学孙绍振的"崛起"——《新的美学原则在崛起》[①]，是对谢冕的一个声援。由此全国也展开了轰轰烈烈的"朦胧诗"之争，两位诗评家在争论中一鸣惊人[②]。紧接着，谢冕发起创办了第一个诗歌理论刊物《诗探索》，亲任主编。中国诗歌研究界的学者，几乎都在这份不是"C刊""核心期刊"，但在汉语诗歌界很有分量的刊物上发表过重要诗学论文。这份刊物提倡诗歌的探索性、先锋性，吴思敬和林莽后来参与其中编辑，目前仍然是诗歌界富有影响力的诗歌和诗学刊物。

1980年代涌现出来的这批诗歌学者，各自有研究领域，且多有建树，在学术氛围还不是很浓的时期，他们为单打独斗型。谢冕则不同，他所在的北京大学，在学术界有着一言九鼎的影响。谢冕所有的工作，在今天看来，都有着强大的引领作用。

谢冕是较早出版诗学论著的专家，品种多，数量多，开创了当代诗歌批评和文学教育上的诸多第一：1980年7月，诗歌评论集《湖岸诗评》出版。1981年2月，诗歌创作论《北京书简》出版；1982年招收中国当代文学第一届硕士生；1983年，诗歌论文集《共和国的星光》出版，为北大中文系开设《中国诗歌研究》课程；1985年，诗歌文论集《论诗》出版，成立北京大学中国语言文学研究所，任所长；同年，指导学生编辑《新诗潮诗集》，后来人们谈到"朦胧诗"时，必须谈到这部由北大五四文学社印行的作品集；1986年，《中国现代诗人论》出版，开设了中国当代文学史研究方向的博士点，当选为中国当代文学研究会副会长；1989年，他设立"批评家周末"沙龙……这些足够说明，谢冕，北大当代文学学科带头人，是新时期重启学术研究、学位招生、新诗研究课程教学的行动者。民国时期，北大的诗歌教育来自废名、朱英诞，后有林庚等教师延续，谢冕接下这根接力棒，也靠自身行动，引领全国当代文学研究界特别是诗界。

对谢冕个人而言，1980到1990年代，也是他的诗歌评论和诗学著作丰收的时期。他不是一位一辈子只写一部诗歌史的学者，不仅专心学术，也有诗歌、散文创作。他学术视野非常广泛，简单地罗列一下，可见他的著作，既有文学史性质的学术书籍，也有研究诗歌理论的著作，

·诗论家研究·

---

① 参见拙文《思辨、反抗、创新：孙绍振1980年代以来的诗学研究》，《海南师范大学学报》（社科版）2010年第6期。

② 中国当代文学史上的"三个崛起"，还包括徐敬亚的《崛起的诗群》。

诗歌评论是他的专长。几乎这个时代的重要的诗人，都经过了他的眼。除前面提到的《湖岸诗评》《北京书简》，出版的论文集《共和国的星光》（1983年）、文学评论集《谢冕文学评论选》（1986年）、专著《中国现代诗人论》（1986年）、《文学的绿色革命》（1988年）、《诗人的创造》（1989年）、诗歌诗潮论《地火依然运行》（1991年）、专著《新世纪的太阳》（1993年）、文艺短论集《世纪留言》（1997年）等。新世纪以来，出版了《西郊夜话》（2000年）、《谢冕论诗歌》（2002年）、《回望百年》（2009年）等文学评论集和《燕园问学》（2002年）与《每一天都平常》（2004年）等散文随笔集。

不仅著述，谢冕还编选了大量的诗歌集，令人惊叹，如《中国当代青年诗选（197—1983）》（花城出版社，1986年）、《中国新诗萃（20年代初叶—40年代）》（与杨匡汉合编，人民文学出版社，1988年）、《中国新诗萃（50年代—80年代）》（与杨匡汉合编，人民文学出版社，1985年）、《鱼化石或悬崖边的树》（北京师范大学出版社，1993年）、《当代诗歌潮流回顾》（6卷）（与唐晓渡合编，北京师范大学出版社，1993年）。特别在1990年代之后，更多的大型诗选，由谢冕主持，也可看见他在诗歌界、学术界，都为同行认可。如《中国新文学大系（第四辑）诗卷》（与邹荻帆合编，上海文艺出版社，1997年）、《中国百年诗歌选》（山东文艺出版社，1997年）、《中国女性诗歌文库》（16卷）（春风文艺出版社，1997年）、《中国当代文学作品精选——诗歌卷》（北京十月文艺出版社，1999年）、《新诗三百首》（与牛汉合编，中国青年出版社，2000年）、《中国新诗萃（台港澳卷）》（与杨匡汉合编，人民文学出版社，2001年）、《现当代新诗诵读精华》（人民教育出版社，2003年），批评文集有《蓝风筝——中国当代学院批评丛书》（6卷）（与程文超合编，广东人民出版社，1999年）、《字思维与中国现代诗学》（与吴思敬合编，天津社会科学院出版社，2002年）等。

谢冕还参与主编大量的当代文学史、大型文学经典丛书、女性文学、港台文学以及作品作家选集、中小学生阅读作品等。如《中国当代文学作品精选（1949—1989）》（与洪子诚合编，北京大学出版社，1995年）、《中国当代文学史料选（1948—1975）》（与洪子诚合编，北京大学出版社，1995年）、《20世纪中国文学丛书》（10卷）（与李杨合编，时代文艺出版社，1993年）、《中国当代文学作品精选（1949—1989）》（与洪子诚合编，北京大学出版社，1995年）、《中国当代文学史料选（1948—1975）》（与洪子诚合编，北京大学出版社，1995年）、《中国百年

诗探索16　理论卷　2019年　第4辑

文学经典文库》（10卷）（与孟繁华合编，海天出版社，1996年）、《百年中国文学经典》（8卷）（与钱理群合编，北京大学出版社，1996年）、《百年中国文学总系》（11卷）（与孟繁华合编，山东教育出版社，1998年）、《百年百篇文学精选读本》（5卷）（天津教育出版社，2002年）、《2005散文卷》（北大年选）（与高秀芹合编，北京大学出版社，2006年）、《中国新文学大系（第四辑）诗卷》（与邹荻帆合编，上海文艺出版社，1997年），为个别诗人编的诗文选集有《徐志摩名作欣赏》（中国和平出版社，1993年）、《罗门诗选》（中国友谊出版公司，1993年）、《唐亚平集——黑色沙漠》（春风文艺出版社，1997年）、《金克木散文选集》（百花文艺出版社，1996年）、《余光中经典》（海峡文艺出版社，2007年）等。

可以说，这个时期的谢冕，是当代学界的弄潮儿。其中，2010年由人民文学出版社出版的大型中国新诗选本《中国新诗总系》（简称《总系》），被学界看作是最具权威性的中国新诗典藏。2012年6月，《谢冕编年文集》（共12卷）由北京大学出版社出版。

无论是诗歌观念、诗歌教育、当代文学领域的建设，1980年代起步的谢冕，总是迎着狂风暴雨，走在最前面的那位。

二、文学和诗界的先锋

在1980年代这批学者中，最早投入学术著述写作和出版，而且著作丰富，研究视野开阔，给文学青年影响最大的，应数谢冕。

谢冕的诗论，涵盖很广，是当代学者中较好完成完整的当代诗歌理论建构和作品体系的学者。他的论述集中于诗歌的基本观念、诗歌分类、诗歌批评以及当代诗歌评论上。

《北京书简》（1981）是他早期出版的诗歌论著。从最基本的诗歌术语、诗歌写作入手，提炼以下概念：诗与人民、生活、抒情、叙述、形象、立意、构思、诗意、创新、精炼、风格、韵律、散文诗、儿童诗、诗与时代、诗与政治、诗遗产、诗批评。从标题看，虽然这些词语之间，没有特别统一的逻辑关联，但是可以看出，一部分是关于诗歌写作和诗歌特性的内容，一部分关于诗歌文体，有的貌似逻辑混淆。散文诗和儿童诗，是两个有重叠的逻辑概念，但是，他关注的是诗歌写作的本体问题，而不是纯做逻辑推理。

对于诗歌批评，谢冕特别关注，在后来的著作和文章里，如《诗人的创造》中都有提及。谢冕认为，诗的批评"要与诗的特性结合起来"，要讲"诗的思想内容"，考虑诗"如何言人民之志、抒人民之情……如何飞腾想象力以构成它的艺术形象，如何通过音乐的因素以组成语言的韵律感等"。诗评要注重诗的个性。和诗人做朋友，不熟悉的作品，绝不作诗评。评诗人不要停留在抽象思维上，要把诗"还原"。诗评作者要学着写点诗。诗评要有诗意。诗评不仅讲点文采，而且讲点诗的色彩。题目也应丰富多样，使之具有形象性，招人注意，增强诗评的威力。写诗要精炼，评诗也要精炼。诗人要有发现，诗评工作者也要有发现。鼓励百花齐放。

《诗人的创造》（1989）是一部揭示诗歌写作秘密的学术著作。谢冕从诗的运思、写作和欣赏、批评角度进行阐释，关键词有：感觉、意象、想象、灵感、构思、变形、语言、节律、欣赏、批评等。可能是他自己从事批评的缘故，他特别提到批评是一种技巧，也是一种创造，"决定文学批评的力量的是批评家的思想深刻性和精当地把握对象的理论穿透力。"他指出"批评必须是艺术的批评，要是失去了艺术的本质，而只读批评的艺术，这事实上乃是一种倒置"。他还认为要恢复批评的自尊，批评家要有历史感，重视当代性，作为思想者站在"时代潮流"的前面。

具体谈到诗歌评论，"诚然需要冷静的逻辑推理，但更需要情感的燃烧。不动情的诗人是没有的，不动情的诗评家而竟然成为诗评家只能是一种不幸。这是一种重视情感的批评……诗评离不开顿悟。"[1]诗评是微观和主观的结合。诗歌语言"除了科学性和严密性，还应当是精美的。这包括诗歌评论应当驱逐陈旧的语言（尽量不采用宣传用语和时间性太强的提法）而采用有感染力的语言，包括诗评的题目，都要力求以具象的可感的方式出现为好。[2]"由此关注一下谢冕诗歌评论的题目：《天真：透明的核心》是为简宁诗歌所写的评论题目，《列车找不到终点》是一篇评论台湾现代诗歌的论文……

谢冕为何特别重视诗论语言，他在《自述 我的"反季节"写作》中说道："我希望我的文字给人愉悦……我希望人们在阅读时忘记人间的一切不悦，希望阅读成为人们逃避愁苦的一种快乐。这番认识，是我人过中年以后逐渐形成的。青年时代，我有点激进，有很多自以为是的

---

① 谢冕：《诗人的创造》，《谢冕编年文集》第六卷，北京大学出版社2012年版，第231页。

② 谢冕：《诗人的创造》，《谢冕编年文集》第六卷，第242页。

承担，读我的文字一定会有一种紧张感……其实我是一个清醒的悲观主义者……我要用我的文字温暖他们，也温暖自己。"①

在论文写作日趋规范的年代，要保持个性化语言并不容易。这一点，谢冕始终坚持，吴思敬曾著文评价，"以诗人的激情书写诗歌评论，笔锋常带感情。他的评论是诗化的评论，不仅以强大的逻辑力量说服读者，更以富有诗意的语言感染读者。"这些文字出自《中国当代诗坛：谢冕的意义》②。吴思敬除了提及谢冕的评论语体，还从四个方面，给谢冕做出高准定位：1、谢冕作为评论家的高瞻远瞩，《在新的崛起面前》是一篇具有划时代意义的当代诗歌史上的经典文献，有"远见卓识的眼光和勇于承担的人格"；2、对百年中国文学和百年中国新诗的研究有宏观视野，主编有《中国文学百年梦想》《百年中国文学总系》《中国新诗总系》等系列丛书；3、为诗歌评论界和当代文学领域培养了一批人才；4、为诗歌评论界树立了一种人格的典范，"是一位追求真理的理想主义者，或者说他是一位寻梦者"，主持重大项目、创办《诗探索》、建立北京大学新诗研究所等。

学术界大多学者，循规蹈矩地引文、阐释、分析、总结。不少论文行文、结构一样，面目雷同，翻看学报，如读一文。即便是诗歌论著，谢冕也没有停下新鲜主题的寻找和写作技法的尝试。并不是说，谢冕没有史料意识，没有资料积累，不引用材料，不做学术判断。反而，他的论著，既有关于诗歌基本概念阐释的，也有关于诗人诗论、诗歌史的，另外还有以某一年份而展开对社会、文化、历史、思潮的观察的，如《1898：百年忧患》，是谢冕为实践他的"百年中国文学"设想而进行的一个写作尝试。据孟繁华的回忆③，1995 年 11 月，召开了第一次编写会议。谢冕向全体与会者阐发了《百年中国文学总系》缘起、过程和追求的目标，并以十六字对此作了概括：长期准备、谨慎从事、抓住时机、志在必成。通过一个人物、一个事件、一个时段的透视，来把握一个时代的整体精神，从而区别于传统的历史著作。根据这一启发他提出了丛书编写的三点原则：

一、"拼盘式"：通过一个典型年代里的若干"散点"来把握一个时期的文学精神和基本特征。比如一个作家、一部作品、一个作家群、一种思潮、一个现象、一个刊物，等等。这说明丛书不是传统的编年史

---

① 见古远清编著《谢冕评说三十年》，海天出版社 2014 年版，第 5 页。

② 见古远清编著《谢冕评说三十年》，第 84-88 页。

③ 谢冕：《1898：百年忧患》，《谢冕编年文集》第六卷，第 199 页。

式的文学史著作。

二、"手风琴式"：写一个"点"，并不意味着就事论事、就人论人，而是"伸缩自如"。"点"的来源及对后来的影响都可以涉及、强调重点年代，又不忽视与之相关的前后时期，从而使每部著作涉及的年代能够相互照应、联系。

三、"大文学"的概念：主要以文学作为叙述对象，但同时鼓励广泛涉猎其他艺术形式，如歌曲、广告、演出等等。

一改刻板陈旧的学术研究面目，用生动活泼的文字，把中国的文学放在历史、社会、政治、文化中进行自由而多角度的展现，当然，谢冕也要引用历史材料，如描写黄海硝烟，不是建立在想象，而是立足于史料。读谢冕的著作，倒不是期待他从故纸堆里翻出一堆尘封百年、闻所未闻的材料，而是在人们熟视无睹的历史卷册中，能感受到谢冕作为一个自由知识分子的激情而热烈的思考。

谢冕有创造学术术语的勇气。比如，他发明"新诗潮"这一个术语。当诗歌史普遍用"朦胧诗"这个带有贬义的词来描述北岛、舒婷他们的诗的时候，诗人不满，不少学者也提出异议，谢冕没有使用大家都用的这个术语，根据他对这一类诗歌的认识，用了"新诗潮"，以区分之前流行的"政治抒情诗"。他在1991年出版的《地火依然运行》[①]中说："新诗潮"，是"我比较早地在北大使用的"，对"朦胧诗"及"古怪诗"概念的一种矫正。新诗潮的内涵包括三点：一是时代性，二是现代倾向，三是开放体系。这部著作，就是对"朦胧诗"（新诗潮）的一次全面总结，他肯定这是中国艺术新革命，对传统文学的恢复与超越，向着表现内容、表现形式与欣赏定势的双重挑战。从单一向着多元推进，诗歌真实生命的回归。对于朦胧诗的诗美特征，归纳到位：从意义的诗到意象的诗，从直接说明到间离效果，从模糊写意到整体象征，从匀称完整到破缺失衡，从平面铺展到立体结构。对一种新出现的诗歌特征，进行理论概括，并不容易。这些理论形态的概括，今天看来，还是准确到位的。

著作等身，并非句句真理——谢冕明白这点。特殊时期的少作，在已成名人的今天，拿出来，呈现在大众面前，不是为名为利，而是敢于面对自己，是一种为了学术才有的勇气，需要强大的人格力量支持，因为这是一个抉出内心、挖肝剖胆的活儿。摘录一段，可看到谢冕下了

---

① 谢冕：《地火依然运行》，《谢冕编年文集》第六卷，第374页。

多大的决心。《百花争艳的春晨》是谢冕大学时期的文字："开国后，诗歌战线有两次最重要的战斗：一是1953年对长期隐藏在革命阵营内部的胡风反革命集团的彻底揭露与批判，一是1957年对反党反社会主义的右派分子以及修正主义分子的斗争。前者，以胡风为代表；后者，以艾青为代表。"① 学生时期的谢冕，逻辑严密，不过文学史著作中却大量使用意识形态语言，诸如此类"歪曲、污蔑革命是胡风派诗人的惯技。他们的作品甚至连虚伪的艺术外衣都剥掉了，只剩下赤裸裸的反动性……把诗歌当成发向人民的毒箭。"② "1956年底开始，艾青写出一连串反党反社会主义的歪诗。他用寓言诗的形式，恶毒地攻击党，把党写得漆黑一团……艾青的下坡路已走到极点。伴随着政治上的反动，艺术上朦胧晦涩的阴暗歌调又在死灰复燃，早期的现代派的货色又改头换面地出现，《智利的海岬上》就是这种恶性发展的明证。政治上的反动，灵魂的空虚只有导致艺术的堕落。这个反党反社会主义的现代派余孽甘心情愿地走上为资本主义殉葬的死路。"③ "公刘、邵燕祥、流沙河可算是年轻一辈的右派诗人的代表。他们在党的培养下刚出了几本诗集，就飘飘然起来，把写诗当作凌驾于党和人民之上的个人资本。于是，在政治上逐渐反动的同时，艺术上也堕落到无聊的地步。整风期间，恩将仇报，疯狂地向党和人民射出冷箭。"④ 诸如此类的政治性评论，完全看不出谢冕的语言风格。真实的谢冕在哪里呢？多年后，他解释了自己年少的行为，这种反省的勇气不是一般人能够做到的。在素予的《诗歌，为了自由和正义》中，有谢冕对当年写《新诗发展概况》的剖析，"那是很复杂的一个产物，也可以说是少年无知，受到一种号召，那对诗歌历史是一种歪曲的写作、歪曲的表达。那也是历史的产物，一种非常曲折的，充满了内心矛盾的产物，现在我把它保留下来了。"他认为诗人，应该"始终和时代站在一起，在重大事件面前选择人类的正义"。这就是谢冕坚持用自己的方式写作的原因。

古远清编选的《谢冕评说三十年》，把与谢冕发生争议的人事都汇集成书，不单单有艾青、臧克家等人有关"朦胧诗"的论争，也有韩石山的一篇《谢冕：叫人怎么敢信你》、余云疼的《请教谢冕教授："沙扬娜拉"是人吗？》、艾尚仁的《谢冕诸君应有个说法》等文章。韩石

① 谢冕：《百花争艳的春晨》，《谢冕编年文集》第一卷，第693页。
② 谢冕：《百花争艳的春晨》，《谢冕编年文集》第一卷，第694页。
③ 谢冕：《百花争艳的春晨》，《谢冕编年文集》第一卷，第696页。
④ 谢冕：《百花争艳的春晨》，《谢冕编年文集》第一卷，第696页。

诗论家研究

山文章非常尖锐，说到谢冕在短期内，出版两套经典《中国百年文学经典文库》和《百年中国文学经典》，他仔细对比了选择的作者和作品，发现高度的不一致，由此指出"在不长的时间里，这边与钱理群联手，那边与孟繁华合伙，一下子就抛出了两大套、十八巨册的'经典'，闹嚷嚷地分别在南北两地上市。"甚至还有更尖锐的"你是北大中文系的教授，我只当过中学语文教员，……你拿正事当游戏，做得实在出了格，不光污了你半世的清名，也污了北大百年的盛誉"①。谢冕没有反对把这些文章收集起来，展示给读者，他要的不是面具。

作为全国著名的诗评家，谢冕也敢于说自己读不懂诗，并且把这段对话刊登出来，给读者了解，《第三代诗人与当代文学经典——谢冕、黄子平与李劼一席谈》②中有谢冕的真实：他和同行谈到对第三代诗的理解，他问李劼喜欢第三代诗有无标准，"不管懂不懂吗？"对这些诗歌，谢冕明确表示"有隔膜"，也反思自己的阅读态度需要改变，"用一种不求甚解的态度读现代诗，在其外围捕捉一些感觉"。这篇文章，他们探讨了诗歌问题所在，也指出对传统和经典的认识。"我现在几乎要不懂语言了。我发现你们现在谈语言好像是非常热门。"

对于史料的发掘，谢冕明白不可不重视，但并非自己志趣，"我无意于工作精密的史实考订，也许我将因史实征引的不确而贻误他人，对此我只能遗憾地抱歉。"③如《新世纪的太阳——二十世纪中国诗潮》，准确地说，这是谢冕一部准诗歌史著作或曰百年诗歌史随笔。它使用了雄浑富丽的语言，描述中国诗歌的百年历史。并非教科书那种客观、严肃的学术语言。标题是充满暗喻的提示，如"古典王国的衰亡""前夜的阵痛""女神们的创造日""怪影与异国情调"等等，熟悉这段诗歌历史的读者，一看就能明白，作者想要文字还是论文结构。这一段文字，显示了谢冕的睿智，如果说他是诗歌史的撰写者，不如说是诗歌史的思考者。谢冕自己说："我不愿将此书视作传统意义的学术专著。它只是一种散漫的随想。这几年我逐渐觉悟到：我们根本无法穷尽世界，也根本无法逼近历史，甚至连较为全面充裕的描写和叙述都难做到。在这匹奇大无比的象面前，我们只是笨手笨脚而又愚蠢地自信的盲人。我现在所从事的也只能是对于曾经发生过的事件的仅仅属于个人

① 见古远清编著《谢冕评说三十年》，第135页。

② 谢冕：《第三代诗人与当代文学经典——谢冕、黄子平与李劼一席谈》，《谢冕编年文集》第八卷，第108页。

③ 谢冕：《新世纪的太阳》，《谢冕编年文集》第七卷，第378页。

的解释和评价。"①

《新世纪的太阳》的写作，让谢冕感到了从事学术研究，和诗歌一样，也需要探索。他在后记中说："我对于新诗的思考，从 70 年代末到整个 80 年代，基本上是在反思历史，是对新诗作整体的回顾。那是一次又一次刻骨铭心的经历。到了 20 世纪 90 年代写这本《新世纪的太阳》时，我已经开始调整自己的学术思路，把重点放在对于规律的认识和总结上。也是从这时开始，我挣脱了一切的心理障碍，开始了自以为是的，无拘束的，快乐的思考和写作。"②谢冕一次次描述自己的设想，明确写作的方向，享受思考的快乐。

三、诗潮、诗评和诗史

谢冕笔耕不断。诗歌评论是他集中用力的一个领域，在当代诗人们中，影响甚大。

（一）诗潮论列

如前所述，1980 年的"崛起"之争，谢冕名声大噪，成为新诗潮主流的理论领袖，且不遗余力。1985 年《文学评论》刊登《断裂与倾斜：蜕变期的投影——论新诗潮》（1985 年），谢冕表示"新诗潮不是孤立的。它对于不合理的断裂的'修复'，以及在'修复'过程中的合理的倾斜，鼓涌着的是艺术更新的野性的力量。"③在《冲突与期待：加入世界的争取——论新诗潮》（1986 年）中，谢冕明确表示五四新诗运动根本性的使命在于打开通向世界的缺口，冲破自我封闭状态而加入世界，"诗歌内涵的革命，是争取向着世界现代意识的方向逼近。"④《错动和漂移：诗美的动态考察——论新诗潮》中，谢冕更是用自己独特的解读方式——板块构造学，以"地质师"的眼光解释了中国新诗的"造山运动"。"诗歌有它的各种自然应力——它的特殊形态的压力张力和扭力造成了自身的形变。"⑤作者总结了三个大板块的错动，分别为 20 世纪最初十年、30 年代至 70 年代中叶的革命诗歌运动、最近十年（写作时间 1987 年）新诗潮和后新诗潮。他还发现可以用"累积式递进"来阐释新诗潮的两

① 谢冕：《新世纪的太阳》，《谢冕编年文集》第七卷，第 377 页。

② 谢冕：《新世纪的太阳》，《谢冕编年文集》第七卷，第 380 页。

③ 谢冕：《断裂与倾斜：蜕变期的投影——论新诗潮》，《文学评论》1985 年第 5 期。

④ 谢冕：《冲突与期待：加入世界的争取——论新诗潮》，《文艺争鸣》1986 年第 3 期。

⑤ 谢冕：《错动和漂移：诗美的动态考察——论新诗潮》，《当代文坛》1987 年第 6 期。

个阶段，即激情宣泄的阶段和理想的沉思阶段，它显现的是从全体到个别的大裂变和大聚合，是"外在景观和内在素质的全面变革的错综复杂的叠加"。① 谢冕也积极讨论后新诗潮的兴起，在《美丽的遁逸——论中国后新诗潮》（1988年）中，他指出"后新诗潮作为新诗潮的延伸和拓展，除了对于前期发展的某些重要因素的疏远与分离之外，它还以本身的矛盾复合乃至对立的艺术现象让人迷惘"。② 后新诗潮追求平民意识和非崇高倾向，陷入了一个文化重构与"反文化"的怪圈，使得诗的鄙俗化与文化寻根形成的高贵化构成对立，而这个时期的诗人凭直觉把握人类的生命活动，从内部洞察生命现象。他们对生命体验的兴趣，与平民意识和对艺术的典雅怀有敌意等现象，确是中国现今诗歌的极端化表现。最后谢冕认为，只要诗的生命力没有萎缩，艺术的多元结构就不会解体，"古怪的极端"和"极端的古怪"便会存在。

谢冕著作中有不少是关于诗潮的文字。1991年出版的诗歌诗潮《地火依然运行》从"纵向的考察"和"横断的扫描"两个层面，就新诗潮的历史形成、文化背景、构成形态和审美表现展开了鞭辟入里、广泛深入的探讨。此外《新世纪的太阳》（1993年）、《当代诗歌潮流回顾》（1993年）等著作也涉及对中国诗潮的思考。

（二）诗人评说

肯定新潮诗歌的发展，谢冕除了出席国内外学术研讨会、发表重要讲话，也为著名诗人的诗集撰写序言评论，他常以独到的眼光和真诚宽容的态度评价诗人作品的艺术价值及文学史意义。

谢冕用充满诗情的文字表达对冰心、闻一多、李金发、穆旦等现代著名诗人的深切怀念。谢冕在《我们面对一个海》（1992年）中评价"冰心是中国新文学第一位以较为全面的创作覆盖，而在小说、散文、诗和儿童文学诸品类显示独特风格并卓有成就的女作家"。③ 除了评价冰心人道精神中的温情，谢冕还细心地发掘她作品中少有的抗争精神；谢冕常在诗人诞辰纪念会上发表演讲，在《中国新诗史上的闻一多——纪念闻一多先生诞辰100周年》（2000年）中，他回顾了闻一多一生的创作历程，将他的诗学追求称为古典性的现代和现代性的古典的结合；《别开生面的贡献——在嘉应大学李金发百年诞辰纪念会上的讲话》（2000年），评价李金发在中国新诗史上是一个"怪异"者，他开创了中国现

① 谢冕：《错动和漂移：诗美的动态考察——论新诗潮》，《当代文坛》1987年第6期。

② 谢冕：《美丽的遁逸——论中国后新诗潮》，《文学评论》1988年第6期。

③ 谢冕：《我们面对一个海》，《当代作家评论》1992年第1期。

代象征诗歌，真正实践了中国新文学"别求新声于异邦"的时代追求;《一颗星亮在天边——纪念穆旦》（1997年），谢冕认为穆旦作为诗人最可贵的品格便是艺术上的独立精神。此外，谢冕对诗坛"常青树"表达了崇敬之情，谢冕承认自己的习作很大程度受了林庚的影响，而在《林庚的诗歌精神》（2000年）中，谢冕阐释了林庚先生的特殊魅力在于"深厚的古典诗歌造诣与真切的现代诗实践"[①]，并将他的诗歌精神与人格精神相互联系;在《常青树的祝福——在郑敏诗歌研讨会上的发言》（2004年）中，谢冕分析了郑敏诗歌创作和理论批评的前提基础、美学基调与艺术特色，评价读她的诗能得到超然的抚慰和感动。

谢冕在多篇文章中谈及关于舒婷、北岛、海子等新时期诗人的诗歌创作。《在诗歌的十字架上——论舒婷》中，谢冕认为舒婷是动乱结束之后最明确地提出"人"的命题的一位诗人，称其诗中呈现了混乱时代造成的"混乱的丰富性"；谢冕曾经以纪念海子为题主持"批评家周末"座谈会，也曾多次写下关于海子的文章。《不死的海子》中，谢冕认为海子"把古典精神和现代精神、本土文化和外来文化、乡土中国和都市文明作了成功的融合，以及他的敬业精神、他对诗歌的虔敬"[②]，这就是他对于中国诗歌的创造性贡献。

近年来，谢冕更多地将阅读诗人诗作的感受付诸文字，《岁月中的那些花瓣——谭仲池长诗＜东方的太阳＞读感》高度评价谭仲池的《东方的太阳》为"史的诗"和"诗的史"，并概括了其谋篇谨严、意象绵密、语言新鲜而不落俗套等艺术特征。谢冕也尽心尽力地给探索诗歌实验以充分的肯定。《詹澈的诗体实验》（2018年），谢冕则肯定了台湾诗人詹澈的"五五诗体"，赞赏其试图为新诗寻找一个健康合适身体的勇气和魄力。此外，谢冕还解读刘登翰作为严肃学者的治学风格（《他的天空博大恢宏》，2016年），肯定李黎面对朦胧诗情绪化的背景之下的冷静思辨（《诗歌其实就是梦想——读李黎＜诗是什么＞》，2014年），以及卢文丽文雅、美丽的诗风及善良、悲悯的可贵情怀（《倾听卢文丽——读＜礼——卢文丽诗选＞》，2018年）。

谢冕涉及诗人评说的著作有《湖岸诗评》（1980年）、《中国现代诗人论》（1986年）等，也曾编著过《徐志摩名作欣赏》（1993年）、《余光中经典》（2007年），整理收录著名诗人的作品。

（三）诗史记录

① 谢冕:《林庚的诗歌精神》,《文学前沿》2000年第2期。

② 谢冕:《不死的海子》,《谢冕论诗歌》,江西高校出版社2002年版,第368-369页。

进入 21 世纪以来，谢冕更注重用文字记录 20 世纪中国新诗史，并给予发展中的新诗一个定论。在总论《论中国新诗》（2002 年）中，他将发端于"五四"新文学革命的新诗运动称为一次中国诗学挑战，强调"新诗的成功使它成为现代中国人无可替代的传达情感的方式。对中国新诗在告别古典的革命中出现的若干偏离的质疑，重申了传统对于发展的必要性"。① 谢冕更多地通过时间划分的方式对 20 世纪中国新诗进行梳理，《20 世纪中国新诗概略：1919-1949》中，他指出五四新诗是应时代的要求，以接近群众的白话语言反映现实生活的中国新诗，它彻底打破旧诗词格律的束缚。概述了中国新诗的发展历程，从白话诗到"五四"文学研究会、创造社的新诗，从象征派诗风到"左联"倡导的革命诗歌的战斗精神，谢冕都给予详尽的记录和分析；在《20 世纪中国新诗概略：1949-1978》中，谢冕表示中国当代新诗的主流意识是由颂歌和战歌两大潮流的分立和聚合体现的，这造成了当代新诗有异于"五四"以来现代新诗的独特形态。他在文中重点提到田间、臧克家、冯至、闻捷、贺敬之等作家的创作历程，同时还介绍李瑛、邵燕祥作品中不同于解放区诗人的独特军旅风格。1950 年代的台湾新诗也在讨论的范围内，谢冕认为"从诗歌生态方面来看，它是一种纠正失衡的互补的存在，从完整的中国新诗史来看，它证实了中国新诗历史性的绵延并不会因为社会环境的改变而中断的事实。"② 作者讨论了"归来主题"的审美风尚，认为这一阶段诗歌诉说的苦难把残缺、破损、畸变和失衡推向中国文学惯性审美意识的前沿，并且合理地取代先前的规范，使中国新诗意象体系和美学风范发生巨大转变。他还称 1980 年代是中国新诗的复活节，期间所展现的诗新生的场景表现为朦胧诗运动以及中国新诗传统艺术精神的恢复和发展两个方面。

在《20 世纪中国新诗：1978-1989》中，谢冕概括了 80 年代的两种诗歌，分别是主流诗歌和有异于常的非主流诗歌，并细致地分析了当时著名的诗人及作品：在黑暗与光明际会的诗人代表食指、黄翔，以明确的对灾难性现实的批判思考而有别于传统的颂歌形态；叶文福和雷抒雁的诗歌弥合了诗与现实曾经发生的脱节，同时李松涛、叶延滨、王泽州的作品都预示着一个悲怆的忧患的审美态度正在涌现。谢冕强调"新诗潮是中国社会发展一个特殊时代的产物，它以长达十年的'文革'动乱为背景，它的诗情凝聚着对于当代社会灾难的严峻反思和叛逆精

---

① 谢冕：《论中国新诗》，《文学评论》2002 年第 3 期。

② 谢冕：《20 世纪中国新诗：1949-1978》，《诗探索》1995 年第 1 期。

诗探索 16　理论卷　2019 年　第 4 辑

神。"① 文中提到的作家有北岛、芒克、多多、江河、顾城、舒婷、梁小斌、骆耕野等，在"新诗潮"这个众声喧哗的群体中，诗人们用作品表达对旧时代的反思和批判，以及对已成颓势的传统艺术规范的反抗和革新。"后新诗潮"的杨炼、王小龙、于坚、李亚伟则用平常状态、平常心和平常话语来反抗"新诗潮"在内容和艺术上的"贵族的倾向"，谢冕称其为"美丽的混乱"，"是自有新诗历史以来最散漫，也最放纵的一次充满游戏精神的诗性智慧的大展示。"②

谢冕也在世纪之交抒发自己的感慨，他称世纪末预示一个时代的终结，而对于中国诗歌而言，可能更意味着一种无以摆脱的沉重。在《一个世纪的背影——中国新诗1977-2000》中，他提到了穆旦、昌耀、辛笛、曾卓、公刘等前辈诗人的离世给新世纪诗坛留下新的思考和新的忧患。

谢冕一直认为，应该给热爱诗歌的作者更多的支持，所以他的诗歌评论态度温和，充满慈爱保护之心。但是，有时也会有严厉的批评，如《有些诗正离我们远去》，对中国诗坛的唯我风气，进行严厉的批评：有些诗正离我们远去。它不再关心这土地和土地上面的故事，它们用似是而非的深奥掩饰浅薄和贫乏。当严肃和诚实变成遥远的事实的时候，人们对这些诗冷淡便是自然而然的。对于写诗的人来说，受众的冷淡是一场灾难。遗憾的是那些沉溺于自恋的人们并未觉察到这一悲剧的事实。他们一味地写那些遥远而又空玄的诗。假设的、未能兑现的未来的承诺使他们执迷不悟，他们在孤独和寂寞中变得固执了。他们并不拷问自己，只是一味地抱怨别人。这就造成了一种循环：受众因他们的与己无关而冷淡；他们因这种冷淡而更为与世隔绝——谢冕不怕得罪诗人，而是怕得罪诗歌。

（四）诗歌创作及他评

2012年，《谢冕编年文集》（共12卷）由北京大学出版社出版，收录了谢冕1947年至2012年2月的所有作品，其中诗歌有近四百首，大多创作于1978年之前。自1948年1月写下第一首诗歌《牛与公鸡》，谢冕便不断有诗歌习作，许多作品未刊稿，后编入谢冕自编的诗集《归途》《诗总集》或《百花山》中，如《夜市》《村晨》（1961年）等；也有部分诗初刊于《北京大学》校刊，如《我的心飞向第一线》（1960年）也收入在《谢冕编年文集》中，他的作品有短诗、长篇叙事诗、散文诗等。

---

① 谢冕：《20世纪中国新诗：1978-1989》，《诗探索》1995年第2期。

② 谢冕：《20世纪中国新诗：1978-1989》，《诗探索》1995年第2期。

1980年代以来，谢冕的学术活动开始真正进入繁盛期，而与此同时，关于他的诗学批评的研究也陆续跟进，并取得一定的成就。

80年代，程光炜发表文章《诗的现代意识与社会功能——与谢冕同志商榷》（1986年），肯定了谢冕对新诗强烈的责任感与使命感，但对《断裂与倾斜》中"当代诗若想与世界诗潮同向发展，就必须重视诗的审美判断并淡化其社会功能"的理论观点表示怀疑，认为不应该掠过当代中国的社会现实，期待新诗与现实脱节而又迅速的发展。作者论述了"五四"的含义并非仅仅是谢冕所言的"对诗人主观世界的揭示和新诗格律化的刻意追求"，而还在"彻底反帝反封建的思想空前大解放的伟大运动和诗人们对社会的责任感，诱发并导致了新诗在理论、格式、方法、技巧等环节上的现代化。"[①]《谢冕：一代人的缩影——兼论新时期诗歌流向》（1988年）中，管卫中认为谢冕的诗歌批评是一种基于民族忧患意识的社会历史批评，赞赏他严峻诚实的历史态度以及流露于其中的对新诗的殷切期望，并评价他是一位有胆识、理论坚定性和战略眼光的优秀的批评家；黄子平在《通往"不成熟"的道路——<谢冕文学评论选>序》中评价了谢冕的文章气势恢宏，笔饱墨酣，显示了一种宏观地把握一个时代复杂文学现象的理论能力。

1996年第4期《文艺争鸣》的当代批评家论中收录了李书磊的《谢冕与"朦胧诗案"》、孟繁华的《精神信念与知识分子的宿命——谢冕文学思想论纲》、程文超的《永远的独立思想者——谢冕与我们的时代》和韩毓海的《谢冕的"现代"——<新世纪的太阳>释义》四篇文章，从不同角度进行分析与评价，构成谢冕研究专辑。李书磊通过"谢冕的论说"和"他所论说的对象"即朦胧诗本身两个方面来论述，认为"谢冕的文章始终保持着一种平和的语调，并且把话题严格局限在诗与艺术的论域之内（尽管他的话后来被人作了非艺术的意识形态化解释），体现了一个学者成熟的风范。"[②]；孟繁华概述了研究谢冕并走进他精神空间不可忽视的视角的三个方面，认为谢冕不仅有特立独行的文学批评实践，又有自我批评的真诚心态，这种自我更新的内在紧张，使他保有批评活力并长期处于批评领域前沿；程文超认为谢冕属于重思想、问题中人、倾向历史的诗评家并作出了合理化的解释；韩毓海则是概括了谢冕《新世纪的太阳》这部诗歌史的三个描述层次，并读出了谢冕文字言

---

① 程光炜：《诗的现代意识与社会功能——与谢冕同志商榷》，《文学评论》1986年第4期。

② 李书磊：《谢冕与"朦胧诗案"》，《文艺争鸣》1996年第4期。

辞中独来独往的趣味。

新世纪以来，不少学者作家继续研究谢冕的文学批评，《谢冕：在历史与审美之间》（2003年）中，毕光明提取了谢冕评论文章中出现得最频繁的字眼，如创造、探索、多元化、多样化、个性、自由、宽容，认为他"属于最先觉醒并义无反顾地驰突在文学的艺术自觉的前沿，决不退缩和让步，韧性地为从劫难中复苏的新文学争取着创造的自由和艺术上的现代性的集诗人气质与知识分子责任感于一身的拓创性批评家"①，并从"新潮诗歌的推动者""历史的沉思""痛苦的'现代'情结""诗化的批评语言"几个方面来阐释谢冕的意义；《自觉的马克思主义批评策略——谢冕的文学批评简述》（2007年）中，梁晓辉认为定位历史的敏锐、发现美的敏感、突破常规的开拓精神共同形成了文学批评的谢氏风格，这实质上是马克思主义文学批判方法在实践中的运用；孟繁华在《中国作家》上发表文章《谢冕和他的文学时代》（2009年），评价谢冕从20世纪80年代初期至今的文学批评都是将"五四"作为自己的思想资源，但他倒是经常提醒自己和世人对"五四"的激进和偏执有所警觉。作者还提出谢冕对学术规范的重视，以及所展示的宽阔胸怀和非功利性的目标追求，使他有一种纯正的学院品格；《诗意与激情中的历史意识——论谢冕的诗歌批评》（2005年）中，张大为用"历史知识的个人谱系与参照坐标""对于历史真实的诗性把握"和"忧患意识与乐观意识的辩证统一：历史意识的整体基调"②三个方面来探讨谢冕批评的强烈的历史意识特征，以及诗化人格与诗性体验的个人化表达方式。

2012年关于谢冕文学批评的研究文章数量较多，曹文轩的《"谢氏文体"——又一种批评》（2012年）通过回到创作情景，认为谢冕对诗歌、诗人以及诗歌创作过程的体会，决定了他在研究中必定使用个人的艺术经验，而其学术表达更加坚信形象化语词背后的理性力量和充满浪漫主义情调的批评个性。曹文轩还在文中高度评价谢冕创作的叙事长诗，称其具有"淡定、纯粹、入木三分的细节、氛围感、现场感、惟妙惟肖、画龙点睛"③的最高级叙事作品所需要的一切品质；吴思敬在《中国当代诗坛：谢冕的意义》（2012年）中认为谢冕是一位高瞻远瞩的

---

① 毕光明：《谢冕：在历史与审美之间》，见古远清编著《谢冕评说三十年》，第25页。

② 张大为：《诗意与激情中的历史意识——论谢冕的诗歌批评》，《阴山学刊》2005年第6期。

③ 曹文轩：《"谢氏文体"——又一种批评》，《文艺争鸣》2012年第8期。

评论家，他的理论价值体现在对"人的解放"的呼唤和对创作自由的呼唤，他对百年中国和百年新诗的研究、新诗评论语体建设做出了自己的贡献，也为诗歌评论界和当代文学研究领域培养了一批人才，并树立了一种人格的典范。齐齐哈尔大学彭永华的《谢冕文学批评研究》（2012年）梳理了谢冕经历及文学批评概况、观念和风格，探讨其立足于社会历史文化批评视角，坚持既重审美体验又重科学分析批评方法。作者还认为谢冕是一位深怀理想个性、强烈历史使命感又具突破常规的开拓精神的批评家。2012年，《谢冕编年文集》出版，许多文学评论家、学者在其出版座谈会上发言或撰写评论文章，深入讨论谢冕的文学批评及个人对文学史的意义。发表演讲或文章的有洪子诚、陈平原、孙玉石、王光明、沈奇等。洪子诚认为"富于历史感的宏观视野，让他的诸多判断具有前瞻性。在细节把握基础上的充溢诗意和激情的概括力，构成他批评的重要风格。"①并且赞赏谢冕为保存真实面貌坚持不作一字的改动的原则；陈平原则评价谢冕为"诗人气质的学者"，甚至诗人气质更明显；孙玉石认为谢冕三十余年如一日站在代表新诗先锐艺术探索的最前沿，大胆突破樊篱开拓创新的眼光，不遗余力地为新诗发展鼓与吹。谢冕的诗学理论与新诗批评背后，蕴含着激情敏锐、清醒坚守和包容胸襟的精神品格，是值得后辈学者学习的；王光明则将目光集中于谢冕在诗歌批评界的感受力，"这不仅表现在他对萌动状态的诗歌现象的敏感，更表现在面对文本时从沙砾中发现黄金的敏锐。"②沈奇表示谢冕这样的"灵魂人物"和其"灵魂的力量"所激发、号召、聚合而团结一起的几代诗歌学人之纯正阵营，成为当代中国诗歌写作与诗学研究的"力量源泉"和"精神高地"，这是历史的幸运。

一个人的一生的经历非常有限，能做的事不多。谢冕曾非常简单地用两句话概括了自己一生所做的事："我一辈子只做文学，文学只做了诗歌。"

（本文为国家社会科学基金一般项目"1980年代新诗论者的诗学系列研究"，编号13BZW119）

［作者单位：福建师范大学文学院］

---

① 洪子诚：《在＜谢冕编年文集＞座谈会上的开场白》，《文艺争鸣》2012年第11期。
② 王光明：《永远的活力——写在＜谢冕编年文集＞出版之际》，见古远清编著《谢冕评说三十年》，第171页。

《回顾》（节选）[①]

[美]埃兹拉·庞德 著 章 燕、李一娜 译

[译者前言]：

埃兹拉·庞德（Ezra Pound, 1885 –1972）出生于美国爱达荷州的海利镇。1909 年他移民伦敦，并计划对浪漫主义诗歌"苍白无力的混乱"状况进行革新，即众所周知的"日日新"（make it new）。相比其他诗人来说，庞德对现代主义精神进行了更清晰的界定，要求英语诗歌成为"永葆新鲜的新闻"。作为众多文艺形式的鼓动者，庞德是意象派诗歌的奠基人，并与温德姆·刘易斯[②]一道，成为漩涡派运动（与意大利未来派关系密切的英国文艺流派）的主要人物。庞德二战期间居住在意大利的罗马，并在广播节目中发表了一系列支持法西斯主义的讲话，直到1945 年被逮捕遣送回美国。这使得他声名狼藉。后以精神失常为由进行申辩，法庭宣布其不适合接受叛国罪的审判，并将其关押于一所精神病收容所，长达 12 年。1958 年庞德获释，重返意大利居住，直至 1972年去世。其著作《诗章》的初稿问世于 1925 年，终稿问世于 1969 年，次年，该书稿收集成册。

1912 年，庞德在伦敦肯辛顿区与希尔达·杜丽特[③]（Hilda Doolittle）和理查德·奥尔丁顿[④]喝茶时向他们宣告，他们为意象派诗人。

---

① 原注：早期的一些文章和笔记收入 1918 年出版的《孔雀舞与分隔》（*Pavannes and Divisions*）一书中。《几条戒令》首次发表于 1913 年 3 月出版的《诗歌》（第 1 卷，第 6 期）杂志。

② 温德姆·刘易斯（Wyndham Lewis，1882 – 1957），英国作家、画家、批评家。漩涡派艺术的创建者，编辑漩涡派杂志《冲击》（*Blast*）。

③ 希尔达·杜丽特（Hilda Doolittle，1886-1961），美国诗人，小说家，笔名 H.D.。其诗歌与意象派诗歌有紧密关系，与庞德交往甚密，与奥尔丁顿结为夫妇。

④ 奥尔丁顿（Richard Aldington，1892 – 1962），英国诗人、作家，其诗歌与意象派诗歌有紧密关系。以第一次世界大战时创作的战时诗歌而为人所知。

所谓意象派诗人，在庞德看来，需要遵循三条原则：（1）直接处理；（2）措辞简练；（3）乐句排列（自由体）。在形式上，庞德寻求一种能反映个人生活中"绝对韵律"的诗歌形式，而不仅是盲目照搬传统的"五步抑扬格"格律。在语言上，他追求一种"由具体事物构成的"诗歌语言，一种"朴素、直接、不受感情影响的"硬朗笔风。《回顾》一文首次发表于1913年，其扩展版于1918年发表，它宣告了现代主义在诗歌中的诞生，也标志着新世纪的到来。

一直以来人们对诗歌中的新风尚议论纷纷，这里请允许我作一个扼要的重述与回顾。

1912年春或初夏，希尔达·杜丽特与理查德·奥尔丁顿和我决定，一致同意以下三条原则：

1、直接处理"事物"，无论是主观的还是客观的。

2、绝对不用任何对呈现无用的词语。

3、在节奏方面：要依照富于乐感的词句的排列顺序作诗，而不是依照节拍器的排列顺序安排诗句。

我们三人在趣味与嗜好上有很多不同，尽管如此，我们都同意这三条原则。凭这三条原则，我们认为我们已有足够的权利将其称作一个流派了，至少可以像弗林特先生①能在哈罗德·蒙罗②主编的1911年8月的杂志上将一些法国诗歌宣称为"流派"那样。

已经有很多人"加入"或者"跟随"我们这个流派，他们虽各有长处，却没有表示出会接受第二条原则。的确，"自由体诗"已变得冗长而啰嗦，就像"自由体诗"之前那些空洞无物的诗作一样。它带来了自身的缺陷。其实际运用的语言或词语像我们长辈的诗作一样糟糕，甚至连像样的借口都找不到，譬如，生搬硬套这些词语是为了方便凑足韵律，或者是为了押上完整而嘈杂的韵脚。这些追随者所追捧的词语真的是否悦耳动听，这只能留待读者来评判了。有时候，我发现"自由体诗"中有一种明显的韵律，写出来如同冒牌的斯温朋③式诗歌一样陈腐而枯燥；有时候，诗人们写诗又好像全没有音乐的结构。然而，总的来看，开垦

———————————

① 弗林特（Frank Stuart Flint，1885-1960），英国诗人、翻译家，意象派诗歌的成员。

② 哈罗德·蒙罗（Harold Edward Monro，1879-1932），布鲁塞尔出生的英国诗人，伦敦诗歌书店的老板。编辑出版《乔治时期诗歌》杂志。

③ 斯温朋（Algernon Charles Swinburne，1837-1909），英国诗人、剧作家、小说家、批评家。重要的诗集有《诗歌与民谣》。他在作品中写过一些禁忌的题材，比如同性恋、无神论等。诗歌的主题多为大海、死亡、时间等。

这一领域是件好事。也许有几首好诗已经从这一新的写作方式中冒出来，果真如此的话，这证明新的方式是正确的。

批评不是一种限定，也不是制定一套禁令。批评提供确定的出发点。它能使迟钝的读者警醒起来。它仅有的一点好处通常来自零星的论点，如果它是老辈艺术家对年轻人的指点，那它多为经验的传授或来自经验的告诫。

评论意象派的文章首次发表时，我汇总了几条实际创作的规则。在给 T.E. 休姆①的五首诗做注时，我第一次使用了"意象主义"这个词语，印在我 1912 年秋的《反驳》一文的结尾。我把 1913 年 3 月《诗歌》杂志上的告诫重印如下。

几条戒令

"意象"是指在一瞬间有关智力和情感的情结（complex）的呈现。我用了"情结"一词，是在新近一代心理学家们——比如哈特——所用该术语中的技术意义上运用它的，不过我们可能在该术语的使用上并不完全相同。

正是意象对该"情结"的瞬间呈现带来了突然降临的自由感；这种自由感超越了时空限制；它令我们在最伟大的艺术品的呈现中感觉忽然间成长起来。

用毕生精力去呈现一个意象而不是去写冗长浩繁的作品，这会更好。

然而，所有这些还可进行公开辩论。当务之急是要为写诗的新手们列出"几条戒令"。我不能把所有戒令都塞进镶嵌底片②。

首先，好好考虑这三条原则（必须直接处理"事物"、用词简练、按照有乐感的词句来排序），不要把它们当作教条——不要把任何东西当作教条——而要把它们视作深思熟虑后得出的结论，即便这是别人的所想也值得深思。

不要在意那些自己都没写过一本像样作品的评论家的批评。想想希腊诗人和戏剧家的实际写作与希腊罗马语法学家为解释他们的韵律而拼凑出的理论吧，想想它们之间的差异有多大。

① 休姆（Thomas Ernest Hulme, 1883-1917），英国诗人、评论家、美学哲学家。对现代主义文学有很大影响，被称为"意象派之父"。

② 指一长串松散的清单。

语言

不要用多余的词，不要用不能呈现任何内容的形容词。

不要用诸如"平和的昏暗大地"之类的表述。这使意象枯燥乏味。它把抽象与具体糅合到一起，其原因是作者自己没有意识到自然的对象永远是丰满的象征。

要对抽象概念有所恐惧。不要在平庸的诗中重复优秀的散文已表达过的东西。不要以为你试图把你的作品削成几行诗，绕开优秀散文这一极其艰难的艺术中的所有难点，就能骗过那些头脑睿智的人。

那些行家现在厌倦的东西，很快就会招致众人的厌烦。

不要想象诗歌艺术比音乐艺术简单，你在诗艺上花费的努力，至少要跟普通钢琴教师在音乐上花费的功夫一样多，否则就别想博得行家的欢心。

你需要尽可能多地受伟大艺术家的影响，但也需得体地表明你获益的感激之情，要么就将所受的影响藏而不露。

不要让"影响"仅仅意味着从你恰巧崇拜的一两位诗人那里拖来几个装饰性的词随手用。最近有个土耳其战地记者，正当他在电讯中胡诌"鸽子灰"或是"珍珠白"山丘的时候被抓获了，我记不清是哪个词了。

要么别用，要用就用好的装饰词。

节奏与押韵

要让学写诗的新手脑子里装满他能找到的最完美的节奏，最好是用外语写成的诗歌的节奏①，这样，字词的意思就不大会分散他对节奏运动的注意力。比如说，撒克逊咒语、赫布里底群岛（苏格兰）民歌、但丁诗歌、莎士比亚诗歌。如果他能将诗中的词语与节奏分离开，这些就是很好的例子。要让他冷静地把歌德的抒情诗按照声音的重要性、长音节、短音节、重读音节、非重读音节、元音和辅音分成不同的部分。

一首诗不必非得依赖其音乐性不可，但是，如果它的确对其音乐性有所依赖，那么这种音乐性就肯定能令行家感到愉悦。

要让初学者了解什么是半谐韵、头韵、即时韵、延迟韵、单音调、复音调，如同音乐家要了解什么是和声、对位，以及这一行中的所有细

---

① 原注：这是指节奏，其词汇当然一定是在他的本国语中能找得到的。

节。即使艺术家很少需要这些东西，但在这些事情上或其中任何一件事情上花再多的时间也不为过。

不要以为有些东西放在诗中能"活起来"只因为它在散文中太过沉闷。

不要追求"新奇"——把它让给那些写不出什么深刻哲学论文的作家吧。不要描绘。记住，画家描画出来的风景比你的要强得多。对于该怎么去描绘的道理他肯定了解得更多。

莎士比亚的一句"黎明身着赤褐色披风初现"，把画家也未能呈现的景象勾画出来了。在这诗句中，并没有可被称作是描绘的东西。他呈现。

想想科学家的方式而不是广告商推销新肥皂的方式吧。

科学家不会要求被称赞为伟大的科学家，除非他有了新的发现。他首先要从已获得的发现学起，以此为起点不断前行。他并不指望做个有魅力的人，并不期待朋友们为他在大学新生班上所做的工作而鼓掌喝彩。遗憾的是，诗歌初学者不是被限定在一个确定的且易于辨识的教室中。他们"散落各处"。"公众对诗歌漠不关心"，这还有什么可奇怪的呢？

不要把你的诗句切成分开的抑扬格诗句。不要让每行诗都在行尾结束，然后在下一行又开始一个节奏的起伏。若不是你想要一个明确的长停顿的话，你就得让下一行的开始跟着节奏的涌动而上升。

简言之，在处理你的诗艺与音乐完全对应的部分时，你要做得像一个音乐家，一个优秀的音乐家。你遵循同样的法则，也不要受其他的束缚。

当然，诗歌的韵律结构不应损害字词形式，或字词的自然声音以及词意。一开始，你不太可能建构起足够强有力的韵律结构来对上述问题产生影响，虽然你很可能受害于因为行尾或行中的音顿而造成的各种不恰当停顿。

音乐家可以依赖音高和乐队的音量。诗人不能。和声一词被误用于诗歌。它指的是不同音高同步发出的声音。然而，最好的诗也会在听者的听觉中留有回荡的余音，多少类似于管风琴底座发出的声音。

如果诗歌的韵要带给人愉悦感，那么诗韵就必须具备些许令人惊异的要素。它不必怪诞或新奇，但如果要用就必须用得恰到好处。

《虚空》（Vide）这本书进一步阐述了维尔德拉克^①和杜哈梅尔^②

---

① 维尔德拉克（Charles Vildrac，1882-1971），法国诗人、评论家、小说家、剧作家，修道院文社成员和一致主义诗人，对后代许多诗人曾产生深远影响。

② 杜哈梅尔（Georges Duhamel，1884-1996），法国作家、诗人、医学家，法国文学会成员，多次被提名诺贝尔文学奖。

的《诗歌技巧》（Technique Poetique）中有关押韵的笔记。

你的诗作能吸引读者想象之目光的部分即使译成另一种语言也不会失掉什么，而诉诸听觉快感的只有阅读原文的人才能领悟。

考虑一下但丁所呈现的准确性吧，把这种准确性与弥尔顿的修辞性进行对比。尽量多地阅读华兹华斯的诗作吧，多到它们似乎不那么特别乏味。①

如果想要领略诗歌的精髓，那就去读萨福②、卡图卢斯③、维庸④的作品，去学习海涅⑤心情好时写的作品和戈蒂耶⑥那些不那么冷淡的作品。如果你对语言拿不准，那就找出乔叟闲暇时写的作品读一读。好的散文对你不会有害处，尝试着写散文是一种有益的训练。

如果你发觉在试图重写诗作时，原初的意义"飘忽不定"，那么，做一些翻译同样是良好的训练。在翻译时，诗的意义无法"飘忽不定"。

如果要运用一种对称的形式，不要把你想表达的都放进去，然后再把剩余的地方胡乱填满。

不要把一种感觉搅乱，用另一个感觉去界定它。这常常是因为太懒惰，不去寻找恰当的词语造成的结果。有关这一点也可能会有例外。

当今被公认为标准或经典的诗作中，有十分之九的糟糕诗作会被最开始的三条简单原则剔除在外。这三条原则能使你免除因写出许多糟糕诗作而产生的罪责。

"……然而，他首先必须是一位诗人。"正如杜哈梅尔和维尔德拉克在他们薄薄的《诗歌技巧笔记》结尾所说的那样。

自1913年3月，福特·赫弗⑦就指出华兹华斯十分专注于普通而平实的词语，以至于他从未想过去捕捉准确的字眼儿。

---

① 原注：参见下文。

② 萨福（Sappho，约公元前630或612-约公元前592或560），古希腊著名的女抒情诗人，写过情诗、婚歌、颂神诗、铭辞等。

③ 卡图卢斯（公元前约87—约54），古罗马诗人。一生传下多首诗作，包括神话诗、爱情诗、时评短诗和各种幽默小诗，对后世产生重要影响。

④ 弗朗索瓦·维庸（François Villon，1431-1463），中世纪晚期法国最杰出的抒情诗人。继承了13世纪市民文学的现实主义传统，一扫贵族骑士抒情诗的典雅趣味，是市民抒情诗的主要代表。

⑤ 海涅（Heinrich Heine，1797-1856），德国著名抒情诗人和散文家，被称为"德国古典文学的最后一位代表"。

⑥ 戈蒂耶（Théophile Gautier，1811-1872），法国唯美主义诗人、散文家和小说家。

⑦ 福特·赫弗（Fords Madox Hueffer，笔名 Ford Madox Ford，1873-1939），英国小说家、评论家、编辑。代表作《好兵》（1915）。

叶芝曾评论过华兹华斯和维多利亚的作家，或者说，对他们说过刻薄的话。他在写给儿子的信中表达出的这些批评观点，现在他的话已经都印出来了，人们可以读到。

我不愿意写有关艺术的文章。我的第一篇文章，至少我认为是我的第一篇相关文章，就是反对艺术的……

信条

节奏——我相信"绝对节奏"，这种节奏与诗歌要表达的情感或情感的浓淡程度完全呼应。诗人笔下的节奏必须是可解释的，因此，节奏最终是诗人自己独特的，不是冒牌的，是不可伪造的。

象征——我相信适当而完美的象征是自然之物。如果诗人运用"象征"，他就必须使得这些自然之物的象征功能不那么突兀。这样，对于那些不懂得象征功能的人来说，一种感觉和诗行的品质才不会失掉。对那些人来说，鹰不过就是鹰。

技巧——我相信技巧是对诗人是否真诚的检验。我相信确定的法则，相信要摧毁那些阻碍了或模糊了法则确定性以及表达准确性的陈规。

形式——我认为内容可以是"流动"的也可以是"固定"的。有些诗具有形式，就像树有其形式一样，而有些诗的形式则如同倒入花瓶中的水。大部分对称的形式有其功用。有很多题材不能准确地，也就不能恰当地用对称的形式来表达。

"想一想那值得独自敬仰的作品，其中利用了全部艺术。"[1]我认为艺术家应该掌握所有已知的韵律形式和体系。我已在坚持不懈地着手做这件事了，尤其在探究韵律体系初次形成或达至成熟的时期。已经有人在抱怨，说我是在把我的笔记抛给公众，这也不无道理。我想，只有经过长期的奋争，诗歌才能获得如此程度的发展，或者，如果你愿意的话，也可以说，诗歌才获得了其现代性。这样的发展将必定引起人们的关注，他们已经熟悉了散文领域中的亨利·詹姆斯[2]和阿纳托尔·法朗

---

① 原注：但丁《论俗语》中的一句话。

② 亨利·詹姆斯(Henry James, 1843 - 1916)，美国小说家、文学批评家、剧作家和散文家，被认为是心理分析小说的开创者之一，也是20世纪小说意识流写作技巧的先驱。

诗探索16　理论卷　2019年　第4辑

士^①，以及音乐领域中的德彪西^②。我一直认为，普鲁旺斯要花上两个世纪，而托斯卡纳^③要花上一个世纪才能发展成催生但丁伟大作品的媒介。要借助文艺复兴时期的拉丁文作家、七星诗社^④以及莎士比亚时代富于绘画的语言才能为莎士比亚的写作做好准备。最为重要是写出好诗，是谁写的无关紧要。一位诗人的实验性展示可以节省许多人的时间——因而我对阿尔诺·丹尼尔^⑤感到气恼——如果一个人的实验只是尝试了一种新的韵律，或只是笼统地摒弃了一点点当下公认的谬论，那么当他取得最终成果时，他仅仅是与他的同行们打了个平手。

没有人能总写出"有影响"的作品。总体来说，没有人能产出大量的终极性作品。如果他不能做这种最崇高的创作，也就是说，不能写出一劳永逸的完美无瑕的作品，如果他无法写出与"永生的阿佛洛狄忒，在你那雕花的宝座上落座"^⑥或"嘘！——凯特女王开口说"^⑦相媲美的诗句，那么，他最好还是做一些诗歌实验，以备今后写作时可以用到，或给他的后人去运用。

"人生短暂，学海无边。"^⑧一个人的学识基础未及拓展就开始写作，这是不明智的。如果他的作品始终都未表现出稳步提升和日渐精湛的诗艺，这是不光彩的。

关于"改写"，人们发现，所有过去的绘画大师都告诫他们的学生要从临摹名家的作品起步，继而再着手自己的创作。

至于说"人人都能成为自己的诗人"，当然人们对诗歌了解得越多越好。我相信每个想写诗的人都在写诗了，大多数人是这样的。我相信每个人对音乐的了解都足以让他能在簧风琴上弹奏《上帝保佑我们的家园》这只曲子。但我不相信每个人都会举办音乐会，不相信每个人会把他的过错印出来公之于众。

---

① 阿纳托尔·法朗士（Anatole France, 1844-1924）法国作家、文学评论家、社会活动家。法朗士的散文平如秋水，含蓄隽永，韵味深长。

② 克罗德·德彪西（Achille-Claude Debussy, 1862－1918），法国音乐家、革新家，近代"印象主义"音乐的鼻祖，对欧美各国的音乐产生了深远的影响。

③ 托斯卡纳（Tuscany），意大利中部大区，首府是佛罗伦萨，但丁诞生于佛罗伦萨。

④ 七星诗社：16世纪中期法国的一个文学团体，是由七位人文主义诗人组成的文学团体。他们中以龙沙和杜贝莱最著名。

⑤ 阿尔诺·丹尼尔（Arnaut Daniel, 1180－1200），12世纪法国南部的普罗旺斯抒情诗人，创造出"六字循序诗"。

⑥ 这是古希腊女诗人萨福的一行诗句。

⑦ 这是英国19世纪诗人罗伯特·勃朗宁（Robert Browning）诗作《琵琶走过了》中的一句。

⑧ 这是英国诗人杰弗里·乔叟（Geoffrey Chaucer）《坎特伯雷故事集》中的诗句。

外国诗论译丛

精通任何艺术都得花上一辈子。我不应该区分谁是"业余的"谁是"专业的"。更准确地说，我常常会区分二者以偏袒业余诗人。但是我必须在业余诗歌和精通诗歌的大诗人之间做个区分。当前这两种人的混杂无疑还会持续下去，直到诗歌的艺术被传播进业余诗人的嗓音中，直到人们能普遍理解诗歌是一种艺术，不是消遣娱乐，直到他们能掌握诗歌的技巧，包括形式的技巧和内容的技巧，那时，业余诗人们才不会试图将大诗人们淹没。

如果某个事件已经被说过了，或是在亚特兰蒂斯①或是在阿卡迪亚②，或是在公元前450年之前，或是在公元1290年之后，那么，我们现代人就不必再重复这个事件，去模糊已故古人的记忆，把同样的事件再讲一遍，而且在讲述的技巧和可信度上都不如古人。

我不断斟酌古人和半古人的诗作，去努力发现他们已经做过的，且做得完美无缺，不必再做的事情，并且也努力去发现那些留给我们做的事情。这些事情的确还有很多，因为，假如我们仍然有着与古人同样的情感——他们曾令千帆起航、百舸争流——那么可以肯定的是，通过描绘声音、色彩等的细微差别，凭借不同的智性力度，我们表达这些情感的方式与他们是不同的。每个时代都拥有大量属于自己的天才，而只有某些时代使得这些天才保有持续的生命力。以二十来岁的人的阅历是写不出好诗的，因为在这样年纪写诗无疑只能凭借书本、习俗和老套的陈腔来思考，而不是凭借生活来思考。然而，一个感觉到生活与其艺术有所脱节的人，如果他发现已被忘却的写作方式中有某些引发他思考的东西，他自然想要恢复这种方式，或者，假如他发现已被忘却的写作方式中存有某些当代艺术所缺失的元素，而这些元素可以将艺术与维系其生命的东西——生活结合起来，那么，他就会这么做。

在丹尼尔和加瓦尔坎蒂③的艺术中，我见到一种在维多利亚诗人作品中我未察觉到的准确性。那种准确性，无论是对外在自然的描写还是对内心情感的抒发无不如此。他们所说的都是亲眼所见，所讲述的状况都是切身感受。

至于 19 世纪的成就，我认为，在我们对该时期进行回顾时会将其看作一个相当模糊而混乱的阶段，充满感伤和造作。我这样说并非自以为是或自鸣得意。

至于说有一个诗歌"运动"，或我自己就是这运动的一员，我认为，诗歌作为"纯粹艺术"这个概念在我运用这个术语的意义上，是从斯温朋开始被恢复起来的。自清教徒的反叛到斯温朋这期间，诗歌始终仅仅被用做工具——是的，阿瑟·西蒙斯 ① 对工具这个词语的顾虑和想法也没没能使我不用这个词——诗歌不过是输送诗性思想或其他思想的牛车和驿站马车而已。也许，"伟大的维多利亚诗人"——尽管这样称呼令人怀疑其是否准确，但肯定"90 年代的诗人们"——仍在继续推进诗歌艺术。但他们对诗歌的改进主要限于诗歌的声音和表达方式的精湛。

叶芝先生已经彻底摆脱了英语诗歌中讨厌的华丽辞藻。他把所有非诗意的东西都消除了——这些东西可真不少。他成为他自己一生中的经典，也成为大家的典范。他使我们的诗歌语言多变可塑，没有倒装的句式。

罗伯特·布里奇斯 ②、莫理斯·休利特 ③、弗瑞德里克·曼宁的各自以极为认真的态度关注诗歌韵律的变革，以检验语言及其对某种写作方式的适应能力。福特·赫弗正在诗歌的现代性方面做一些实验，而牛津大学奥利尔学院的教务长则在继续翻译但丁的《神曲》。

至于 20 世纪的诗歌，以及我期待见到的下一个十年左右写出的诗歌，我想，这些诗歌会抵制胡说的废话，会更为坚实，更为清醒，会如同休利特先生所说的"更接近骨头"。它们会尽可能地与花岗岩类似，其力量在于其真实性，在于其可阐释的力量（当然，诗歌的力量始终如此）。我的意思是，诗歌并不试图凭借喧哗的辞藻和奢华的词汇来使得自己看上去很有力。诗歌会有更少的描绘性形容词来阻碍诗歌的震惊效果和冲击力度。至少对于我来说，我希望诗歌是这样的：朴素、直接、自由，不受感情的牵绊。

现在到了 1917 年，诗歌还要增加些什么呢？……

---

① 阿瑟·西蒙斯（Arthur William Symons, 1865-1945），英国诗人、批评家、杂志编辑。

② 罗伯特·布里奇斯（Robert Bridges, 1844-1930），英国诗人，自 1913 年至 1930 年为英国的桂冠诗人。早年攻读医学并行医，1882 年开始潜心研究诗歌，尤其是韵律和诗语言。诗作精雕细琢，形式完美。

③ 莫理斯·休利特（Maurice Hewlett, 1861－1923），英国历史小说家、诗人、散文家。

唯有感情长久不衰

"唯有感情长久不衰。"我最好说出回荡在我脑海中的那几首美妙诗歌，这当然要比我回家翻阅过去的期刊，重新整理我曾如何谈论那些或温和友善或充满敌意的作家要好得多。

帕德雷奇·科拉姆①《赶牛人》一诗的前12行；他的诗句"啊，有着天鹅般身姿的女人，为了你，我将不会死去"；詹姆斯·乔伊斯②的"我听到一支军队"；回荡在我脑海中的叶芝的诗行，他的诗也在我这个时代喜爱诗歌的年轻人的脑海中回旋，比如他的《布拉希尔与渔民》，其中有这样的诗句："她愤怒，周围的火焰也熊熊燃烧"；他的《学者们》一诗的后几行，那是对玛吉脸庞的描写；威廉·卡洛斯·威廉斯③的《终曲》；奥尔丁顿的《阿提斯》；希尔达·杜丽特描写的如松树梢一般滚动的海浪，以及她《意象派诗选》中的诗作，这是她的第一部诗集；赫弗翻译的冯·德·福格尔魏德④的"你的唇如此红艳"；赫弗的《三点十分》，还有他那首《在天堂》的整体效果；赫弗对诗歌中散文价值或者散文品质的见解，他有才能创作出半歌唱性的作品，而这些作品因音乐家们的画蛇添足被毁掉了。此外，还有阿丽丝·科尔宾⑤的《只有一座城市》，和另一首诗的结尾"只有流水滑过了岩石"。这些诗句在我的脑海里反复流荡，我也并未将它们全部穷尽，还有奥尔丁顿的《在塞斯蒂娜大街》，以及他收入《意象派诗选》中的诗作，尽管人们对我说这些诗作有其缺陷，它们仍然挥之不去。有可能这是因为诗作的内容太多地嵌入我的内心，以至于我不再回头去看它们的用词了。

当我对艾略特进行评论时，我几乎成了另外一个人。

[译者单位：北京师范大学外文学院]

---

① 培德莱克·科拉姆（Padraic Colum, 1881－1972），爱尔兰诗人、小说家、戏剧家、传记作家。

② 詹姆斯·乔伊斯（James Joyce, 1882-1941），爱尔兰作家和诗人，20世纪最重要的作家之一。

③ 威廉·卡洛斯·威廉斯（William Carlos Williams, 1883-1963），美国诗人、小说家、医生。与现代主义文学和意象派诗歌有着紧密的联系。

④ 瓦尔特·冯·德·福格尔魏德（Walther von der Vogelweide, 1170-1230），中世纪高地德语吟游诗人，被认为是歌德之前最伟大的德国抒情诗人。

⑤ 阿丽丝·科尔宾，即阿丽丝·科尔宾·亨德森（Alice Corbin Henderson, 1881－1949），美国女诗人、作家、诗歌编辑。

诗探索16　理论卷　2019年　第4辑

Poetry Exploration

(4rd Issue, Theory Volume, 2019)

CONTENTS

// POSTURE AND SCALE

// POETRY THEORIST RESEARCH

// POETRY TRANSLATION STUDY

(Translated by Min Lian)

图书在版编目（CIP）数据

诗探索.16 / 吴思敬，林莽主编. —北京：作家出版社，
2019.12
ISBN 978-7-5212-0792-7

Ⅰ.①诗… Ⅱ.①吴… ②林… Ⅲ.①诗歌—世界—
丛刊 Ⅳ.①I106.2-55

中国版本图书馆 CIP 数据核字（2019）第 271714 号

诗探索·16

主　　编：吴思敬　林　莽
责任编辑：张　平
装帧设计：杨西霞
出版发行：作家出版社有限公司
社　　址：北京农展馆南里 10 号　　　邮　　编：100125
电话传真：86-10-65067186（发行中心及邮购部）
　　　　　86-10-65004079（总编室）
E-mail：zuojia@zuojia.net.cn
http://www.zuojiachubanshe.com
印　　刷：三河市紫恒印装有限公司
成品尺寸：165×260
字　　数：408 千
印　　张：25.5
版　　次：2019 年 12 月第 1 版
印　　次：2019 年 12 月第 1 次印刷
ISBN 978-7-5212-0792-7
定　　价：80.00 元（全二册）